Tempos ásperos

MARIO VARGAS LLOSA

Tempos ásperos

TRADUÇÃO
Paulina Wacht e Ari Roitman

1ª reimpressão

ALFAGUARA

Copyright © 2019 by Mario Vargas Llosa

Grafia atualizada segundo o Acordo Ortográfico da Língua Portuguesa de 1990, que entrou em vigor no Brasil em 2009.

Título original
Tiempos recios

Capa
Raul Loureiro

Foto de capa
ullstein bild – dpa

Preparação
André Marinho

Revisão
Carmen T. S. Costa
Clara Diament

Dados Internacionais de Catalogação na Publicação (CIP)
(Câmara Brasileira do Livro, SP, Brasil)

    Llosa, Mario Vargas
        Tempos ásperos / Mario Vargas Llosa ; tradução Paulina Wacht, Ari Roitman. — 1ª ed. — Rio de Janeiro : Alfaguara, 2020.

        Título original: Tiempos recios.
        ISBN: 978-85-5652-107-1

        1. Ficção peruana I. Título.

20-38942   CDD-PE863.4

Índice para catálogo sistemático:
1. Ficção : Literatura peruana   PE863.4

Cibele Maria Dias – Bibliotecária – CRB-8/9427

[2021]
Todos os direitos desta edição reservados à
EDITORA SCHWARCZ S.A.
Praça Floriano, 19, sala 3001 — Cinelândia
20031-050 — Rio de Janeiro — RJ
Telefone: (21) 3993-7510
www.companhiadasletras.com.br
www.blogdacompanhia.com.br
facebook.com/editora.alfaguara
instagram.com/editora_alfaguara
twitter.com/alfaguara_br

Eram tempos ásperos!
Santa Teresa de Ávila

A três amigos:

Soledad Álvarez
Tony Raful e
Bernardo Vega

*I'd never heard of this bloody place Guatemala
until I was in my seventy-ninth year.*
Winston Churchill

Antes

Embora desconhecidos do grande público, e apesar de figurarem de maneira muito pouco ostentosa nos livros de história, provavelmente as duas pessoas que mais influenciaram o destino da Guatemala e, de certa forma, de toda a América Central no século xx foram Edward L. Bernays e Sam Zemurray, dois personagens que não podiam ser mais diferentes entre si por sua origem, seu temperamento e sua vocação.

Zemurray nasceu em 1877, não muito longe do Mar Negro; como era judeu numa época de terríveis pogroms nos territórios russos, fugiu para os Estados Unidos, onde chegou com uma tia antes de completar quinze anos. Foram se abrigar na casa de uns parentes em Selma, Alabama. Edward L. Bernays também pertencia a uma família de emigrantes judeus, mas de alto nível social e econômico, e tinha um personagem ilustre na família: seu tio Sigmund Freud. Embora ambos fossem judeus, e não muito praticantes da sua religião, eram muito diferentes. Edward L. Bernays se vangloriava de ser algo assim como o Pai das Relações Públicas, uma especialidade que, se não inventou, fez chegar (às expensas da Guatemala) a pincaros inesperados, a ponto de tornar-se a principal arma política, social e econômica do século xx. Isso realmente chegou a se confirmar, mas sua egolatria às vezes o levava a cometer exageros patológicos. O primeiro encontro dos dois ocorreu em 1948, ano em que começaram a trabalhar juntos. Sam Zemurray lhe havia pedido uma reunião, e Bernays recebeu-o no pequeno escritório que tinha nessa época no coração de Manhattan. Provavelmente aquele homenzarrão enorme e malvestido, sem gravata, sem se barbear, usando um casacão desbotado e botinas de campo, a princípio impressionou muito pouco o senhor de trajes elegantes, falar cuidadoso, perfume Yardley e maneiras aristocráticas que era Bernays.

— Tentei ler seu livro *Propaganda* e não entendi grandes coisas — foi dizendo Zemurray ao publicitário logo de entrada. Falava um inglês dificultoso, parecia vacilar em cada palavra.

— No entanto, está escrito numa linguagem muito simples, ao alcance de qualquer pessoa alfabetizada — perdoou-lhe a vida Bernays.

— É possível que a culpa seja minha — reconheceu o homenzarrão, sem se incomodar em absoluto. — Na verdade, não sou muito de ler. Quase não fui à escola na minha infância, lá na Rússia, e nunca aprendi direito o inglês, como pode ver. E é ainda pior quando escrevo cartas, sempre saem cheias de erros de ortografia. Eu me interesso mais pela ação que pela vida intelectual.

— Bem, sendo assim, não vejo como poderia ajudá-lo, senhor Zemurray — disse Bernays, fazendo menção de levantar-se.

— Não farei o senhor perder muito tempo — interveio o outro. — Eu dirijo uma companhia que traz banana da América Central para os Estados Unidos.

— A United Fruit? — perguntou Bernays, surpreso, examinando com mais interesse o seu desajeitado visitante.

— Aparentemente, nós temos uma péssima fama, tanto nos Estados Unidos como em toda a América Central, quer dizer, nos países onde operamos — continuou Zemurray, dando de ombros. — E, pelo visto, o senhor é a pessoa que poderia resolver isso. Vim contratá-lo para ser o diretor de relações públicas da empresa. Enfim, escolha o título que preferir. E, para ganhar tempo, decida também seu salário.

Assim começou a relação entre esses dois homens tão diferentes, o refinado publicitário que se considerava um acadêmico, intelectual, e o rude Sam Zemurray, homem que tinha vencido sozinho, empresário aventureiro que, começando com um investimento de cento e cinquenta dólares, construiu uma companhia que fez dele — embora sua aparência sugerisse o contrário — um milionário. Ele não inventou a banana, certamente, mas foi graças a ele que, nos Estados Unidos, onde pouquíssima gente já havia comido essa fruta exótica, a banana agora fazia parte da dieta de milhões de americanos, e também começava a se popularizar na Europa e em outras regiões do mundo. Como conseguiu? É difícil saber com objetividade, porque a vida de Sam Zemurray se confundia com as lendas e os mitos. Esse empresário primitivo mais parecia ter saído de um livro de aventuras que do mundo industrial americano. E ele — que, ao contrário de Bernays, era tudo menos vaidoso — nunca falava de sua vida.

Ao longo das suas viagens, Zemurray havia descoberto a banana nas selvas da América Central e, com uma feliz intuição do proveito comercial que podia tirar daquela fruta, começou a levá-la em lanchas para Nova Orleans e outras cidades americanas. Desde o começo teve muita aceitação. Tanta, que a demanda cada vez maior o levou a transformar-se de mero comerciante em agricultor e produtor internacional da fruta. Foi esse o começo da United Fruit, uma companhia que, no princípio dos anos 1950, estendia suas redes por Honduras, Guatemala, Nicarágua, El Salvador, Costa Rica, Colômbia e várias ilhas do Caribe e produzia mais dólares que a imensa maioria das empresas dos Estados Unidos — e mesmo do resto do mundo. Esse império era obra, sem dúvida, de um homem só: Sam Zemurray. Agora muitas centenas de pessoas dependiam dele.

Para isso tinha trabalhado de sol a sol e de lua a lua, viajando pela América Central e pelo Caribe inteiros em condições heroicas, disputando o terreno a tiros e facadas com outros aventureiros como ele, dormindo centenas de vezes em campo aberto, devorado pelos mosquitos e de tanto em tanto contraindo febres palustres que o martirizavam, subornando autoridades, enganando camponeses e indígenas ignorantes e negociando com ditadores corruptos graças aos quais — aproveitando sua cobiça ou estupidez — foi adquirindo propriedades que agora somavam mais hectares que um país europeu de boas dimensões, criando milhares de postos de trabalho, construindo estradas de ferro, abrindo portos e conectando a barbárie com a civilização. Pelo menos era o que Sam Zemurray dizia quando tinha que se defender dos ataques desferidos contra a United Fruit — geralmente chamada de "Fruteira" e também conhecida como "Polvo" em toda a América Central —, não só de gente invejosa, mas também de seus próprios concorrentes norte-americanos aos quais, na verdade, a companhia nunca permitira concorrer com ela numa disputa leal nessa região onde exercia um monopólio tirânico em relação à produção e à comercialização de banana. Para isso, por exemplo, assumiu na Guatemala o controle absoluto do único porto que o país tinha no Caribe — Puerto Barrios —, da eletricidade e da ferrovia que atravessa o país de um oceano ao outro e que também pertencia à empresa.

Apesar de serem antípodas, os dois formaram um bom time. Bernays ajudou muitíssimo, sem dúvida, a melhorar a imagem da companhia nos Estados Unidos, tornando-a apresentável para os altos círculos políticos de Washington, e a vinculá-la aos milionários (que se vangloriavam de ser aristocratas) de Boston. Ele havia chegado à publicidade de forma indireta, graças às suas boas relações com todo tipo de gente, sobretudo diplomatas, políticos, donos de jornais, rádios e canais de televisão, empresários e banqueiros de sucesso. Era um homem inteligente, simpático, muito trabalhador, e um de seus primeiros êxitos consistiu em organizar a turnê de Caruso, o famoso cantor italiano, pelos Estados Unidos. Seu modo de ser, aberto e refinado, sua cultura e suas maneiras afáveis caíam bem às pessoas, pois Bernays dava a sensação de ser mais importante e influente do que realmente era. A publicidade e as relações públicas já existiam desde antes do seu nascimento, claro, mas ele elevou essa atividade, que todas as empresas já usavam mas consideravam que era algo menor, ao patamar de disciplina intelectual de alto nível, parte integrante da sociologia, da economia e da política. Dava conferências e aulas em universidades prestigiosas, publicava artigos e livros, definindo sua profissão como a mais representativa do século XX, sinônimo da modernidade e do progresso. Em seu livro *Propaganda* (1928), escreveu esta frase profética pela qual, de certo modo, passaria à posteridade: "A manipulação consciente e inteligente dos hábitos organizados e das opiniões das massas é um elemento importante da sociedade democrática. Quem manipula esse mecanismo desconhecido da sociedade constitui um governo invisível que é o verdadeiro poder no nosso país... A minoria inteligente tem que fazer uso contínuo e sistemático da propaganda". Essa tese, que alguns críticos consideraram a própria negação da democracia, Bernays teve oportunidade de aplicar com muita eficácia no caso da Guatemala, uma década depois de começar a trabalhar para a United Fruit como consultor publicitário.

Sua consultoria contribuiu muito para maquilar a imagem da companhia e angariar-lhe apoios e influência no mundo político. O Polvo nunca tinha se preocupado em apresentar seu notável esforço industrial e comercial como algo que beneficiava a sociedade em geral, especialmente os "países bárbaros" onde operava e que — segundo a definição de Bernays — estava ajudando a sair da selvageria ao criar postos de trabalho para milhares de cidadãos, cujo nível de vida elevava dessa forma e que integrava à modernidade, ao progresso, ao século xx, à civilização. Bernays convenceu Zemurray de que a companhia devia construir algumas escolas em seus domínios, levar padres católicos e pastores protestantes às plantações, construir enfermarias de primeiros socorros e outras obras do mesmo tipo, dar bolsas de estudo e de viagem a estudantes e professores, coisas que depois propagandeava como uma prova irrefutável do trabalho modernizador que realizava. Ao mesmo tempo, mediante um planejamento rigoroso, com a ajuda de cientistas e técnicos ia promovendo o consumo de banana no café da manhã e em todas as horas do dia como algo indispensável para a saúde e a formação de cidadãos saudáveis e esportivos. Foi ele quem levou para os Estados Unidos a cantora e bailarina brasileira Carmen Miranda (a senhorita Chiquita Banana dos espetáculos e dos filmes), que fez um sucesso enorme com seus chapéus de cachos de banana e que divulgava com uma extraordinária eficácia em suas canções essa fruta que, graças a esses esforços publicitários, já fazia parte dos lares norte-americanos.

  Bernays também conseguiu aproximar a United Fruit — coisa que até então não havia passado pela cabeça de Sam Zemurray — do mundo aristocrático de Boston e das altas esferas do poder político. Os ricos mais ricos de Boston não tinham apenas dinheiro e poder; também tinham preconceitos e de modo geral eram antissemitas, de forma que não foi fácil para Bernays conseguir, por exemplo, que Henry Cabot Lodge aceitasse fazer parte da diretoria da United Fruit, nem que os irmãos John Foster e Allen Dulles, membros do importante escritório de advogados Sullivan & Cromwell de Nova York, aceitassem ser procuradores da empresa. Bernays sabia que o dinheiro abre todas as portas e que nem mesmo os preconceitos raciais resistem a ele, de modo que também obteve essa aproximação difícil depois da chamada Revolução de Outubro na Guatemala, em 1944, quando a United Fruit começou a sentir-se ameaçada. As ideias e relações de Bernays seriam utilíssimas para derrubar o suposto "governo comunista" guatemalteco e substituí-lo por outro mais democrático, quer dizer, mais dócil aos seus interesses.

Durante o governo de Juan José Arévalo (1945-50), começaram as preocupações. Não porque o professor Arévalo, que defendia um "socialismo espiritual" confusamente idealista, tenha se contraposto à United Fruit. Mas ele conseguiu aprovar uma lei trabalhista que autorizava os operários e camponeses a criarem sindicatos ou se filiarem a eles, o que até então não era permitido nos domínios da companhia. Isso deixou Zemurray e os outros diretores de orelha em pé. Numa acalorada reunião da diretoria, realizada em Boston, ficou decidido que Edward L. Bernays iria para a Guatemala, onde avaliaria a situação e as perspectivas futuras e veria até que ponto eram perigosas para a companhia as coisas que estavam acontecendo nesse país sob o primeiro governo fruto de eleições realmente livres em sua história.

L. Bernays passou duas semanas na Guatemala, hospedado no Hotel Panamerican, no centro da cidade, a poucos passos do Palácio do Governo. Conversou, valendo-se de tradutores, porque não falava espanhol, com fazendeiros, militares, banqueiros, parlamentares, policiais, estrangeiros residentes no país fazia anos, líderes sindicais, jornalistas e, claro, funcionários da embaixada dos Estados Unidos e dirigentes da United Fruit. Sofreu muito por causa do calor e das picadas dos mosquitos, mas fez um bom trabalho.

Numa nova reunião de diretoria em Boston, expôs sua impressão pessoal sobre o que, a seu ver, estava acontecendo na Guatemala. Deu seu informe baseado em anotações, com a desenvoltura de um bom profissional e sem um pingo de cinismo:

"O perigo de que a Guatemala se torne comunista e passe a ser uma cabeça de praia para a União Soviética se infiltrar na América Central e ameaçar o canal do Panamá é remoto, eu diria que, no momento, não existe", afirmou. "Muito pouca gente na Guatemala sabe o que é marxismo ou comunismo, nem sequer os quatro gatos-pingados que se dizem comunistas e criaram a Escola Claridad para divulgar as ideias revolucionárias. O perigo é irreal, mas nos interessa que se pense que ele existe, principalmente nos Estados Unidos. O verdadeiro perigo é de outra índole. Falei pessoalmente com o presidente Arévalo e com seus colaboradores mais próximos. Ele é tão anticomunista como vocês e como eu mesmo. Prova disso é que o presidente e seus partidários insistiram que a nova Constituição da Guatemala proibisse a existência de partidos políticos que tenham conexões internacionais, declararam em várias ocasiões que 'o comunismo é o maior perigo que as democracias enfrentam' e fecharam a Escola Claridad, deportando seus fundadores. Mas, por mais paradoxal que pareça, o amor desmedido que eles têm pela democracia representa um sério perigo para a United Fruit. Isto, cavalheiros, convém saber, mas não falar."

Sorriu e lançou um olhar teatral a todos os membros da diretoria, alguns dos quais sorriram educadamente. Após uma breve pausa, Bernays continuou:

"Arévalo quer fazer da Guatemala uma democracia, como os Estados Unidos, país que admira e tem como modelo. Os sonhadores costumam ser perigosos, e nesse sentido o doutor Arévalo também é. Seu projeto não tem a menor possibilidade de se realizar. Como pode ser uma democracia moderna um país de três milhões de habitantes, setenta por cento dos quais são índios analfabetos que mal saíram do paganismo, ou ainda estão nele, e onde deve haver três ou quatro xamãs para cada médico? E no qual, por outro lado, a minoria branca, formada por latifundiários racistas e exploradores, despreza os índios e os trata como escravos? Os militares com quem falei também parecem viver em pleno século xix e podem dar um golpe a qualquer momento. O presidente Arévalo sofreu várias rebeliões militares e conseguiu derrotá-las. Pois bem. Embora me pareçam inúteis os seus esforços para tornar seu país uma democracia moderna, qualquer avanço que ele fizer nesse campo, não vamos nos enganar, seria muito prejudicial para nós."

"Entenderam, não é?", prosseguiu, depois de outra pausa prolongada que aproveitou para beber uns goles de água. "Alguns exemplos. Arévalo aprovou uma lei trabalhista que permite criar sindicatos nas empresas e fazendas e autoriza os trabalhadores e camponeses a se filiarem a eles. Também promulgou uma lei antimonopolista, calcada na que existe nos Estados Unidos. Vocês imaginam o que significaria para a United Fruit a aplicação de uma medida desse tipo para garantir a livre concorrência: senão a ruína, pelo menos um sério baque na nossa rentabilidade. Esta não é resultado apenas da eficiência com que trabalhamos, dos esforços e despesas que temos para combater as pragas, sanear os terrenos que conquistamos da selva para produzir mais banana. Também é resultado do monopólio que barra a entrada de possíveis competidores em nossos territórios e das condições realmente privilegiadas em que trabalhamos, livres de impostos, sem sindicatos e sem os riscos e perigos que tudo isso acarreta. O problema não é só a Guatemala, uma parte pequena do mundo onde operamos. É o contágio em outros países centro-americanos e na Colômbia, se a ideia de se transformar em uma "democracia moderna" se espalhar por lá. A United Fruit teria que enfrentar os sindicatos, a concorrência internacional, pagar impostos, proporcionar seguro médico e aposentadoria aos trabalhadores e suas famílias, e ser objeto do ódio e da inveja que nos países pobres sempre rondam as empresas prósperas e eficientes, ainda mais se são americanas. O perigo, senhores, é o mau exemplo. Não é tanto o comunismo, e sim a democratização da Guatemala. Embora provavelmente essas coisas não cheguem a se concretizar, os avanços que houver nessa direção significariam para nós um retrocesso e uma perda."

    Parou de falar e passou em revista os olhares desconcertados ou inquisitivos dos membros da diretoria. Sam Zemurray, o único que não estava de gravata e cuja roupa informal destoava entre os cavalheiros elegantes que compunham a mesa comprida a que estavam sentados, disse:

    — Bem, este é o diagnóstico. Qual é o tratamento para curar a doença?

    — Queria dar um respiro a vocês, antes de continuar — brincou Bernays, bebendo outro gole de água. — Agora vamos aos remédios, Sam. Será longo, complicado e caro. Mas vai cortar o mal pela raiz. E pode dar à United Fruit mais cinquenta anos de expansão, lucros e tranquilidade.

    Edward L. Bernays sabia o que estava dizendo. O tratamento consistiria em atuar simultaneamente junto ao governo dos Estados Unidos e à opinião pública norte-americana. Nem um nem outro tinha a menor ideia de que a Guatemala existia, e muito menos de que podia ser um problema. Isso, a princípio, era bom. "Nós é que devemos informar ao governo e à opinião pública sobre a Guatemala, e fazê-lo de tal forma que todos se convençam de que o problema é tão sério, tão grave, que é necessário conjurá-lo imediatamente. Como? Agindo com sutileza e oportunidade. Organizando as coisas de tal maneira que a opinião pública, decisiva numa democracia, pressione o governo a agir para deter uma séria ameaça. Qual? Aquilo que já expliquei a vocês que a Guatemala não é: um cavalo de Troia da União Soviética infiltrado no pátio traseiro dos Estados Unidos. Como convencer a opinião pública de que a Guatemala está se transformando num país onde o comunismo já é uma realidade viva e que, sem uma ação enérgica de Washington, pode ser o primeiro satélite da União Soviética no novo mundo? Por meio da imprensa, do rádio e da televisão, principal fonte de informação e orientação dos cidadãos, tanto num país livre como num país escravizado. Nós é que temos que abrir os olhos da imprensa para esse perigo iminente, a menos de duas horas de voo dos Estados Unidos e a um passo do canal do Panamá.

"É melhor que tudo aconteça de forma natural, não planejada nem guiada por ninguém, muito menos por nós, interessados no assunto. A ideia de que a Guatemala está prestes a cair nas mãos dos soviéticos não deve nascer na imprensa republicana e direitista dos Estados Unidos, mas na imprensa progressista — quer dizer, o centro e a esquerda —, aquela que os democratas leem e ouvem. Aquela que chega a um público maior. Para a coisa ficar mais verossímil, tudo deve ser obra da imprensa liberal."

Sam Zemurray interrompeu para perguntar:

— E como vamos fazer para convencer essa imprensa liberal, que é uma verdadeira merda?

Bernays sorriu e fez outra pausa. Como um ator consumado, passou os olhos solenemente por todos os membros da diretoria:

— É para essas coisas que existe o rei das relações públicas, ou seja, eu mesmo — brincou, sem a menor modéstia, como se tivesse que perder tempo lembrando àquele grupo de senhores que a Terra é redonda. — É para isso, cavalheiros, que tenho tantos amigos entre os donos e diretores de jornais, rádios e televisões nos Estados Unidos.

Teriam que agir com discrição e habilidade para que os meios de comunicação não se sentissem usados. Tudo devia transcorrer com a mesma espontaneidade com que a natureza realiza suas maravilhosas transformações, para parecer que eram "furos" que a imprensa livre e progressista tinha descoberto e revelado ao mundo. Seria preciso massagear com carinho o ego dos jornalistas, que costumava ser grande.

Quando Bernays terminou de falar, Sam Zemurray voltou a pedir a palavra:

— Por favor, não nos diga quanto vai custar essa brincadeira que você descreveu com tantos detalhes. São traumas demais para um dia só.

— Não vou falar nada sobre isso por enquanto — aceitou Bernays. — O importante é que não esqueçam uma coisa: a companhia ganhará muito mais do que tudo o que possa vir a gastar nessa operação se conseguirmos evitar, por mais meio século, que a Guatemala se transforme na democracia moderna com que sonha o presidente Arévalo.

Tudo o que Edward L. Bernays afirmou nessa memorável reunião da diretoria da United Fruit em Boston se cumpriu ao pé da letra, confirmando, aliás, sua tese de que o século XX seria o século do advento da publicidade como ferramenta primordial do poder e da manipulação da opinião pública nas sociedades, tanto democráticas como autoritárias.

Pouco a pouco, no período final do governo de Juan José Arévalo, e muito mais durante o mandato do coronel Jacobo Árbenz Guzmán, de repente a Guatemala começou a aparecer na imprensa americana, em reportagens no *New York Times,* no *Washington Post* ou na revista *Time* que alertavam sobre o perigo crescente que representava para o mundo livre a influência que a União Soviética estava adquirindo naquele país através de governos que, embora na fachada quisessem aparentar um caráter democrático, estavam na verdade infiltrados por comunistas, companheiros de viagem, inocentes úteis, pois adotavam medidas contrárias à legalidade, ao pan-americanismo, à propriedade privada e ao livre mercado, e estimulavam a luta de classes, o ódio à divisão social, assim como a hostilidade às empresas privadas.

Jornais e revistas dos Estados Unidos, que nunca tinham se interessado pela Guatemala, a América Central ou mesmo pela América Latina, começaram a mandar correspondentes para a Guatemala graças às hábeis iniciativas e relações de Bernays. Eles ficavam hospedados no Hotel Panamerican, cujo bar se tornou praticamente um centro jornalístico internacional, e lá recebiam dossiês muito bem documentados sobre os fatos que confirmavam aqueles indícios — a sindicalização como arma de confronto e a progressiva destruição da empresa privada — e faziam entrevistas, programadas ou recomendadas por Bernays, com fazendeiros, empresários, sacerdotes (vez por outra o próprio arcebispo), jornalistas, líderes políticos da oposição, pastores e profissionais liberais, que confirmavam com informações detalhadas os temores de um país que estava se transformando pouco a pouco num satélite soviético, e que o comunismo internacional pretendia utilizar para minar a influência e os interesses dos Estados Unidos em toda a América Latina.

A partir de determinado momento — exatamente quando o governo de Jacobo Árbenz começou a fazer a reforma agrária no país —, a intervenção de Bernays junto aos donos e diretores de jornais e revistas deixou de ser necessária: já havia surgido — era o tempo da Guerra Fria — uma preocupação real nos círculos políticos, empresariais e culturais dos Estados Unidos, e os próprios meios de comunicação tomavam a iniciativa de mandar correspondentes para ver in loco a situação desse pequeno país infiltrado pelo comunismo. Mas a apoteose foi a publicação de uma matéria da United Press, escrita pelo jornalista britânico Kenneth de Courcy, anunciando que a União Soviética tinha a intenção de construir uma base de submarinos na Guatemala. A *Life Magazine*, *The Herald Tribune*, o *Evening Standard* de Londres, *Harper's Magazine*, *The Chicago Tribune*, a revista *Visión* (em espanhol), *The Christian Science Monitor*, entre outras publicações, dedicaram muitas páginas a mostrar, citando fatos e testemunhos concretos, a gradual submissão da Guatemala ao comunismo e à União Soviética. Aquilo não era uma conspiração: a propaganda tinha imposto uma ficção amigável sobre a realidade, e era a partir dela que os despreparados jornalistas americanos escreviam suas matérias, a grande maioria deles sem perceber que eram fantoches de um titeriteiro genial. Assim se explica que uma pessoa da esquerda liberal com tanto prestígio como Flora Lewis tenha escrito elogios desmedidos a John Emil Peurifoy, embaixador americano na Guatemala. O fato de ser a pior época do macartismo e da Guerra Fria entre os Estados Unidos e a União Soviética contribuiu muito para que essa ficção se tornasse realidade.

Quando Sam Zemurray morreu, em novembro de 1961, estava perto de completar oitenta e quatro anos. Já distante dos negócios, vivendo na Louisiana, cheio de milhões, ainda não entrava em sua cabeça como tinha se realizado de forma tão exata tudo o que Edward L. Bernays planejara naquela remota reunião da diretoria da United Fruit em Boston. Nem sequer suspeitava de que a Fruteira, apesar de ter vencido aquela guerra, já havia começado a se desintegrar e que, em poucos anos, o seu presidente iria se suicidar, a companhia desapareceria e dela só restariam lembranças ruins e péssimas.

I

A mãe da Miss Guatemala era de uma família de imigrantes italianos chamada Parravicini. Após duas gerações, o sobrenome havia se encurtado e espanholizado. Quando o jovem jurista, professor de direito e advogado militante Arturo Borrero Lamas pediu a mão da jovem Marta Parra, houve muitos comentários na sociedade guatemalteca porque, claramente, essa filha de bodegueiros, padeiros e pasteleiros de origem italiana não estava à altura social daquele garboso cavalheiro, cobiçado pelas jovens casadouras da alta sociedade tanto pela antiguidade de sua família como por seu prestígio profissional e sua fortuna. Afinal os murmúrios cessaram e meio mundo estava, alguns como convidados e outros como público, no casamento que foi celebrado pelo arcebispo da cidade na catedral. O eterno presidente, general Jorge Ubico Castañeda, envergando um elegante uniforme constelado de medalhas, compareceu de braços dados com sua gentil esposa e, sob os aplausos da multidão, os dois tiraram fotografias no átrio junto com os noivos.

O casamento não foi feliz no que se refere à descendência. Todo ano Martita Parra engravidava e, por mais que se cuidasse, só paria meninos esqueléticos que nasciam meio mortos e morriam poucos dias ou semanas depois, apesar dos esforços das parteiras, ginecologistas e até bruxos e bruxas da cidade. Após cinco anos de contínuos fracassos, veio ao mundo Martita Borrero Parra, que, desde o berço, por ser bonita, esperta e vivaz, recebeu o apelido de Miss Guatemala. Ao contrário dos seus irmãos, sobreviveu. E como!

Nasceu magrinha, era só pele e osso. O que mais chamava a atenção nela, naqueles dias em que mandavam rezar missas para que a guria não tivesse a mesma sorte que os irmãos, eram sua pele lisa, seus traços delicados, seus olhos grandes e seu olhar tranquilo, fixo, penetrante, que pousava sobre as pessoas e as coisas como se quisesse gravá-las na memória para toda a eternidade. Um olhar que desconcertava e assustava. Símula, a índia maia-quiché que seria sua babá, previu: "Esta menina vai ter poderes!".

A mãe da Miss Guatemala, Marta Parra de Borrero, não pôde desfrutar muito dessa única filha que sobreviveu. Não porque tivesse morrido — viveu até os noventa anos e veio a falecer num asilo de anciãos sem saber muito bem o que estava acontecendo à sua volta —, mas porque, logo depois do nascimento da menina, ficou exaurida, muda, deprimida e (como se aludia aos loucos nessa época de forma eufemística) lunática. Ela ficava dias e dias em casa, imóvel, sem falar; suas empregadas Patrocinio e Juana lhe davam comida na boca e lhe faziam massagens para que suas pernas não atrofiassem; ela só saía do seu estranho mutismo para ter crises de choro que a mergulhavam numa sonolência pasmada. Símula era a única pessoa com quem se entendia, por gestos — ou talvez a empregada adivinhasse os seus caprichos. O doutor Borrero Lamas foi esquecendo que tinha mulher; passavam dias, e depois semanas, sem que ele entrasse no quarto para dar um beijo na testa da esposa. Dedicava a Martita, que ele mimou e adorou desde o dia em que nasceu, todas as horas em que não estava no escritório, ou advogando nos tribunais ou dando aulas na Universidade de San Carlos. A menina cresceu muito grudada ao pai. Este, nos fins de semana em que a casa ficava cheia de seus amigos importantes — juízes, fazendeiros, políticos, diplomatas — que vinham jogar anacrônicas partidas de *rocambor*, deixava Martita correr e brincar entre as visitas. O pai se divertia vendo-a encarar seus amigos com aqueles olhões verde-cinzentos como se quisesse arrancar deles todos os seus segredos. Deixava-se acariciar por todos, mas ela mesma, exceto com o pai, era muito parcimoniosa para dar beijos ou fazer carinho nas pessoas.

Muitos anos depois, evocando esses primeiros tempos de sua vida, Martita só lembraria vagamente, como chamas que se acendiam e apagavam, a grande inquietação política que, de repente, começou a ocupar as conversas daqueles figurões que vinham disputar esses jogos de cartas de outros tempos nos fins de semana. Confusamente ela os ouvia reconhecer, por volta de 1944, que o general Jorge Ubico

Castañeda, aquele cavalheiro cheio de medalhas e galões, de repente se tornara tão impopular que havia movimentos de militares e civis, e greves de estudantes, tentando derrubá-lo. E conseguiram, com a famosa Revolução de Outubro desse ano, quando se impôs outra junta militar, presidida pelo general Federico Ponce Vaides, que os manifestantes também derrubariam. Por fim houve eleições. Os figurões do *rocambor* tinham pânico de que o vencedor fosse o professor Juan José Arévalo, que havia acabado de voltar do exílio na Argentina, porque, diziam, o seu "socialismo espiritual" (o que isso queria dizer?) iria provocar catástrofes na Guatemala: os índios se insubordinariam e começariam a matar as pessoas decentes, os comunistas a se apoderar das terras dos fazendeiros e a mandar para a Rússia as crianças das boas famílias para serem vendidas como escravos. Martita, quando diziam essas coisas, sempre esperava a reação de um daqueles senhores que participavam desses fins de semana regados a *rocambor* e intrigas políticas, o doutor Efrén García Ardiles. Este, um homem de boa estampa, olhos claros e cabeleira comprida, costumava rir chamando os outros convidados de cavernícolas paranoicos porque, a seu ver, o professor Arévalo era mais anticomunista que todos eles, e seu "socialismo espiritual" era apenas uma forma simbólica de dizer que queria fazer da Guatemala um país moderno e democrático, tirando-a da pobreza e do primitivismo feudal em que vivia. Martita lembrava as discussões que se deflagravam: os outros senhores atacavam o doutor García Ardiles chamando-o de agitador, anarquista e comunista. E quando perguntava ao pai por que aquele homem estava sempre discutindo com os outros, ele respondia: "Efrén é um bom médico e excelente amigo. Pena que seja tão amalucado e esquerdista!". Martita ficou curiosa e um dia decidiu pedir ao doutor García Ardiles que lhe explicasse essa história de esquerda e de comunismo.

Nessa época ela já estava no Colégio Belga Guatemalteco (Congregação da Sagrada Família de Helmet), de freiras flamencas, onde todas as moças grã-finas da Guatemala estudavam, e já começava a ganhar os prêmios de excelência e a ter resultados brilhantes nos exames. Não precisava fazer muito esforço, bastava concentrar um pouco sua inteligência natural, que não lhe faltava, para dar ao seu pai uma grande satisfação com as notas altas no boletim. Que felicidade sentia o doutor Borrero Lamas no encerramento do ano letivo, quando a filha subia ao palco para receber um diploma por sua aplicação nos estudos e seu comportamento impecável! E como as freiras e o público aplaudiam a menina!

Martita teve uma infância feliz? Ela mesma se perguntaria isso muitas vezes nos anos vindouros, e responderia que sim, entendendo essa palavra como uma vida tranquila, organizada, sem sobressaltos, de menina protegida e mimada pelo pai, cercada de empregadas. Mas sentia-se triste por nunca ter tido o carinho de uma mãe. Fazia uma visita diária — a hora mais difícil da sua jornada — àquela senhora que sempre estava de cama e, apesar de ser sua mãe, nunca lhe dava atenção. Símula sempre a levava para dar-lhe um beijo antes de ir dormir. Martita não gostava dessa visita, pois aquela senhora parecia mais morta do que viva; olhava para ela com indiferença, deixava-se beijar sem devolver o carinho e às vezes bocejando. Também não se distraía muito com as amiguinhas, com as festas de aniversário aonde Símula a levava, e nem mesmo com os primeiros bailes, quando já estava no secundário e os garotos começavam a querer agradar as garotas e a mandar-lhes cartinhas, e se formavam casais de namorados. Martita se divertia mais nas longas noites do fim de semana com os senhores do *rocambor*. E, principalmente, com as conversas que tinha com o doutor Efrén García Ardiles, a quem metralhava de perguntas sobre política. Ele lhe explicava que, apesar das queixas daqueles senhores, Juan José Arévalo estava fazendo as coisas certas, tentando finalmente instaurar um pouco de justiça no país, sobretudo em relação aos índios, a grande maioria dos três milhões de guatemaltecos. Graças ao presidente Arévalo, dizia, por fim a Guatemala estava se transformando numa democracia.

A vida de Martita deu uma terrível guinada no dia em que fez quinze anos, no final de 1949. Todo o antigo bairro de San Sebastián, onde ficava a sua casa, viveu de certo modo essa comemoração. Seu pai organizou para ela um baile de debutante, festa que as boas famílias da Guatemala faziam para comemorar os quinze anos de suas filhas e apresentá-las à sociedade. O pai mandou fazer uma decoração com flores e grinaldas e iluminar profusamente a casa — com um amplo saguão, janelas gradeadas e um frondoso jardim —, que ficava no coração do bairro colonial. Houve uma missa na catedral, rezada pelo próprio arcebispo, a que Martita assistiu com um vestido branco adornado de tule e um buquê de flor de laranjeira na mão, e que congregou toda a família, inclusive tios e tias e primos e primas que ela via pela primeira vez. Depois soltaram fogos de artifício na rua e fizeram um grande quebra-pote espatifando um vaso de barro cheio de doces e frutas confeitadas, que os jovens convidados disputaram felizes. As empregadas e os garçons serviam os convidados envergando roupas típicas, elas com túnicas coloridas e cheias de figuras geométricas, saia rodada e faixa escura, e eles de calça branca, camisa vermelha e chapéu de palha. O bufê ficou a cargo do Clube Hípico, e foram contratadas duas orquestras, uma popular, com nove tocadores de marimba, e outra mais moderna, de doze professores que interpretavam as danças da moda, bamba, valsa, blues, tango, corrido, guaracha, rumba e bolero. No meio da festa, Martita, a homenageada, enquanto dançava com o filho do embaixador dos Estados Unidos, Richard Patterson Jr., desmaiou. Foi levada para o quarto, e o doutor Galván, que estava lá acompanhando a sua filha Dolores, colega de Martita, a examinou, tirou sua temperatura, verificou a pressão e lhe fez umas fricções com álcool. Ela voltou logo a si. Não era nada, explicou o velho doutor, apenas uma pequena queda de pressão causada pelas fortes emoções do dia. Martita se recuperou e voltou para o baile. Mas passou o resto da noite tristonha e meio aérea.

 Quando todos os convidados foram embora, já bem alta a noite, Símula se dirigiu ao doutor Borrero. Murmurou que queria lhe dizer algo a sós. Ele então levou-a para a biblioteca. "O doutor Galván está errado", disse a babá. "Pressão baixa coisa nenhuma, que absurdo. Lamento muito, doutor, mas é melhor eu lhe dizer de uma vez: a menina está esperando." Agora foi o dono da casa quem ficou tonto. Teve que se atirar na poltrona; o mundo, as prateleiras cheias de livros giravam à sua volta como um carrossel.

 Por mais que o pai tenha pedido, implorado e ameaçado com os piores castigos, Martita, mostrando a tremenda personalidade que tinha e como ia chegar longe na vida, negou-se categoricamente a revelar quem era o pai da criança que estava se formando em sua barriga. O doutor Borrero Lamas quase perdeu o juízo. Ele era muito católico, um verdadeiro carola, e mesmo assim chegou a considerar a possibilidade de um aborto quando Símula, ao vê-lo tão desesperado, disse que podia levar a menina à casa de uma senhora especializada em "mandar nonatos para o limbo". Mas, depois de refletir sobre o assunto e, sobretudo, de conversar com seu confessor e amigo, o padre Ulloa, dos jesuítas, decidiu que não ia expor sua filha a um risco tão grande e tampouco iria para o inferno cometendo esse pecado mortal.

Ficou arrasado ao saber que Martita tinha arruinado a própria vida. Foi preciso tirá-la do Colégio Belga Guatemalteco porque os vômitos e enjoos da gravidez eram frequentes, e as freiras iriam descobrir seu estado, com o previsível escândalo. O advogado se lamentava porque, com essa loucura, sua filha não iria mais conseguir um bom casamento. Que jovem sério, de boa família e com o futuro garantido daria seu nome a uma moça desencaminhada? E, deixando de lado seus estudos e suas aulas, passou todos os dias e noites que se seguiram à revelação de que a menina dos seus olhos estava grávida tentando descobrir quem podia ser o pai. Martita nunca tivera pretendentes. Nem parecia interessada, como as outras garotas de sua idade, em flertar com os rapazes, entregue como estava aos seus estudos. Não era estranhíssimo? Martita não tinha namorado. Ele vigiava todas as suas saídas fora do horário do colégio. Quem, como, onde a tinham engravidado? O que a princípio lhe parecia impossível pouco a pouco se esgueirou em sua mente e, acreditando e ao mesmo tempo não acreditando, decidiu que de qualquer maneira ia conferir. Pôs cinco balas no velho revólver Smith & Wesson que tinha usado poucas vezes, praticando tiro ao alvo no Clube de Caça, Tiro e Pesca ou em alguma incursão de caça a que era arrastado por seus amigos, que sempre achava um tédio.

Apareceu de repente na casa onde o doutor Efrén García Ardiles morava com sua mãe já anciã, no bairro vizinho de San Francisco. Seu velho amigo, que tinha acabado de chegar do consultório onde atendia à tarde — trabalhava de manhã no Hospital Geral San Juan de Dios —, recebeu-o imediatamente. Levou-o para uma salinha cheia de prateleiras com livros e objetos primitivos maia-quichés, máscaras e urnas funerárias.

— Você vai me responder uma coisa, Efrén — o doutor Borrero Lamas falava bem devagar, como se tivesse que arrancar as palavras da boca. — Nós dois fizemos juntos o colégio dos maristas e, apesar das suas ideias políticas desatinadas, eu o considero meu melhor amigo. Espero que, em nome dessa longa amizade, não me minta. Foi você que engravidou minha filha?

Viu o doutor Efrén García Ardiles ficar branco como uma folha de papel. Ele abriu e fechou a boca várias vezes antes de responder. Por fim disse, gaguejando, com as mãos trêmulas:

— Não sabia que ela estava grávida, Arturo. Sim, fui eu. Foi a pior coisa que fiz na minha vida. Vou me arrepender até morrer, juro.

— Vim aqui matar você, seu filho da puta, mas estou com tanto nojo que nem isso consigo fazer.

E começou a chorar, com soluços que estremeciam o peito e banhavam seu rosto de lágrimas. Ficaram cerca de uma hora juntos, e quando se despediram, na porta da rua, não se deram as mãos nem as habituais palmadas nas costas.

Ao voltar para casa, o doutor Borrero Lamas foi diretamente para o quarto onde a filha estava trancada desde o dia do desmaio. Falou com ela sem sentar-se, ainda de pé na soleira, num tom que não admitia réplica:

— Falei com Efrén e chegamos a um acordo. Ele vai se casar com você para que a criança não nasça como essas crias que as cadelas parem na rua, e possa ter um sobrenome. A cerimônia vai ser no sítio de Chichicastenango. Vou pedir ao padre Ulloa que os case. Não haverá convidados. Vamos informar pelo jornal e depois enviar as participações. Até lá, nós dois continuamos fingindo que somos uma família unida. Depois que estiver casada com Efrén, nunca mais voltarei a vê-la nem a fazer coisa nenhuma por você, e ainda vou dar um jeito de deserdá-la. Enquanto isso, você continua trancada neste quarto sem pôr os pés na rua.

Aconteceu tudo como ele disse. O inopinado casamento do doutor Efrén García Ardiles com uma moça de quinze anos, vinte e oito mais nova que ele, provocou murmúrios e boatos que percorreram de ponta a ponta e deixaram em suspense a Cidade da Guatemala. Todo mundo sabia que Martita Borrero Parra estava se casando dessa forma porque aquele médico a engravidara, o que não era de estranhar tratando-se de um sujeito com aquelas ideias revolucionárias, e todo mundo se compadeceu do honrado doutor Borrero Lamas, que desde então nunca mais se viu sorrir nem ir a festas nem jogar *rocambor*.

O casamento se realizou num sitiozinho longínquo onde o pai da noiva plantava café, nos arredores de Chichicastenango, e ele mesmo foi uma das testemunhas; as outras foram uns trabalhadores locais que, como eram analfabetos, tiveram que assinar com um *x* ou um traço antes de receber uns quetzales por isso. Não havia sequer uma taça de vinho para brindar pela felicidade dos recém-casados.

O casal voltou à Cidade da Guatemala e foi diretamente para a casa de Efrén, e sua mãe e todas as boas famílias souberam que o doutor Borrero, cumprindo a promessa que fez, nunca mais voltaria a ver sua filha.

Em meados de 1950, Martita deu à luz um menino que, pelo menos oficialmente, era setemesinho.

II

— Temos que combater o nervosismo seja como for — disse Enrique, esfregando as mãos. — Essas coisas, antes de ir lá fazer, sempre me deixam nervoso. Depois, quando chega a hora, meus nervos se acalmam e faço tudo sem o menor problema. E você, também é assim?

— Comigo é o contrário — disse o dominicano, negando com a cabeça. — Todo dia eu acordo e vou dormir muito nervoso. E fico nervosíssimo quando tenho que agir. Meu estado normal é com os nervos sempre à flor da pele.

Estavam no escritório da Direção Geral de Segurança, que ocupava uma esquina do Palácio do Governo, e das suas janelas viam o Parque Central com suas árvores frondosas e a fachada da catedral da Cidade da Guatemala. Fazia um dia ensolarado e ainda sem nuvens, mas a chuva cairia à tarde e provavelmente ao longo da noite continuaria enchendo as ruas de poças e pequenos regueiros, como tinha acontecido a semana inteira.

— A decisão já está tomada, os planos, feitos e refeitos, e o pessoal envolvido, comprometido. Você já está com todos os passes e autorizações, para você e essa dona. O que pode dar errado? — disse o outro, falando agora em voz muito baixa. E, sorrindo, mas sem um pingo de humor, mudou de assunto: — Sabe o que é bom para acalmar os nervos?

— Um bom gole de rum seco — sorriu o dominicano. — Mas para beber num bordel, não neste escritório triste, onde estamos rodeados de *orelhas*, como vocês chamam os dedos-duros aqui na sua terra. *Orelha*! Soa bem. Não, vamos para o bairro de Gerona, para a casa daquela gringa de cabelo pintado.

Enrique consultou o relógio:

— São quatro da tarde — lamentou. — Vai estar fechado, ainda é muito cedo.

— Abrimos a porta a pontapés se for preciso — disse o dominicano, levantando-se. — Não temos mais nada o que fazer. A sorte já está lançada. Vamos tomar uns tragos enquanto o tempo passa. Eu pago.

Saíram, e à medida que atravessavam a sala cheia de escrivaninhas os civis e militares iam se levantando para saudar Enrique. Este não parava e, como estava à paisana, se despedia com uma simples inclinação de cabeça. Na rua, o carro com o motorista mais feio do mundo ao volante estava à espera numa porta lateral do edifício. Levou-os rapidamente para onde queriam ir, e, de fato, o bordel da gringa ainda estava fechado. Um faxineiro solitário que varria o chão manquitolando informou que a casa só abria "quando chegavam a escuridão e a chuva". Mas mesmo assim bateram na porta várias vezes, e continuaram batendo com mais ímpeto até que, por fim, após um barulho de chaves e correntes, ela se entreabriu.

— A estas horas, cavalheiros? — assombrou-se, ao reconhecê--los, a senhora de cabelo platinado e agora também desgrenhado. Chamava-se Miriam Ritcher e forçava um pouco o seu sotaque para parecer estrangeira. — As meninas ainda estão dormindo ou tomando o café.

— Não viemos por causa delas, viemos tomar uns drinques, Miriam — cortou Enrique, com rispidez. — Podemos entrar, sim ou não?

— Para vocês é sempre sim — falou a gringa dando de ombros, resignada. Abriu a porta, afastou-se da entrada para que eles pudessem passar e fez uma mesura cortesã. — Avante, cavalheiros.

Àquela hora, sem luz e sem clientes, o salãozinho do bar parecia mais pobre e triste do que com as luzes acesas, a clientela rumorosa e a música a todo volume. Em vez de quadros, nas paredes havia cartazes anunciando bebidas e o trem da costa. Os dois amigos foram se sentar em banquetas altas, diante do balcão. Acenderam cigarros e ficaram fumando.

— O de sempre? — perguntou a mulher. Estava com um roupão caseiro e pantufas. Assim, desarrumada e sem maquiagem, parecia centenária.

— O de sempre — brincou o dominicano. — E também, se for possível, uma racha gostosa para lamber.

— O senhor sabe perfeitamente que eu não gosto de grosserias — resmungou a dona da casa, enquanto servia a bebida.

— E eu também não — disse Enrique ao amigo. — Portanto, tenha mais respeito quando abrir a boca.

Ficaram em silêncio por um instante e, de repente, Enrique perguntou:

— Como é essa história de ser rosa-cruz? Que religião é essa que permite falar essas grossuras na frente das damas?

— Adorei ser chamada de dama — disse a mulher, que já estava se afastando, sem se virar para olhá-los. Depois desapareceu atrás de uma porta.

O dominicano pensou um pouco e deu de ombros:

— Nem sequer tenho muita certeza de que é uma religião; talvez seja apenas uma filosofia. Uma vez conheci um sábio que diziam ser rosa-cruz. Foi lá no México, pouco depois da minha chegada. O Irmão Cristóbal. Ele transmitia uma sensação de paz que nunca mais voltei a sentir na vida. Falava com muita calma, lentamente. E parecia inspirado pelos anjos.

— Como assim, inspirado? — disse Enrique. — Era desses beatos meio doidos que andam pela rua falando sozinhos, é isso?

— Ele era um sábio, não louco — disse o dominicano. — E nunca dizia rosa-cruz, dizia "a Antiga e Mística Ordem da Rosa Cruz". Infundia muito respeito. Contava que a ordem tinha surgido no antigo Egito, no tempo dos faraós, como uma irmandade secreta, hermética, e que sobreviveu escondida do grande público ao longo dos séculos. É muito difundida no Oriente e na Europa, ao que parece. Aqui ninguém sabe o que é. Na República Dominicana também não.

— Então, como é que você pode ser rosa-cruz?

— Nem sei se realmente sou — disse o dominicano, lamentando. — Não tive tempo de aprender. Vi o Irmão Cristóbal poucas vezes. Mas ele me marcou. Pelas coisas que dizia, achei que essa religião ou filosofia era a que mais me convinha. Dá muita paz, e não se mete de jeito nenhum na vida particular das pessoas. Ele, quando falava, transmitia isto: tranquilidade.

— Você é mesmo um tanto peculiar — sentenciou Enrique. — E não só pelos seus vícios.

— Pelo menos no que se refere à religião e à alma, confesso que sim — disse o dominicano. — Um homem diferente dos outros. Sou sim, com muita honra.

III

"Preciso beber alguma coisa", pensou. E, desvencilhando-se dos abraços, com os ouvidos torturados pelos vivas! e os coros que repetiam seu nome, sussurrou para María Vilanova "Tenho que ir ao banheiro" e, quase aos empurrões, escapuliu do balcão e voltou para dentro do Palácio. Foi rapidamente se isolar no gabinete que tinha sido dele quando era ministro da Defesa de Arévalo. Entrou, fechou a porta por dentro e foi correndo abrir o quartinho atrás da escrivaninha que mantinha sempre trancado à chave. Lá estava a garrafa de uísque. Com o pulso quase não lhe obedecendo, abriu-a e serviu meio copo. Seu corpo todo tremia, principalmente as mãos. Teve que segurar o copo com os dez dedos para não derramar a bebida e molhar a calça. "Você virou um alcoólatra", pensou, assustado. "Está se matando, vai terminar igual ao seu pai. Não pode ser."
 Para Jacobo Árbenz Guzmán, o suicídio do pai, um farmacêutico suíço residente em Quetzaltenango, região montanhosa do altiplano ocidental da Guatemala — onde ele nasceu em 14 de setembro de 1913 —, era um mistério insondável. Por que tinha feito isso? A farmácia ia mal? Tinha dívidas? Estava falido? O pai era um imigrante radicado naquelas altitudes cheias de marcas da herança maia, onde se casou com uma professora local, dona Octavia Guzmán Caballeros, que sempre escondeu do filho a razão pela qual o marido tinha se matado (talvez ela também não soubesse): foi somente anos mais tarde que Árbenz descobriu que seu pai, um homem hermético, sofria de úlcera duodenal e tomava injeções de morfina para combater a dor.
 Por que não bebia esse copo de uísque com o qual tinha sonhado tanto e que agora mantinha entre as duas mãos? Achava horrível ter ficado tão obcecado com a bebida durante a manifestação que festejava sua vitória. "Será que já sou um alcoólatra?", pensou de

novo. Com a tarefa imensa que tinha pela frente! Com tudo o que tantos guatemaltecos esperavam dele! Iria decepcioná-los por causa dessa miserável fraqueza pela bebida? No entanto, não se decidia a derramar na pia o uísque, que continuou balançando de leve nas mãos, nem a bebê-lo.

Durante a infância e a adolescência, Jacobo morava naquelas terras altas onde as massas índias definhavam na pobreza e eram exploradas de forma impiedosa pelos fazendeiros, de modo que tomou conhecimento ainda muito novo de que havia na Guatemala um sério problema de desigualdade social, de exploração e miséria, muito embora tenham dito mais tarde que foi graças à sua mulher, a salvadorenha María Cristina Vilanova, que ele se tornou um homem de esquerda.

Era um esportista apaixonado desde jovem: praticava atletismo, natação, futebol, equitação, e provavelmente foi por essa razão que escolheu a carreira militar; também deve ter pesado bastante nessa escolha a situação econômica delicada em que sua família ficou depois da trágica morte do seu pai.

Desde muito pequeno ele se destacava por seu comportamento, seu brilhantismo acadêmico e suas conquistas esportivas. E também por seus longos silêncios e seu jeito de ser pouco comunicativo, seco e austero, herdado do pai. Em meados de 1932, quando entrou na Politécnica, a Escola Militar da Guatemala, tirando o primeiro lugar no concurso, falou-se dele como um jovem de grande futuro. Os cadetes recebiam graus militares durante seus anos de estudo; Árbenz obteve o mais alto na história da Escola Militar: primeiro-sargento. E também foi porta-bandeira da companhia de cadetes e campeão de boxe.

Foi lá que adquiriu essa fraqueza pela bebida? Lembrou que essa era a diversão mais comum entre os cadetes, e também entre os suboficiais e oficiais. O que dava mais prestígio entre os seus colegas e chefes não era ter boas notas e uma ficha impecável, e sim uma boa resistência à bebida. "Bobalhões", pensou.

Conheceu a bela e inteligente María Cristina Vilanova quando ainda era cadete. Ela estava visitando a Guatemala e foram apresentados no dia 11 de novembro, durante uma feira realizada em homenagem ao ditador reinante, o general Jorge Ubico Castañeda. Nesse dia o jovem estava muito pálido, porque tinha acabado de sair do hospital devido a um acidente de motocicleta. Houve uma atração mútua, e, quando a moça voltou para San Salvador, os dois começaram a trocar febris cartas de amor. Ela conta, em sua pequena autobiografia, que quando eram namorados falavam de coisas românticas, mas também de assuntos mais sérios "como química e física". María Cristina, nascida em 1915, pertencia a uma das chamadas "catorze famílias" de El Salvador; tinha estudado nos Estados Unidos, no Notre Dame de Namur College, em Belmont, Califórnia, falava inglês e francês, e teria cursado uma faculdade se tivessem permitido, mas não a deixaram porque, segundo os preconceitos da época, uma moça decente não faz essas coisas. A leitura supriu os estudos, como também sua paixão pela literatura, a política e as artes. Ela era uma jovem inquieta, de ideias avançadas, preocupada com a situação econômica e social da América Central, que dedicava suas horas livres à pintura. Apesar da resistência da família de María Cristina, os dois jovens decidiram se casar, e o fizeram assim que Jacobo Árbenz recebeu a patente de alferes. Casaram-se na igreja, em março de 1939, e para isso ele teve que se confessar e fazer a primeira comunhão, pois até então sua educação havia sido laica. O presente de casamento da família de María foi uma fazenda na Guatemala, El Cajón, situada no município de Santa Lucía Cotzumalguapa, em Escuintla. E, naturalmente, foi María Vilanova quem percebeu primeiro que aquilo que tinha começado como um simples gosto estava se transformando em vício. Quantas vezes ouviu sua mulher dizer: "Chega, Jacobo, você já está enrolando a língua, não beba mais!"? E ele sempre obedecia.

O casamento foi feliz, e a cultura e a sensibilidade de María Cristina exerceram grande influência sobre o jovem oficial. Ela o apresentou a intelectuais, escritores, jornalistas e artistas, tanto da Guatemala quanto do resto da América Central, que ele jamais teria conhecido; entre eles havia muitos que se diziam socialistas e radicais, desancavam as ditaduras militares (como a do general Ubico), cada vez mais frequentes nos países centro-americanos, e queriam para a Guatemala uma democracia com eleições livres, liberdade de imprensa e partidos políticos, além de reformas que permitissem aos índios saírem da condição servil a que eram submetidos desde os tempos coloniais. O problema com aqueles artistas e intelectuais, pensou, era que todos gostavam de beber tanto ou mais que ele mesmo; suas reuniões, onde aprendia tanto, quase sempre terminavam em bebedeira. Continuava olhando hipnotizado para o líquido levemente amarelado que tinha entre as mãos.

No futuro, María Cristina seria muito criticada por ter frequentado, quando vieram à Guatemala, duas estrangeiras com fama de comunistas: a chilena Virginia Bravo Letelier, que depois viria a ser sua secretária, e a salvadorenha Matilde Elena López. Mas sua mulher não se intimidava com as críticas, fazia o que achava certo sem se importar com o que iriam dizer, e essa personalidade era o que o marido mais admirava nela. Ainda não tinha jogado o uísque na pia nem bebido. Estava pensando em outra coisa, mas não tirava os olhos do copo. Lá fora, no Parque Central, continuavam os vivas e os coros com o seu nome.

Jacobo Árbenz e María Vilanova tiveram três filhos, duas mulheres e um homem: Arabella, nascida em 1940, María Leonora, em 1942, e Juan Jacobo, em 1946. María Cristina acompanhou o marido no seu percurso como oficial por todas as guarnições militares onde serviu, como San Juan Sacatepéquez e o Forte de San José, período em que seu prestígio e sua liderança foram crescendo entre os companheiros de armas. Ela ficou mais contente quando seu marido foi transferido para a Gloriosa e Centenária Escola Politécnica, na capital, como capitão da companhia de cadetes e, depois, professor de ciência e história.

Moraram por muito tempo em pensões, porque os modestos rendimentos dele (setenta dólares por mês) não davam para alugar um apartamento; até que, afinal, com as promoções, puderam se mudar para uma casa em Pomona, esquina da avenida de la Reforma com a rua Montúfar, rodeada por um amplo terreno com altas árvores que faziam seus moradores se sentirem no campo. Lá continuaram convivendo entre os intelectuais e artistas, muitos dos quais tinham sofrido perseguição e até prisão ou exílio por causa de suas ideias políticas, como Carlos Manuel Pellecer, que passou pela Escola Militar e depois foi preso e exilado no México por sua oposição ao governo de Ubico, e José Manuel Fortuny, professor, jornalista e político que seria, primeiro, dirigente do PAR (Partido de Ação Revolucionária), um movimento democrático de esquerda, e depois um dos fundadores do Partido Guatemalteco do Trabalho (comunista).

"Mas nunca fiquei bêbado, nem vomitei, nem fiz escândalos como tantos colegas ridículos quando se excediam na bebida", pensou. Em todo caso, seus porres nunca eram notados. Ele disfarçava muito bem. E parava de beber quando sentia uma comichão na cabeça e não conseguia mais pronunciar as palavras sem excluir alguma letra ou arrastando as vogais. Então ficava em silêncio e esperava, tranquilo, sem se mover nem participar das conversas ou discussões, que a comichão intrusa fosse se dissipando.

O general Jorge Ubico Castañeda ficou treze anos no poder, até 1944. Antes da Segunda Guerra Mundial, tinha manifestado claras simpatias por Hitler e os nazistas. Reconheceu o governo de Franco em plena Guerra Civil espanhola e compareceu mais de uma vez às manifestações de grupos falangistas, vestidos de azul e fazendo a saudação fascista, em frente à embaixada da Espanha na Guatemala. Mas, sempre oportuno e prudente, quando a Segunda Guerra começou Ubico foi um dos primeiros a cortar relações com a Alemanha e, para cair nas graças dos Estados Unidos, declarar-lhe guerra.

Em 1944, começaram na Guatemala as manifestações contra a ditadura. Os primeiros foram os estudantes da antiquíssima Universidade de San Carlos, rapidamente seguidos por boa parte da opinião pública, funcionários, operários e, principalmente, os jovens. O então capitão Jacobo Árbenz Guzmán foi um dos militares que mais pressionaram para levar o Exército a pedir a renúncia do ditador; e depois, quando Ubico renunciou e deixou o governo nas mãos de outro militar, o general Federico Ponce Vaides, que ameaçava seguir os seus passos, a rebelar-se contra tal imposição. Após grandes manifestações populares hostis a essa forma de continuísmo e uma decidida participação do Exército — que dois oficiais, o major Francisco Javier Arana e o capitão Jacobo Árbenz, induziram a apoiar o levante contra a ditadura —, Ponce Vaides renunciou. Formou-se então uma junta, constituída por esses dois militares, Árbenz e Arana, e um civil, o comerciante Jorge Toriello. Essa junta, conforme tinha sido estipulado, convocou uma Assembleia Constituinte, além de eleições presidenciais e de deputados. Foram as primeiras eleições genuinamente democráticas da história da Guatemala. O movimento popular que as possibilitou, inaugurando uma nova época no país, seria chamado no futuro de Revolução de Outubro. O vencedor dessas eleições foi um notável (embora muito vaidoso) professor e pensador, Juan José Arévalo. Ele estava exilado na Argentina, e seu regresso à Guatemala para se candidatar, no dia 3 de setembro de 1944, deu ensejo a uma recepção gigantesca. Sua vitória contra o general Federico Ponce Vaides foi arrasadora: oitenta e cinco por cento dos eleitores votaram nele.

Jacobo Árbenz, apoiador entusiasta da candidatura de Arévalo, foi seu ministro da Defesa depois de promovido a major. Sua atuação foi decisiva para que Arévalo pudesse terminar seu governo de quatro anos e realizar as reformas políticas e sociais que propunha. Teve que enfrentar mais de trinta, dizem, tentativas de golpe de Estado, que, em grande parte graças à energia e à influência de Árbenz sobre seus companheiros de armas, foram contidas a tempo ou debeladas com ações militares. Algumas delas eram lideradas por um oficial obscuro cujo apelido era Cara de Machado: o tenente-coronel Carlos Castillo Armas, contemporâneo de Árbenz. Este só se lembrava dele como uma figura apagada que passou pela Escola Militar sem glória nem brilho. Apesar da sua insignificância, esse adversário tenaz iria se tornar seu inimigo mortal.

Quantos minutos haviam passado desde que ele se trancara no gabinete do Palácio? Pelo menos dez, e o copo de uísque ainda balançava devagar em suas mãos. Estava encharcado de suor. Como sempre lhe acontecia antes e depois de beber, sentia-se arrependido e enojado. Agora já estava, apesar de não ter bebido e de desconfiar de que nem iria beber.

Como era de esperar, a colaboração de María Cristina Vilanova com o marido continuou muito estreita nos anos em que ele foi ministro da Defesa de Arévalo. Não era em absoluto uma "mulher decorativa", como até então tinham sido obrigadas a ser, pela tradição e pelas leis, as esposas de presidentes e ministros. Era a principal assessora do marido, e sua opinião, segundo testemunhos do próprio Árbenz e das pessoas que conviviam com eles, era escutada e muitas vezes prevalecia sobre a dos outros assessores.

Uma séria rivalidade surgiu, durante o governo de Arévalo, entre Jacobo Árbenz e o coronel Francisco Javier Arana, chefe das Forças Armadas, que tinha aspirações a suceder o presidente. Homem inteligente, simpático e de origem popular — tinha sido soldado raso e chegou a oficial sem passar pela Escola Militar —, Arana também desempenhou um papel decisivo na queda do ditador Ubico. Por isso, obtivera a promessa dos dois partidos políticos identificados com o governo de Arévalo — a Frente Popular Libertadora e a Renovação Nacional, que depois se fundiriam no PAR — de apoiarem sua candidatura à presidência nas eleições de 1950. Desde que Juan José Arévalo assumira a chefia do Estado, Arana tentou atenuar certas reformas sociais e manter a política econômica do regime democrático numa linha prudente, freando as medidas que geravam controvérsia. Segundo rumores espalhados por seus adversários e negados por seus partidários, o coronel Arana começou a conspirar contra o governo e a preparar um golpe de Estado que, embora não fosse destituir Juan José Arévalo, faria dele uma figura cenográfica, sem poder real. O governo se deu conta, graças a militares fiéis, de que o coronel Arana estava dando os postos-chave do Exército aos seus partidários, como no caso de Cara de Machado, chefe da Quarta Zona Militar. Reunido o Conselho de Ministros, e com a presença do presidente do Congresso, o escritor Mario Monteforte Toledo, foi tomada a decisão de detê-lo.

Em 18 de julho de 1949, o coronel Arana foi ao Palácio do Governo pedir ao presidente Juan José Arévalo que entregasse ao Exército um lote de armas que a Legião do Caribe — voluntários que tinham levado José Figueres ao poder na Costa Rica e tentado um desembarque malsucedido contra Trujillo na República Dominicana — tinha devolvido ao governo de Arévalo mas este ainda não pusera à disposição das Forças Armadas. Os rumores da imprensa hostil ao governo diziam que Arévalo pretendia entregar essas armas a umas supostas milícias populares. O presidente comunicou a Arana que as armas estavam numa propriedade do governo conhecida como El Morlón, antiga residência de fim de semana de Ubico e atualmente Clube de Oficiais do Exército. Ficava nas proximidades do lago Amatitlán, a uns trinta quilômetros da Cidade da Guatemala. O coronel

Arana saiu do Palácio acompanhado pelo chefe do Estado-Maior, a quem o presidente Arévalo determinou que pusesse aquele armamento nas mãos do Exército. E atrás dele partiu um grupo de policiais e soldados, encabeçado pelo major Enrique Blanco, da Subdireção da Guarda Civil, com a ordem de prender o coronel Arana quando ele voltasse da entrega.

O chefe do Exército foi emboscado numa pontezinha conhecida como Puente de la Gloria, sobre o rio Michatoya, onde eclodiu um tiroteio entre os dois grupos no qual foram abatidos tanto Arana como o major Blanco. A morte do primeiro seria atribuída pela oposição política ao coronel Árbenz, que, do alto de um morro, o mirante do Parque das Nações Unidas, teria observado com binóculos o episódio. Os historiadores ainda discutem a verdade dos fatos, um dos muitos mistérios de que a história política da Guatemala está cheia. Essa morte, acidental ou deliberada, pesaria nos anos seguintes como uma mancha na vida pública do coronel Árbenz, pois seus adversários o acusariam de ter planejado o assassinato para eliminar um rival. E também seria o principal pretexto que o coronel Castillo Armas, que se considerava discípulo de Arana, utilizou para recomeçar seus levantes contra o governo de Arévalo, que acusava de obedecer a uma secreta agenda comunista.

O fato é que, nessa mesma noite de 18 de julho de 1949 em que Arana morreu, houve uma sublevação militar que fez o governo de Arévalo cambalear e, durante algumas horas, esteve a ponto de derrotá-lo. O regimento denominado Guarda de Honra, a Aviação Militar e a Quarta Zona, dirigida pelo coronel Castillo Armas, se mobilizaram contra as principais instalações do governo, mas outros quartéis e forças militares permaneceram fiéis ao ministro da Defesa, Jacobo Árbenz, que dirigiu a resistência à intentona. Houve tiroteios, mortes, e durante uma parte da noite o resultado da batalha era incerto. Carlos Manuel Pellecer, que havia sido chefe das Missões Ambulantes de Cultura no governo Arévalo, organizou grupos de civis que ajudaram os militares a combater a insurreição dos partidários de Arana, dirigidos por Mario Méndez Montenegro. Ao amanhecer, as forças rebeldes se renderam, seus principais chefes militares pediram asilo em embaixadas estrangeiras e o golpe foi debelado.

Quando tudo isso terminou, ele também se trancara para beber sozinho, como agora, nesse mesmo gabinete. Lembrou como estava exausto: bebeu um gole atrás do outro até sentir aquela comichão na cabeça. Uma comichão mais intensa que de costume, e, em dado momento, teve ânsias de vômito e correu para o banheiro. Agora tinha levado o copo à boca e molhado os lábios, mas dessa vez não bebeu uma gota. Sentia-se profundamente desgostoso consigo mesmo.

Foi durante os anos do governo de Arévalo que se forjou uma colaboração bastante próxima entre Árbenz e o advogado José Manuel Fortuny, dirigente do Partido de Ação Revolucionária que levou Árbenz à presidência e que, como estudante, havia trabalhado muito intensamente pela derrubada de Ubico. Mais tarde seria um dos seus assessores mais influentes. Nessa época, Fortuny tinha se afastado do PAR e se concentrava no Partido Guatemalteco do Trabalho. Este nunca chegou a ser muito grande, nem foi possível provar que recebia apoio ou era financiado pela União Soviética, mas ainda assim acabou sendo um dos pontos que a imprensa local e estrangeira mais utilizou como prova das inclinações comunistas de Árbenz. Na verdade, nunca foi comprovado que elas existissem. E o próprio Fortuny, nas memórias que ditou anos mais tarde, conta que nessa época os próprios dirigentes do Partido Guatemalteco do Trabalho sabiam muito pouco de marxismo, inclusive ele próprio. Árbenz e Fortuny, apesar de eventuais divergências políticas, trabalharam juntos quando o primeiro foi presidente, sobretudo na Lei da Reforma Agrária (o Decreto 900). Fortuny conta que escreveu todos os discursos presidenciais de Árbenz, até o de sua renúncia, embora essa última informação seja discutível. O presidente também foi acusado de ter tido como assessores em seu governo Carlos Manuel Pellecer e Víctor Manuel Gutiérrez, ambos com fama de revolucionários devido aos seus esforços para organizar sindicatos e federações de operários e camponeses.

No final do mandato de Juan José Arévalo, em 1950, Jacobo Árbenz foi apoiado para sucedê-lo por todos os partidos e agrupamentos sociais que haviam sustentado o governo. Sua vitória eleitoral foi inequívoca: recebeu sessenta e cinco por cento dos votos dados aos nove candidatos à presidência. Seu programa de governo se compunha de cinco pontos: uma estrada para o Atlântico, o porto de Santo

Tomás no Caribe, a hidrelétrica Jurún-Marinalá, uma destilaria para o petróleo cru importado e, acima de tudo, a reforma agrária.

Era 15 de março de 1951, e ele ainda estava com o copo de uísque na mão. Lá fora, no Parque Central, milhares de guatemaltecos continuavam comemorando sua vitória. Não iria decepcioná-los. Então se levantou, foi até o banheiro, jogou o uísque na privada e puxou a descarga. Tinha decidido que, enquanto fosse chefe de Estado da Guatemala, não ia beber uma gota de álcool. E cumpriu rigorosamente essa promessa até o dia da sua renúncia.

IV

— O que não entendo é a sua teimosia — disse Enrique. — Querer livrar essa dona dessa encrenca e levá-la para San Salvador. Para quê?
 Não se ouvia qualquer som na rua; ou porque não passavam carros, ou porque a música dos boleros abafava os motores e as buzinas.
 — Eu tenho os meus motivos — respondeu o dominicano, com certa rispidez. — Respeite.
 — Eu respeito, mas não entendo seus motivos; e mesmo assim já fiz tudo o que você pediu — lembrou Enrique. — Por exemplo, mandei tirar os seguranças da casa da dona esta noite, a partir das sete. Mas pense bem. Seria bom envolvê-la também na história, aproveitando para criar um pouco mais de confusão. E, por outro lado, não se iluda: a sociedade guatemalteca está em peso com a senhora Palomo, não com essa dona, na guerrinha civil que se desencadeou em torno do presidente e sua amante. Nós aqui somos muito católicos. Não é como no seu país, onde Trujillo pode levar para a cama quem quiser sem o menor problema.
 Os dois fumavam sem parar, o cinzeiro à sua frente já estava cheio de guimbas, e havia uma nuvem de fumaça sobre suas cabeças.
 — Sei disso muito bem — disse o dominicano. — O pessoal aqui não aprova que um presidente tenha amantes. Principalmente as boas esposas. Será por isso que as guatemaltecas fodem tão mal?
 — Deixe de baboseiras e responda. Para que quer levar a dona? — insistiu Enrique. — É melhor envolvê-la na encrenca para aumentar a confusão que vai haver quando a coisa se tornar pública. Não esqueça que você vai embora, mas eu fico aqui. Tenho que tomar minhas precauções.
 Cada um dos dois já tinha bebido duas doses de rum e o bordel continuava triste e vazio. Miriam, a senhora de cabeleira platinada,

tinha desaparecido, e um indiozinho silencioso varria a serragem espalhada no chão e depois a colocava com as mãos num saco plástico. Era muito pequeno e raquítico, e não se virou uma só vez para olhar para eles. Estava descalço, e sua camisa de algodão, rasgada e cerzida, deixava ver partes da pele escura. A dona da casa tinha empilhado vários discos na vitrola, uma coleção de boleros cantados por Leo Marini.

— Está tudo perfeitamente planejado, não precisamos de mais nada para complicar a situação. Você sabe muito bem o escândalo que vai haver quando a notícia estourar — disse o dominicano. — Por que insiste em meter, também, essa pobre garota na confusão?

— Pobre garota? — Enrique deu uma gargalhada. — Você está muito enganado. Essa dona é uma víbora, uma verdadeira bruxa, com aquela carinha de menina inocente. Não parece, mas ela é capaz de fazer as piores coisas. Senão, não teria chegado aonde chegou.

— Você nunca vai me convencer — disse o dominicano. — Não adianta. O plano é esse. Temos que seguir o que foi combinado. Não esqueça que tem muita gente envolvida.

— É que isso facilitaria muito as coisas para o meu lado, amigo — insistiu o outro, como se não tivesse ouvido. — O caso é muito sério, e por isso mesmo acho indispensável armar uma confusão descomunal na hora de procurar os culpados. Precisamos deixar um monte de pistas que não levem a lugar nenhum. Para confundir os outros. Pense bem.

— Já pensei muitíssimo, e não posso fazer o que você quer — disse o dominicano. — Não é não, amigo.

— Posso saber por quê?

— Pode — respondeu momentos depois o dominicano, agora irritado. Fez uma pausa, tomou ímpeto e soltou: — Porque estou a fim de comer essa racha há muito tempo. Desde o primeiro dia em que a vi. Acha que é uma razão suficiente ou quer mais?

Em vez de responder, Enrique, que ficou olhando para ele com cara de surpresa, deu outra gargalhada. Quando parou de rir, comentou:

— Por essa eu não esperava, não mesmo — deu de ombros e, à guisa de conclusão, afirmou: — Os vícios são uma coisa, o dever, outra. Não é bom misturar trabalho e prazer, rapaz.

V

O coronel Carlos Castillo Armas, Cara de Machado para os íntimos, soube que os mercenários do Exército Liberacionista tinham começado a chegar a Tegucigalpa por causa da algazarra que faziam nos bordéis, bares, fumadouros e cassinos clandestinos da cidade. Os escândalos armados por esses cubanos, salvadorenhos, guatemaltecos, *nicas*, colombianos e até alguns "hispânicos" dos Estados Unidos eram fartamente noticiados pela imprensa e as rádios da capital hondurenha, dando uma péssima credencial à força que pretendia salvar a Guatemala do regime comunista de Jacobo Árbenz. Quando Howard Hunt, seu contato na Flórida, reclamou dessas arruaças, Castillo Armas quis ir a Miami para conversar, em Opa-Locka, com o pessoal da CIA que tinha contratado esses "soldados" sem verificar a fundo seus antecedentes, mas Hunt, sempre esquivo e misterioso, lhe disse que não era conveniente ele ser visto por lá. O coronel descarregou seu mau humor lançando raios e trovões contra o que estivesse ao seu alcance na casa suburbana onde funcionava o seu quartel-general na capital de Honduras. Ele sempre teve um péssimo gênio. Desde jovem, quando seus colegas na Escola Militar começaram a chamá-lo de *Caca* por causa das primeiras letras do seu nome, passou a inventar secretamente uns apelidos barrocos e febris (que costumavam ser insultos) para as pessoas que o contrariavam; decidiu chamar aqueles mercenários escandalosos de "pulguentos". E imediatamente ordenou ao punhado de militares guatemaltecos que tinham desertado do Exército para apoiá-lo que multassem os culpados pelos distúrbios e, se fossem graves, que cancelassem seus contratos. Mas como não eram eles, e sim a CIA — a Madrasta — que se responsabilizava pelo pagamento dos soldados do Exército Liberacionista, suas ordens foram cumpridas a conta-gotas.

Era uma verdadeira desgraça que isso acontecesse logo agora, quando, depois da eleição de Eisenhower para presidente em janeiro de 1953, os Estados Unidos finalmente tinham resolvido derrocar Árbenz, não com intrigas políticas, mas empunhando armas, como queria Cara de Machado. Durante o governo de Truman, ele não conseguiu convencer os gringos de que só uma ação militar — como a orquestrada pela CIA pouco antes no Irã para derrubar o regime do primeiro-ministro Mohammed Mossadegh — podia acabar com a crescente influência comunista na Guatemala. Por fim, graças principalmente ao novo secretário de Estado, John Foster Dulles, e ao novo chefe da CIA, Allen Dulles, irmão daquele, ambos ex-procuradores da United Fruit, os norte-americanos decidiram apoiar a invasão armada, como pedia Castillo Armas desde que fugira da velha e tétrica Penitenciária da Guatemala e conseguira se exilar em Honduras. E justamente a CIA (a Madrasta) encarregou Howard Hunt, entre outros, de dar apoio local à Operação Sucesso (PBSuccess) — como a batizaram —, que patrocinava desde o princípio. Então, quando o Exército Liberacionista estava sendo formado, esses mercenários vinham fazer arruaças em Honduras, onde, além do mais, o presidente Juan Manuel Gálvez (o Nojento) tinha sido reticente para apoiar esses planos; só cedeu devido às fortes pressões do governo americano e da United Fruit, que era, em Honduras, ainda mais poderosa que na Guatemala. Castillo Armas não tinha a menor dúvida de que tudo se solucionaria quando os gringos combinassem com o presidente Anastasio Somoza o início do treinamento dos mercenários em território nicaraguense. Mas por que diabos demoravam tanto essas negociações? Ele próprio tinha falado com Somoza e conhecia a boa vontade do general em relação à invasão.

"As coisas estão indo devagar por culpa dos gringos", pensou. Do seu escritório podia ver um pedaço de campo, com árvores e capinzais, o perfil de um dos morros de cor pardacenta que circundam Tegucigalpa e uns camponeses longínquos, de chapéu de palha, inclinados sobre umas sementeiras. Não podia reclamar dessa casinha onde a United Fruit o havia instalado, e a empresa também pagava os funcionários e a cozinheira, além de assumir todas as despesas fixas, incluindo o chofer e o jardineiro. Era muito bom que os gringos tivessem decidido agir, mas não que fizessem tudo sozinhos, deixando-o de lado, logo ele que, desde o assassinato do coronel Francisco Javier Arana e ao longo dos três anos do governo de Árbenz, arriscava a vida denunciando a penetração comunista na Guatemala. Foi se queixar com os diretores da United Fruit, mas eles tentaram persuadi-lo: era melhor ficar longe do governo americano, para que a imprensa arbenzista não o acusasse de ser um mero instrumento da Madrasta. Esse argumento não o convencia porque, como era marginalizado das decisões importantes, sentia-se uma verdadeira marionete de Washington e da CIA. "Aqueles filhos da mãe!", pensou. "Puritanos!" Fechou os olhos, respirou fundo e tentou arrefecer o mau humor pensando que em breve ia derrotar (e talvez matar) Jacobo Árbenz (o Mudo). Já o odiava quando os dois eram cadetes na Escola Politécnica. Naquela época, por questões pessoais: Árbenz era branco, garboso e bem-sucedido, e ele, ao contrário, humilde, bastardo, pobre e com traços indígenas. Mais tarde, porque Árbenz se casou com María Vilanova, uma salvadorenha bonita e rica, e ele com Odilia Palomo, uma professora sem graça e tão insolvente como ele mesmo. E, acima de tudo, por razões políticas.

Não poder se comunicar diretamente com a CIA ou com seu interlocutor, Howard Hunt, que sumia por longos períodos — às vezes passava meses sem saber nada dele — e nunca lhe dava a menor pista do seu paradeiro, nem com a equipe do Departamento de Estado que dirigia todos os preparativos da invasão, era uma coisa que o deixava fora de si. Isso o fazia sentir-se humilhado, vexado, preterido em questões cruciais do seu próprio país. Durante um bom tempo, antes que Howard Hunt aparecesse, seu único contato era Kevin L. Smith, o diretor da United Fruit em Honduras. Um dia Smith lhe comunicou que afinal "eles" o tinham escolhido para dirigir o Exército Liberacionista e ele próprio o levou em seu avião particular para a Flórida, onde foi instalada, dezenove quilômetros ao norte de Miami, a base de Opa-Locka, num antigo campo da aviação naval, para comandar a Operação PBSuccess. Lá o coronel conheceu Frank Wisner, subdiretor de Projetos da CIA, encarregado por Allen Dulles de dirigir o plano para derrubar Árbenz e, pelo que entendeu, chefe direto de Howard Hunt. Wisner confirmou que ele tinha sido o escolhido, superando o general Miguel Ydígoras Fuentes (o Mamata) e o advogado e cafeicultor Juan Córdova Cerna, e portanto iria encabeçar as operações para a libertação da Guatemala. Mas não lhe disse com que argumento Howard Hunt defendeu a sua candidatura: "Porque Mister Caca é meio índio e, não se esqueçam, a grande maioria dos guatemaltecos também é. Vão ficar felizes com ele!".

A euforia que sentiu por sua escolha foi rapidamente dissipada pelas infinitas precauções que os gringos tomavam antes de dar cada passo. Queriam manter as aparências, para que os Estados Unidos não pudessem ser acusados na ONU de ser o verdadeiro executor (e, principalmente, financiador) da futura guerra de libertação da primeira república comunista a serviço de Moscou na América Latina. Como se fosse possível tapar o sol com uma peneira! Castillo Armas associava esses escrúpulos dos gringos com o puritanismo religioso. É o que sempre dizia aos seus oficiais, em todas as reuniões que fazia naquele escritório: "Os gringos sempre paralisam tudo e fazem as coisas com o pé no freio por causa do seu maldito puritanismo". Não sabia muito bem o que queria dizer com aquilo, mas sentia-se satisfeito consigo mesmo ao dizê-lo: parecia um insulto profundo e filosófico.

Em contrapartida, sua gratidão ao presidente Anastasio Somoza, da Nicarágua, não tinha limites. Este sim era um aliado generoso e consciente do que estava em jogo. Ele permitiu que os soldados do Exército Liberacionista recebessem treinamento em seu país — e até ofereceu El Tamarindo, uma de suas fazendas, e a ilha de Momotombito, no lago de Manágua, para isso — e autorizou que os voos dos aviões da CIA para jogar panfletos nas cidades da Guatemala e, quando começassem as ações, bombardear objetivos estratégicos partissem de aeroportos *nicas*. E que ficasse sediado em Manágua o comando de operações da campanha militar. A CIA já havia instalado na cidade os aviadores e demais militares norte-americanos que assumiriam o comando estratégico da invasão. Somoza nomeou seu filho Tachito como contato entre o governo e os funcionários americanos encarregados de planejar as sabotagens e as batalhas. Embora o Generalíssimo Trujillo (a Aranha) tenha se mostrado generoso, tanto em termos de armamentos como de dinheiro, Castillo Armas não acreditava nele. Havia qualquer coisa no poderoso e soberbo caudilho dominicano que lhe provocava desconfiança e até mesmo temor. Seu faro lhe dizia que, se dependesse demais de Trujillo para a sua guerra de libertação — este já lhe entregara pessoalmente sessenta mil dólares e depois fez mais dois envios, através de intermediários, de dinheiro e armas —, essa ajuda podia lhe custar caro quando estivesse no poder. No único encontro que tiveram, em Ciudad Trujillo, não gostou nada de ver que o outro lhe impunha condições, de maneira sinuosa, para depois de conquistada a vitória. Além do mais, já sabia que o candidato do Generalíssimo para dirigir no futuro o destino da Guatemala era um amigo e cupincha dele, o general Miguel Ydígoras Fuentes (o Mamata).

Embora a operação já estivesse em andamento, o Cara de Machado não sabia de muita coisa a respeito. Tinha a desagradável sensação de que os gringos lhe escondiam seus planos de propósito, ou porque não confiavam nele ou, simplesmente, porque não o respeitavam. Frank Wisner se permitiu até repreendê-lo por ter exagerado no número de voluntários que havia recrutado na Guatemala para o Exército Liberacionista: garantiu meio milhar, mas só conseguiu reunir pouco mais de duzentos. Por isso, a CIA começou a recrutar pulguentos de diversos países centro-americanos. Eram eles que estavam fazendo arruaças em Tegucigalpa. Seria melhor levá-los imediatamente para Nueva Ocotepeque, até que os treinamentos na Nicarágua pudessem começar. Ligou para o coronel Brodfrost, da US Army, braço direito de Frank Wisner e seu novo contato em Manágua, e ele lhe disse que o treinamento na fazenda e na ilhota de Somoza ia começar na segunda-feira seguinte, e que naquela mesma tarde teria início o transporte dos soldados do Exército Liberacionista para a Nicarágua. E também lhe disse que a CIA tinha mandado Howard Hunt para o exterior, numa nova missão, e portanto ele não ia aparecer mais por aqueles lados. E lhe avisou que não voltasse a incomodar Wisner, pois a partir de agora seria ele o seu único interlocutor.

Outro grande problema foi a emissora clandestina, a Rádio Liberação. Os gringos tinham comprado um equipamento poderoso que permitia que a estação chegasse a todas as regiões da Guatemala, apesar de transmitir sua programação de Nueva Ocotepeque, cidade hondurenha situada nas proximidades da fronteira. Quando Castillo Armas quis nomear o diretor da rádio, Brodfrost lhe informou que a

CIA já havia designado um gringo chamado David Atlee Phillips (o Invisível) para dirigi-la. Castillo Armas não conseguiu falar nem uma vez com esse senhor, embora a Rádio Liberação tivesse que coordenar suas atividades com o Exército Liberacionista, do qual era porta-voz. Os problemas surgiram desde a primeira transmissão clandestina, no sábado dia 1º de maio de 1954. Contrariando o coronel, que pedira que os programas fossem gravados na própria Guatemala, informaram que iriam gravar no canal do Panamá, onde, no France Field, campo de instalações militares que os Estados Unidos possuíam lá, a CIA havia instalado uma "central logística" encarregada exclusivamente da invasão da Guatemala; dali partiriam as armas, e também as fitas gravadas; estas seriam enviadas diretamente a Nueva Ocotepeque depois de aprovadas por David Atlee Phillips (o Invisível). Quando o coronel ouviu o primeiro programa, ficou horrorizado: só um dos locutores tinha sotaque guatemalteco; os outros (incluindo uma locutora) eram *nicas* e panamenhos, como revelavam seus sotaques e suas palavras. Os protestos de Castillo Armas chegaram ao comando central, mas a correção só foi feita no quarto ou quinto dia, de maneira que muitos guatemaltecos e o próprio governo de Árbenz ficaram sabendo desde o começo que aquelas transmissões da Rádio Liberação não eram feitas "de algum lugar" das selvas da Guatemala, como dizia a emissora, mas do estrangeiro e por obra de estrangeiros. E quem podia estar por trás de tudo aquilo senão os próprios americanos?

    Já o que funcionou muito bem foi a campanha nas rádios e na imprensa acusando o governo de Árbenz de ter transformado a Guatemala numa cabeça de praia da União Soviética e de pretender se apoderar do canal do Panamá. Mas isso não foi obra do governo dos Estados Unidos nem da CIA, e sim da United Fruit e do seu gênio publicitário, o senhor Edward L. Bernays. Castillo Armas ficou boquiaberto quando o ouviu explicar como a publicidade podia impregnar uma sociedade de ideias as mais diversas, assim como de temores ou esperanças. Nesse caso tinha funcionado perfeitamente. O senhor Bernays e o dinheiro da United Fruit conseguiram convencer a sociedade norte-americana, e o próprio governo de Washington, de que a Guatemala já era vítima do comunismo e que Árbenz dirigia pessoalmente essa manobra. Por isso, o coronel Castillo Armas achava que tudo funcionaria muito melhor se as coisas dependessem da United Fruit. Mas, infelizmente, não havia outro remédio — como o Generalíssimo Trujillo lhe disse naquele dia — senão passar pela Madrasta e por Washington. Uma pena!

 Castillo Armas achava inúteis todas as precauções que a CIA e o Departamento de Estado tomavam para que ninguém pudesse acusar os Estados Unidos de estarem por trás da invasão que se preparava. Árbenz e seu chanceler Guillermo Toriello acusariam os americanos de qualquer jeito nas Nações Unidas, com ou sem provas. Para que então perdiam tanto tempo com essas precauções, que atrasavam os preparativos e davam ensejo a erros como os da Rádio Liberação? Os cassetes demoravam vários dias para chegar do Panamá a Nueva Ocotepeque. De repente, o presidente de Honduras, Juan Manuel Gálvez, disse que a emissora havia sido localizada e teria que encerrar suas atividades ou sair do país. A CIA decidiu levá-la para Manágua, pois Somoza não fazia objeções e até lhe cedeu um espaço. Algum tempo depois, sem dar qualquer explicação ao Cara de Machado, a CIA decidiu promover uma nova mudança de endereço, e a Rádio Liberação passou a transmitir a partir de Key West, na Flórida, sua programação clandestina para a Guatemala.

 O armamento do Exército Liberacionista também seguia uma trajetória sinuosa antes de chegar ao território hondurenho, de onde iniciaria a invasão. Primeiro era concentrado na base militar americana do canal de Panamá e de lá os aviões que a CIA havia comprado para o Exército Liberacionista o transportavam para os diversos pontos da fronteira hondurenha de onde as forças expedicionárias partiriam; parte dessas armas e munições era lançada de paraquedas sobre os povoados guatemaltecos próximos à fronteira nos quais, mais na teoria que na prática, se haviam constituído grupos clandestinos de sabotagem e demolição. Também surgiram muitos problemas com a aviação do Exército Liberacionista. Castillo Armas sempre imaginou que seria composta por aparelhos da Aviação Militar guatemalteca, que desertariam da sua base em La Aurora para se unirem a ele. Mas Brodfrost, exultante, um dia lhe deu a notícia de que Allen Dulles tinha autorizado, com a aprovação do seu irmão John Foster Dulles e talvez do próprio presidente Eisenhower, a compra no mercado internacional de três aviões Douglas C-124C para a Operação PB-Success. Serviriam para jogar panfletos de propaganda e ir preparando a população civil para a invasão. E, quando esta começasse, para fornecer armas, comida e medicamentos às forças liberacionistas e também bombardear o inimigo. Tal como em todos os preparativos, os gringos não deixaram Castillo Armas indicar um único aviador do seu comando para participar da equipe que fez as compras, e muito menos da busca de tripulações. O coronel teve outro desgosto quando soube que um dos pilotos contratados para levar os aviões do Exército Liberacionista era um aventureiro psicopata, Jerry Fred DeLarm (o Doidinho), bom piloto, mas conhecido em toda a América Central como um notório contrabandista. Em suas bebedeiras ele costumava se vangloriar em altos brados dos voos proibidos que fazia, afirmando que decolava e aterrissava onde bem entendesse, pouco lhe importando o rigor dos países com vigilância e proteção de seu espaço aéreo.

As descortesias dos gringos não irritavam apenas Mister Caca, mas também o grupinho de oficiais do Exército da Guatemala que, por amizade ao coronel ou por irritação com as reformas de Árbenz, haviam desertado e compunham o seu Estado-Maior. Fazendo das tripas coração, Castillo Armas explicava a eles que a prudência dos "gringos puritanos" se devia à delicada situação diplomática em que o governo de Washington ficaria se fosse acusado nas Nações Unidas, com provas flagrantes, de invadir um país pequeno como a Guatemala e derrubar um governo escolhido em eleições normais. Além do mais, como eles sabiam, os gringos são bastante ingênuos. E, principalmente, não podiam esquecer que esses "ingênuos" estavam fornecendo as armas, os aviões e o dinheiro sem os quais não haveria invasão possível. Apesar de dizer essas coisas aos seus oficiais, nas quais ele mesmo não acreditava, Castillo Armas compartilhava do ceticismo e da frustração.

Como se tudo isso não fosse suficiente, as dores de cabeça do coronel aumentaram dramaticamente com as declarações do coronel Rodolfo Mendoza Azurdia, chefe da Aviação Militar e último oficial superior ocupando um cargo importante no governo de Árbenz a se unir ao Exército Liberacionista. O próprio Castillo Armas foi recebê-lo e abraçá-lo no aeroporto de Tegucigalpa ao saber das complicadas artimanhas utilizadas pelo coronel Mendoza, que até a véspera era vice-ministro da Defesa do governo de Árbenz, para fugir da Guatemala e se unir às forças da liberdade.

Mendoza Azurdia e Castillo Armas tinham sido contemporâneos na Escola Militar, mas nunca foram amigos. Destacados para diferentes guarnições, os dois se viram poucas vezes e fizeram carreiras separadas. O primeiro não aderiu às duas intentonas subversivas do Cara de Machado contra os governos de Arévalo e de Árbenz. Por isso, foi uma surpresa para ele quando esse chefe da modestíssima Aviação Militar guatemalteca, que era considerado próximo a Árbenz, enviou um emissário discreto para lhe informar que pretendia sair do governo e fugir da Guatemala: seria bem-vindo nas fileiras liberacionistas? Castillo Armas lhe respondeu que o esperava de braços abertos. E, na frente dos jornalistas, elogiou Mendoza Azurdia no aeroporto de Tegucigalpa por sua valentia e seu patriotismo. Os ataques que ele estava recebendo da imprensa oficialista — disse — seriam sua melhor credencial na Guatemala de amanhã.

Mas quando o coronel Mendoza começou a revelar as intimidades do governo de Árbenz a Castillo Armas e seu Estado-Maior, este ficou de cabelo em pé. Dessa vez as punhaladas vinham de quem menos se podia esperar! Do novo embaixador dos Estados Unidos na Guatemala, John Emil Peurifoy (o Caubói), cuja nomeação ele havia aplaudido porque a CIA lhe informou que John Foster Dulles o tinha escolhido porque era um "falcão": fizera um magnífico serviço na Grécia, contribuindo de forma decisiva para que os militares monárquicos destruíssem a subversão das guerrilhas comunistas, e por isso fora apelidado de Açougueiro da Grécia. E ainda mais quando soube que Peurifoy, depois de apresentar suas credenciais ao presidente Árbenz, lhe entregara uma lista de quarenta comunistas com cargos na administração pública guatemalteca, exigindo que fossem demitidos e presos ou fuzilados. Isso, pelo visto, provocou um incidente diplomático. A partir de então toda a imprensa de esquerda da Guatemala passou a atacar o embaixador Peurifoy, que já estavam chamando de Vice-rei e Procônsul. Ninguém sabia que, para os seus botões, o líder dos liberacionistas o chamava de Caubói.

O que preocupou enormemente Castillo Armas foi saber, por intermédio do coronel Mendoza, que Peurifoy tinha começado de imediato a conspirar com oficiais do Exército, que convidava à embaixada dos Estados Unidos ou encontrava no Clube Militar, no Clube Hípico e em casas particulares. Exigia que eles dessem um "golpe institucional", depondo Árbenz ou pedindo sua renúncia, e prendessem todos os comunistas que estavam transformando o país num satélite soviético, tal como havia acontecido antes na Grécia. Segundo Mendoza Azurdia, o embaixador Peurifoy não acreditava na invasão que Castillo Armas estava preparando e achava que uma guerra civil podia ter consequências negativas, pois não era evidente que, uma vez desencadeadas as ações militares, os liberacionistas vencessem. Havia, segundo ele, muitos elementos imponderáveis, e a invasão podia fracassar. Considerava mais seguro trabalhar com o Exército e estimulá-lo a dar um golpe. Na última reunião entre o embaixador gringo e os chefes militares guatemaltecos, estes, pela voz do chefe do Exército, o coronel Carlos Enrique Díaz (o Punhais), lhe disseram que a princípio aceitavam sua ideia de "golpe institucional" com duas condições: que antes disso Castillo Armas se rendesse, interrompendo os preparativos militares, e que se comprometesse a não ocupar cargo algum no governo que sucederia Árbenz. O embaixador Peurifoy, pelo visto, concordava com o plano e, em extensos telegramas cifrados enviados ao senhor Allen Dulles e ao secretário de Estado John Foster Dulles, pediu que aprovassem sua estratégia. Carlos Castillo Armas sentiu que estava desmoronando algo que ele havia construído trabalhosamente ao longo de todos aqueles anos. Se o embaixador impusesse o seu plano, ele se tornaria uma espécie de quinto pneu do carro. Então, começou a odiar o Caubói quase tanto como odiava o Mudo.

    Ainda estava angustiado com essas últimas novidades quando a CIA, por intermédio do coronel Brodforst, veio levantar seu ânimo: a invasão iria cruzar a fronteira guatemalteca e começar as ações militares contra Árbenz no amanhecer do próximo dia 18 de junho de 1954.

VI

— Todo mundo acaba falando — disse o dominicano. — Se o nosso serviço desta noite der errado e nos pegarem, você e eu também falaríamos que nem papagaios.

— Eu não — afirmou Enrique, de forma muito determinada, dando uma pancadinha no bar. — Sabe por quê? Porque não ia adiantar nada. De qualquer jeito me matariam. Em casos assim, é melhor negar tudo ou ficar calado até o fim. Seria o mal menor.

— Não é que tenha tanta experiência como você — disse o dominicano, após uma pausa. — Mas quando eu estava no México, fazendo aqueles cursos policiais de que já falei, me deram um livro. Sabe como se chamava?

Enrique virou-se, olhou para ele e ficou esperando, sem dizer nada.

— *Torturas chinesas* — disse o dominicano. — Os chineses são famosos como comerciantes e pela construção da Grande Muralha. Mas, na verdade, sua verdadeira obra de gênio são as torturas. Ninguém inventou tantas nem tão terríveis como eles. Quando eu disse que todo mundo acaba falando, estava pensando nesse livro dos chineses.

Os boleros de Leo Marini tinham parado, e o indiozinho, depois de varrer a serragem do piso do bordel da gringa Miriam, desaparecera sem ter olhado uma só vez para eles. Eram os donos e senhores do lugar. Agora, sem a música, às vezes se ouvia passar, ao longe, um automóvel. O dominicano pensou que provavelmente já tinha começado a chover. Não gostava de chuva, mas gostava do arco-íris que, depois dos torós, enchiam de cores o céu da Guatemala.

— Saúde — disse Enrique. — Aos chineses.

— Saúde — disse o dominicano. — Às torturas que fazem falar.

Beberam um gole de rum e Enrique lembrou:

— Já vi resistir às piores torturas gente que preferia morrer a dar nomes, endereços ou acusar seus cupinchas. É verdade que alguns enlouqueceram antes. Por isso posso dizer o que digo com conhecimento de causa.

— Não é que eu não acredite — respondeu o dominicano. — Mas garanto que, se você tivesse à mão o meu livro *Torturas chinesas*, esses heróis que ficaram calados teriam falado, contando tudo o que sabiam e até o que não sabiam.

— Sempre com a mesma conversa, rapaz — disse Enrique, rindo. — Você vive falando de tortura, das rachas das mulheres que lambeu ou gostaria de lamber e dos rosa-cruzes que ninguém sabe do que se trata. Sabe o que você é? Um maníaco. Para não chamar de pervertido.

— Talvez seja — o dominicano deu de ombros, assentindo com a cabeça. — Quer saber de uma coisa? Toda vez que preciso fazer um cara falar na base da porrada me dá vontade de cantar. Ou de recitar poesias de Amado Nervo, que minha mãe tanto apreciava. Normalmente eu não faço essas coisas. Cantar, recitar. Nem penso nisso. Só quando tenho que machucar alguém para que fale. Esse livro *Torturas chinesas* me deixou fascinado não sei por quanto tempo. Eu lia e relia, sonhava com ele e ainda me lembro claramente das ilustrações. Poderia reproduzi-las. Por isso, eu garanto, nenhum desses seus heróis ficaria calado se você tivesse lido *Torturas chinesas*.

— Da próxima vez pego o seu emprestado — falou Enrique, sorrindo e olhando o relógio. E comentou: — É só a gente ter que esperar, e o tempo não passa nunca.

— Beba outra e não olhe mais a hora — disse o dominicano, erguendo o copo. — Ainda temos um bom tempo.

— Às torturas dos chineses. — Enrique também ergueu o seu, desalentado, sem tirar os olhos do relógio.

VII

O Generalíssimo Trujillo olhou o relógio: quatro minutos para as seis da manhã. Johnny Abbes García se apresentaria às seis em ponto, hora para a qual fora convocado. Provavelmente estava sentado na sala de espera havia um bom tempo. Devia mandá-lo entrar imediatamente? Não, melhor esperar até seis em ponto. O Generalíssimo Rafael Leonidas Trujillo não era maníaco apenas por pontualidade, mas também por simetria: seis horas eram seis horas, não quatro minutos antes das seis.

Será que fizera bem dando uma bolsa àquele jornalista de turfe míope, barrigudo, de carnes flácidas, e que andava feito um camelo, para fazer uns estrambóticos cursos de ciências policiais no México? Antes descobrira algumas coisas: seu pai era um contador honesto e ele, um jornalista comum, um tanto boêmio, especializado em corridas de cavalo; tinha um programinha de turfe numa rádio; convivia com poetastros, escrevinhadores, artistas e boêmios (provavelmente antitrujillistas) na Farmácia Gómez, situada à rua El Conde, na parte colonial de Ciudad Trujillo. Às vezes alguém o ouvia gabar-se de ser rosa-cruz. De tanto em tanto aparecia nos bordéis, pedindo desconto às prostitutas para deixarem ele fazer as porcarias de que mais gostava, e frequentava pontualmente o hipódromo Perla Antillana nos dias de corrida. Quando o Generalíssimo recebeu sua carta pedindo ajuda para ir ao México fazer aqueles cursos policiais, teve um palpite. Chamou-o, viu-o, escutou-o e, na mesma hora, decidiu ajudá-lo, com a vaga intuição de que naquela rechonchuda feiura humana havia alguém, algo, que ele poderia aproveitar. Acertou. Ao mesmo tempo que lhe dava, através da embaixada, uma quantia mensal para comer, dormir e frequentar os cursos policiais, pediu-lhe informação sobre os exilados dominicanos no México. Abbes García se saiu às mil maravilhas, descobriu o que eles faziam, onde se reuniam, o grau de periculosidade de cada um. Fez amizades, e até se embriagava com eles, para melhor traí-los. E arranjou uma dupla de cubanos foragidos, Carlos Gacel Castro — "o homem mais feio do mundo vos saúda" era a sua apresentação — e Ricardo Bonachea León, que lhe davam um apoio quando o Generalíssimo decidia que os realmente perigosos deviam sofrer um acidente ou morrer num suposto assalto. Abbes García, Gacel e Bonachea colaboravam de forma impecável, dando os endereços e recomendando o lugar e a hora mais propícios para simular um atropelamento ou, pura e simplesmente, liquidar numa emboscada o exilado perigoso. Aquilo que o Generalíssimo ia pedir agora ao ex-jornalista era mais delicado. Estaria à altura?

Bastou pensar desse modo indireto no coronel Carlos Castillo Armas, presidente da Guatemala, para sentir que seu sangue fervia e a boca estava cheia de espuma. Aquilo lhe acontecia desde jovem; a raiva fazia a saliva se acumular e ele precisava cuspir; mas, como ali não havia onde, engoliu. "Tenho que mandar comprar uma dessas escarradeiras", pensou. Havia proposto a Castillo Armas que comemorassem juntos a vitória dos liberacionistas no Estádio Nacional da Guatemala, construído pelo ex-presidente Juan José Arévalo na chamada Cidade Olímpica. O pobre imbecil se negou, argumentando que "os tempos não eram propícios para espetáculos assim". E até enviou seu chanceler Skinner-Klee e seu chefe de protocolo para explicar a ele por que não era conveniente realizar um ato como aquele. Trujillo não os deixou sequer falar, e deu vinte e quatro horas para os dois deixarem a República Dominicana. Só de lembrar a covardia de Castillo Armas, aquele idiota e ingrato, o Generalíssimo sentia dor de barriga.

— Bom dia, Excelência — disse o mirrado coronel e se perfilou, batendo a sola do sapato no chão e levando a mão à testa numa continência, apesar de estar à paisana. Era evidente que o recém-chegado não se sentia à vontade.

— Bom dia, coronel — o Generalíssimo estendeu a mão, apontando-lhe uma poltrona. — Sente-se, vamos conversar melhor aqui. Antes de mais nada, bem-vindo à República Dominicana.

Tinha se enganado com aquele mequetrefe do Castillo Armas, disso o Generalíssimo não tinha mais qualquer dúvida. Não fez nenhuma das três coisas que ele lhe pediu e, ainda por cima, esse coronelzinho magricela e meio tísico, com seu bigodinho hitleriano e o cabelo cortado quase a zero, não se limitando a desprezar suas propostas, agora se atrevia a falar mal da sua família. O relatório do embaixador dominicano na Guatemala, o psiquiatra Gilberto Morillo Soto, era detalhado e explícito: "O presidente Castillo Armas, já bastante alto, permitiu-se fazer o público rir do seu filho, o general Ramfis, dizendo literalmente (e por favor me perdoe a crueza, Excelência): 'Qual é o mérito de comer a Zsa Zsa Gabor ou a Kim Novak dando a elas de presente um Cadillac, uma pulseira de diamantes e um casaco de visom? Assim qualquer um é sedutor!'. Em vez de me retirar de lá ofendido, fiquei para ver se ele continuava zombando da sua digna família. E, de fato, Excelência, o presidente continuou pelo resto da noite".

O Generalíssimo explodiu num ataque de fúria daqueles que tinha toda vez que sabia que alguém falara mal dos seus filhos, irmãos ou da sua esposa — e com sua mãe era pior ainda. A família era sagrada para ele, quem a ofendesse pagava caro. "Você me paga, seu desgraçado", pensou. "E o general Miguel Ydígoras Fuentes vai para o seu lugar."

— Vim pedir sua ajuda, Excelência — o coronel Castillo Armas tinha uma voz fininha e irregular; era magro, enfermiço, alto e um pouco corcunda, a negação completa de um porte militar. — Tenho os homens, o apoio dos Estados Unidos e dos exilados guatemaltecos. E, claro, o Exército só está esperando que eu me subleve para se juntar à libertação.

— Não esqueça o apoio da United Fruit e de Somoza, que também contam — lembrou-lhe o Generalíssimo, sorrindo. — Para que precisa do meu, além de tudo isso?

— Porque o senhor é o aval mais importante para a CIA e o Departamento de Estado, Excelência — respondeu imediatamente o coronel, adulando-o. — Eles mesmos me disseram: "Vá falar com Trujillo. É o anticomunista número um na América Latina. Se ele o apoiar, nós apoiaremos também".

— Já me pediram várias vezes — o Generalíssimo voltou a sorrir-lhe, concordando. Mas logo depois ficou sério. — Vou ajudá-lo, claro. Temos que liquidar o comunista do Árbenz o quanto antes.

Seria preferível ter acabado com o antecessor dele, o tal Arévalo, aquele sabichão, outro comunista. Eu avisei aos gringos, mas eles não acreditaram em mim. Costumam ser ingênuos, às vezes até burros, mas que remédio, nós precisamos deles. Devem ter se arrependido, imagino.

Agora sim, eram seis em ponto e nesse exato momento bateram respeitosamente na porta do escritório. Surgiram a cabeça grisalha e o sorrisinho servil de Crisóstomo, um de seus ajudantes.

— Abbes García? — disse o Generalíssimo. — Mande ele entrar, Crisóstomo.

Um instante depois, o homem entrou no seu gabinete com seu estranho andar desconjuntado, dando a impressão de que ia desmoronar a cada passo. Estava com um paletó xadrez, uma gravata vermelha um pouco ridícula e sapatos marrons. Alguém tinha que ensinar esse sujeito a se vestir melhor.

— Bom dia, Excelência.

— Sente-se — ordenou Trujillo, e foi direto ao ponto. — Chamei você aqui para lhe dar uma tarefa muito importante.

— Sempre às suas ordens, Excelência — Abbes García tinha uma vozinha viciosamente perfeita: seria por causa do seu passado de locutor? Provavelmente. Outra coisa que o Generalíssimo sabia dele era que, por um tempo, tinha sido locutor e comentarista de atualidades numa rádio desconhecida. Seria mesmo rosa-cruz? O que significava ser um rosa-cruz? Aparentemente aquele lenço vermelho com que assoava o nariz era um dos símbolos dessa religião.

— Já está tudo bastante avançado, Excelência — disse o coronel Castillo Armas. — Só nos faltam as instruções de Washington para começar. Recrutei boa parte dos homens. Vamos treinar numa fazenda do presidente Somoza, na Nicarágua, e também numa ilhota. E depois em Honduras. Queríamos fazer exercícios também em El Salvador, mas o presidente Óscar Osorio tem escrúpulos e por enquanto não nos autorizou. Os gringos já o estão pressionando. Mas agora precisamos é de um pouco de cash. Nisso, os gringos puritanos são um pouco tacanhos.

Riu, e Trujillo viu que o guatemalteco ria sem fazer nenhum som, franzindo um pouco a boca e mostrando os dentes. Uma faísca de riso iluminava seus olhos de rato.

— É esse filho da puta do Castillo Armas — disse Trujillo, com aquele seu olhar que ficava glacial quando se referia a um inimigo. — Já está no poder há mais de dois anos graças a mim, e não cumpriu nenhuma das coisas que me prometeu.

— O senhor manda e eu obedeço, Excelência — disse Abbes García, inclinando a cabeça. — O que tiver que ser feito será feito. Eu lhe prometo.

— Você vai para a Guatemala como adido militar — disse Trujillo, olhando-o nos olhos.

— Adido militar? —Abbes García ficou assombrado. — Mas não sou militar, Excelência.

— É sim, desde o começo deste ano — disse Trujillo. — Mandei incorporá-lo ao Exército, com a patente de tenente-coronel. Aqui estão os papéis. O nosso embaixador lá, Morillo Soto, já sabe. Ele está à sua espera.

Viu no olhar de Abbes García uma surpresa que logo depois se transformava em alegria, satisfação, assombro. E uma gratidão canina. Ainda por cima, o pobre-diabo estava de meias azuis. Será que isso também era coisa de rosa-cruz? Misturar na roupa todas as cores do arco-íris?

— O senhor vai receber as armas de que está precisando — disse Trujillo ao guatemalteco, como se o caso não tivesse muita importância. — E também o cash de que necessita. Como eu já sabia disso, tenho aqui um pequeno adiantamento de sessenta mil dólares nesta sacola. E vou lhe dar um conselho, coronel.

— Sim, naturalmente. Pode dizer, Excelência.

— Pare de brigar com o general Ydígoras Fuentes. Vocês dois têm que se entender. Estão no mesmo lado, não se esqueça.

— Não tenho palavras, Excelência — murmurou o coronel Castillo Armas, maravilhado por ter sido tudo tão fácil. Pensava que ia ter que dourar a pílula com Trujillo, negociar, forçar, mendigar. E, na mesma hora, lhe carimbou: Aranha. — Sei que ele é seu amigo. O problema é que o general Ydígoras nem sempre joga limpo comigo. Mas afinal vamos acabar nos entendendo, pode ter certeza.

O Generalíssimo sorria, satisfeito por ter impressionado tanto o militar guatemalteco.

— Só vou lhe pedir três coisas, depois que o senhor tomar o poder — acrescentou, observando como aquelas roupas civis do coronel pareciam encardidas.

— Considere-as feitas, Excelência — interrompeu Castillo Armas. Havia começado a gesticular, como se estivesse discursando. — Em nome da Guatemala e da nossa cruzada liberacionista, agradeço sua generosidade de todo o coração.

— Vou fazer as malas assim que sair daqui, Excelência — disse Abbes García. — Já estive na Guatemala e tenho alguns conhecidos lá. Um deles é Carlos Gacel, aquele cubano que nos ajudou tanto lá no México. Lembra?

— Procure chegar até o presidente, transmita a ele os meus cumprimentos. O ideal seria ficar amigo de Castillo Armas. Para isso, não há melhor caminho que a mulher dele ou, ainda melhor, a amante — disse o Generalíssimo. — Tenho as informações que Morillo me manda. Não sei se ele é um bom diplomata, mas como informante é de primeira. Pelo visto, o presidente arranjou uma amante bastante jovem, uma tal de Marta Borrero. Bonita e atrevida, dizem. Parece que há uma divisão entre os partidários dele por culpa dessa Martita. Quase uma guerra civil entre os seguidores da mulher oficial, Odilia Palomo, e os da amante, a Miss Guatemala, como é chamada. Procure chegar até ela. As amantes costumam ter mais influência que as esposas legítimas.

Riu, e Johnny Abbes García também riu. Ele tinha começado a tomar notas num caderninho e Trujillo viu que o novo tenente-coronel do Exército dominicano tinha dedos, tal como seu corpo e seu rosto, curvos, grossos e nodosos como os de um velho. Mas era um homem jovem, não devia ter nem quarenta anos.

— A primeira é que mande prender o general Miguel Ángel Ramírez Alcántara — disse Trujillo. — Imagino que o conheça. Ele dirigiu a Legião do Caribe que quis invadir a República Dominicana a mando do filho da puta do Juan José Arévalo. Achando que era pouco romper as relações diplomáticas com a Espanha de Franco, a Nicarágua de Somoza, o Peru de Odría, a Venezuela de Pérez Jiménez e comigo, ainda quis nos invadir. Nós matamos um bocado de invasores, mas Ramírez Alcántara escapou. E agora anda por lá, na Guatemala, protegido pelo presidente Árbenz.

— Claro que sim, Excelência. Eu o conheço muito bem. Vai ser minha primeira medida quando subir ao poder, claro que sim. Vou mandá-lo para cá, embrulhado para presente.

Trujillo não riu; estava com os olhos semicerrados e fitava algo no vazio, enquanto falava como se estivesse monologando:

— Ele está na Guatemala, livre, se vangloriando de suas façanhas — repetiu, com uma cólera fria. — A façanha de tentar me derrubar, principalmente. Uma invasão que fracassou e pela qual fizemos muitos desses canalhas pagarem caro, com a morte. Mas como o general Ramírez Alcántara conseguiu fugir, agora ele tem que pagar as suas culpas. Não acha?

— Claro, Excelência — afirmou Castillo Armas, assentindo com a cabeça. — Sei muito bem quem é o general Ramírez Alcántara. Considere o problema resolvido. Não se preocupe mais com isso.

— Quero o homem vivo — interrompeu Trujillo. — Que ninguém toque em um fio de cabelo dele. Vivinho e saltitante. O senhor é responsável pela vida dele.

— Claro, Excelência, as amantes sempre são mulheres muito úteis — voltou a rir, de um jeito forçado, Abbes García. — Aprendi isso naqueles cursos de polícia que fiz no México dos quais o senhor caçoa tanto.

— São e salvo, isso nem se discute — continuou Castillo Armas. — E quais são as outras duas condições, Excelência?

— Não são condições, são pedidos — esclareceu Trujillo, franzindo as sobrancelhas. — Entre amigos ninguém impõe condições. Somente se pedem e se fazem favores. E nós dois já somos amigos, não é mesmo, coronel?

— Claro, claro — ecoou rapidamente o visitante.

— Pedi que ele me entregasse Ramírez Alcántara — continuou Trujillo, irritado. — E quando o prenderam, depois da vitória da revolução liberacionista, pensei que ia fazê-lo. Mas o filho da puta do Castillo Armas ficou me enrolando, inventando histórias. E agora, ainda por cima, o deixou em liberdade. Logo ele, ninguém menos que o chefe da Legião do Caribe. Virou um homem do regime de Castillo Armas. Um cachorro que tentou me derrubar! Você já viu na sua vida traição maior que essa?

— Diga quais são os outros dois — o coronel Castillo Armas estava com uma carinha implorante que fazia o Generalíssimo rir. — É a primeira coisa que farei, Excelência, para atender o seu pedido. Dou minha palavra de honra.

— Um convite oficial, logo após o restabelecimento das relações diplomáticas entre os nossos dois países — disse Trujillo, com suavidade. — Não esqueça que foi o governo de Arévalo que as rompeu. Eu nunca estive na Guatemala. Adoraria conhecer o seu país. E a condecoração da Ordem do Quetzal, se for possível. Somoza já tem, não é?

— Nem precisa mencionar essas coisas, Excelência — afirmou o coronel Castillo Armas. — É o que eu ia fazer em primeiro lugar, de qualquer maneira: restabelecer as relações que os comunistas cortaram, convidá-lo para visitar o nosso país, condecorá-lo com a Ordem do Quetzal no grau máximo. Será glorioso para a Guatemala recebê-lo com todas as honras!

— Não fez nenhuma das três coisas — murmurou o Generalíssimo, estalando a língua. — Quando venceu, eu lhe propus um grande ato no Estádio Nacional da Guatemala, nós dois juntos, comemorando sua vitória. Mas ele arranjou umas desculpas idiotas.

— Tem inveja do senhor, Chefe — concluiu Abbes García.
— É a única explicação. Evidentemente trata-se de um ingrato, um filho da mãe.

O Generalíssimo olhava para ele daquela maneira inquisitiva que sempre deixava seus interlocutores muito constrangidos. Examinou-o de novo da cabeça aos pés.

— Você tem que mandar fazer umas fardas — disse afinal. — Por enquanto, duas: uma de serviço e outra de gala. Vou lhe dar o endereço do meu alfaiate, Atanasio Cabrera, na cidade colonial. Ele faz em dois dias se você disser que é muito urgente. Diga que foi enviado por mim e que depois mande a conta aqui para o Palácio.

— Quanto às armas, Excelência — insinuou o guatemalteco. — Poderíamos falar disso agora?

— Vou mandar um barco com todo o material de que necessita — respondeu o Generalíssimo. — Metralhadoras, fuzis, revólveres, granadas, bazucas, armas pesadas. E até gente, se você achar necessário.

Só precisa me indicar um porto seguro onde atracar, em Honduras. Agora mesmo, depois de sair daqui, estarão à sua espera uns militares de confiança a quem você pode encaminhar seu pedido de armamento.

Isso deixou o coronel Castillo Armas assombrado. Ficou de boca aberta, com seus olhinhos diminutos brilhando de contentamento e gratidão.

— Estou maravilhado com sua generosidade e sua eficiência, Excelência — murmurou. — Na verdade, não tenho palavras para lhe agradecer por tudo o que está fazendo por nós. Pelo povo guatemalteco, quero dizer.

Trujillo estava satisfeito; aquele homenzinho já estava na sua mão.

— E agora, ainda por cima, o traidor do Castillo Armas fica falando mal da minha família quando se embriaga — exclamou de novo, furioso. — Entende? Era um joão-ninguém e, graças aos gringos e a mim, agora está no poder. O sucesso lhe subiu à cabeça. E agora se permite divertir sua plateia debochando da minha família, principalmente do Ramfis. Isso não pode ficar assim.

— Naturalmente, Excelência — disse Abbes García, levantando-se.

Trujillo sorria, examinando o seu interlocutor: sim, não havia a menor dúvida, o novo tenente-coronel do Exército dominicano não tinha o menor resquício de porte militar. Nisso os dois se pareciam, ele e Castillo Armas.

— Ouvi falar que você é rosa-cruz — disse o Generalíssimo. — É verdade?

— Bem, sim, Excelência, é verdade — confirmou Abbes García, desconfortável. — Ainda não entendo muito bem, mas gostei dessa história dos rosa-cruzes. Talvez seja melhor dizer que me é útil. Mais que uma religião, é uma filosofia de vida. Fui iniciado por um sábio, lá no México.

— Você me explica isso outro dia, com mais tempo — interrompeu Trujillo, apontando para a porta. — Eu, em retribuição, lhe ensinarei como se vestir de um jeito menos cafona.

— Que Deus o conserve com saúde, Excelência — despediu-se o coronel Castillo Armas, batendo outra continência, já na porta do gabinete.

VIII

— São quase seis horas — disse o dominicano. — Já saí do Hotel Mansión de San Francisco e estou com as malas no carro. Posso passar um tempinho na sua casa?

— Na minha casa acho que não, amigo — Enrique negou com a cabeça. — É muita imprudência. Seria melhor ter ficado com o quarto no hotel até de noite.

— Não se preocupe — tranquilizou-o o outro. — Vou passar o tempo dando umas voltas pelo centro, é a única coisa bonita nesta cidade tão feia. Vamos conferir de novo a agenda do sujeito?

— Não é preciso — afirmou Enrique. Mas mesmo assim, fechando os olhos, fez como se recitasse: — Esta manhã o presidente cumpriu perfeitamente o seu programa. Recebeu em audiência o embaixador dos Estados Unidos e depois uma comissão de indígenas do Petén. Ditou cartas, leu um discurso na embaixada do México e almoçou na casa da dona. Esta tarde vai ter uma reunião com empresários no Palácio para convencê-los a trazer de volta os cobres que levaram para o exterior no tempo de Árbenz e investi--los no país.

— A festa de aniversário do seu irmão, o ministro da Defesa... — começou o dominicano.

— Continua de pé, e vai manter todo o gabinete ocupado, de modo que não se preocupe com isso — interrompeu Enrique. — Tudo vai dar certo. A menos que...

— A menos que o quê? — alarmou-se o outro.

— A menos que aconteça um milagre — disse Enrique, com um risinho forçado.

— Bem, felizmente eu não acredito em milagres — suspirou o dominicano, aliviado.

— Eu também não — disse Enrique. — Só falei para te provocar, e para acalmar meus nervos, que estão à flor da pele.

— Vamos de uma vez, então.

O dominicano deixou algum dinheiro ao lado da garrafa de rum que quase tinham esvaziado durante as horas que passaram lá. O bordel continuava solitário e triste. A gringa Miriam não voltou a aparecer, certamente continuava fazendo a sua lenta maquiagem para parecer menos gasta à noite, quando aquele lugar estivesse cheio de barulho, música e gente.

Na rua — caía uma chuvinha invisível, o céu estava nublado e ouviam-se uns trovões retumbando lá em cima, na cordilheira —, viram que agora havia dois carros à sua espera, com os respectivos motoristas ao volante. O chofer que viera se juntar ao homem mais feio do mundo também era cubano e se chamava Ricardo Bonachea León. Tinha chegado pouco antes do México, onde fora um bom colaborador do dominicano e, como aquele, já trabalhava para a Segurança do Estado guatemalteco.

Enrique e o dominicano se despediram acenando com a cabeça, sem um aperto de mãos. O primeiro subiu no carro dirigido pelo motorista mais feio do mundo, o segundo no outro. O dominicano ordenou ao motorista recém-chegado:

— Dê umas voltas pelo centro, sem fazer o mesmo percurso duas vezes, Ricardito. Tenho que estar na porta da catedral às sete em ponto.

IX

Quando, muito tempo depois, em seu exílio itinerante, passava em revista na memória aqueles curtos três anos e meio em que ficou no poder, Jacobo Árbenz Guzmán recordaria como a experiência mais importante do seu governo aquelas semanas de abril e maio de 1952, quando apresentou seu anteprojeto de reforma agrária ao Conselho de Ministros para depois submetê-lo ao Congresso da República. Sabia muito bem como ele era importante — como era decisivo — para o futuro da Guatemala e quis, antes de concluir todo o processo, que fosse analisado por seus partidários e adversários em audiências públicas. A imprensa informou todos os detalhes dessas audiências. Elas ocorreram no Palácio do Governo, e as discussões foram acompanhadas pelo rádio em todos os confins do país.

O tema apaixonava seus amigos e inimigos e, sem dúvida, mais que a qualquer outra pessoa, a ele mesmo. Foi o assunto em que mais se concentrou, que mais estudou e que mais se esforçou para concretizar — como ele disse — "numa lei redonda, sem arestas, perfeita e indiscutível". Como poderia imaginar que, por causa dessa lei, o seu governo cairia, centenas de guatemaltecos iriam morrer e outros sofreriam prisão e desterro, e que a partir de então ele mesmo e sua família teriam que viver precariamente no exílio!

Foram realizadas três audiências públicas, cada uma das quais durou muitas horas, prolongando-se a terceira até mais de meia-noite. Faziam uma pequena pausa ao meio-dia para comer uma tortilha ou um sanduíche e tomar uma bebida sem álcool, e depois continuavam até concluir a agenda do dia. Participaram não só os partidários da lei, mas, sobretudo, os adversários. O presidente tinha sido categórico: "Que venham todos. A começar pelos advogados da United Fruit, os dirigentes da Associação Geral de Agricultores (AGA), os representantes dos latifundiários e também, claro, da Confederação Nacional Camponesa. Assim como os jornalistas da imprensa escrita e do rádio, incluindo os correspondentes estrangeiros". Todos. Fez essa exigência contrariando às vezes seus próprios partidários, alguns dos quais, como Víctor Manuel Gutiérrez, secretário-geral da Confederação de Sindicatos Operários e Camponeses, preferiam não expor a lei a tanta controvérsia, porque temiam que os inimigos do governo se aproveitassem dos debates para dinamitar o anteprojeto. Árbenz não deu o braço a torcer: "Temos que ouvir todas as opiniões, a favor e contra. As críticas vão nos ajudar a melhorar a lei".

Ele praticava a autocrítica e não costumava arranjar desculpas para seus erros; pelo contrário, estava disposto a retificá-los se o convencessem de que havia errado. Sempre quis agir de maneira tal que suas próprias limitações não se projetassem nos seus atos de governo, mas, com o distanciamento, admitiu que tinha se enganado em muitas coisas. Mesmo assim, estava orgulhoso da sua participação naqueles debates, pela forma como defendeu todos os artigos do projeto e respondeu às objeções. Muitos supostos especialistas e técnicos queriam deturpar a lei, enfraquecendo-a com exceções, exclusões e compromissos que deixariam a propriedade da terra tal como vinha sendo durante séculos na Guatemala. Mas ele não permitiu isso. Essa firmeza, infelizmente, não lhe adiantou muito; pelo contrário, exasperou seus inimigos.

Árbenz não tinha dúvida de que a reforma agrária iria transformar radicalmente a situação econômica e social da Guatemala, estabelecendo as bases de uma nova sociedade que o capitalismo e a democracia levariam à justiça e à modernidade. "Vai permitir que haja oportunidades para todos os guatemaltecos, não só para uma minoria insignificante como agora", repetiu muitas vezes naquelas discussões. Foi uma das poucas vezes que María, sua mulher, crítica severa de tudo o que ele fazia e dizia, também o felicitou, emocionada e com lágrimas nos olhos, apertando seu braço: "Você foi muito bem, Jacobo". Todos os seus ministros e os parlamentares amigos concordaram com ela: nunca fora mais eloquente que naqueles debates. Mas não convenceu os adversários: a partir de então, a oposição dos latifundiários foi mais colérica e tenaz.

Quando era jovem, Árbenz quase não pensava nos problemas sociais do país: a situação dos índios, por exemplo, a meia dúzia de ricos e a imensidão de pobres, a vida marginal, vegetativa, que três quartos da população levavam, a distância sideral entre a vida dos indígenas e a dos bem situados, os profissionais liberais, fazendeiros, donos de comércios e de empresas. Havia demorado muito para entender que só um punhado de compatriotas seus desfrutava dos privilégios da civilização e concluir que era necessário ir à raiz do problema social para que a situação mudasse e os privilégios da minoria se estendessem para todos os guatemaltecos. A chave era a reforma agrária.

Não se envergonhava de dizer que finalmente havia entendido em que país vivia — um país muito bonito, com uma história riquíssima, mas cheio de injustiças terríveis — graças a María Vilanova, a mulher pela qual se apaixonou no instante em que a viu pela primeira vez, tão linda e elegante era. Mas se apaixonaria ainda mais ao descobrir que aquela jovem de olhos vivazes, silhueta esbelta e nariz bem desenhado também era inteligente e sensível. E porque ela, apesar de ser membro de uma família salvadorenha abastada, desde muito jovem tomou consciência do atraso que havia nos países centro-americanos e de como ele e tantos outros estavam de olhos vendados para o problema social.

María Vilanova o fez descobrir, ainda antes de receber a patente de alferes na Escola Militar, tudo o que ele não sabia, confinado como estivera até então num mundo de armas, ordens, estratégias, códigos, heróis epônimos, batalhas e, tal como seus companheiros, completamente à margem daquela sociedade cheia de preconceitos racistas que não apenas ignorava mas também desprezava os milhões de índios que eram mantidos de costas para a civilização.

Graças a María Vilanova, tinha se aberto para ele um mundo que desconhecia, de injustiças seculares, preconceitos e cegueira, racista, mas também de uma pujança escondida, um mundo que, despertado e mobilizado, podia revolucionar a Guatemala, El Salvador e toda a América Central. Ela lhe contou que tinha descoberto nos Estados Unidos, quando lá estudava, como os países da América Latina haviam ficado para trás, as enormes desigualdades sociais e econômicas que separavam as classes sociais e as pouquíssimas — para não dizer nulas — oportunidades que os pobres tinham aqui de sair da pobreza e ter acesso a uma educação que lhes permitisse progredir na vida. Era essa a grande diferença em relação a uma democracia moderna, como os Estados Unidos. Árbenz pôde superar, graças a María, os preconceitos arraigados que regiam os comportamentos e as relações sociais na Guatemala, onde os brancos — os que se achavam brancos — viam os índios como se fossem animais. E a partir de então, quando os dois ainda eram namorados, tentou superar sua ignorância e se desvencilhar dos lugares-comuns, e para isso começou a estudar sociologia, teoria política e economia e a perder o sono pensando no que podia ser feito para tirar o seu país — e toda a América Central — do poço em que tinha caído, transformando-o de maneira tal que um dia pudesse ser parecido com aquela democracia dos Estados Unidos que abriu os olhos e dissolveu os preconceitos de María Cristina.

Desde aquele tempo, em seus primeiros anos como oficial do Exército, Jacobo Árbenz, tal como María Cristina e o grupo de amigos civis que, graças a ela, tinha passado a frequentar, chegou à conclusão de que a chave da mudança, o instrumento indispensável para iniciar uma transformação da sociedade guatemalteca era a reforma agrária. Teriam que transformar a estrutura feudal que reinava no campo, onde a imensa maioria de guatemaltecos, os camponeses, não dispunha de terras e só trabalhava para fazendeiros mestiços e brancos, por salários miseráveis, enquanto os grandes ruralistas viviam como os donatários na colônia, desfrutando de todos os benefícios da modernidade.

O que fazer com a United Fruit, a Fruteira, o famoso Polvo? Era uma companhia gigantesca que tinha conseguido, graças naturalmente à corrupção dos governos da Guatemala — principalmente as ditaduras —, contratos lesivos que nenhuma democracia moderna aceitaria. Que incluíam, por exemplo, isenção de pagamento de impostos. Ao contrário de muitos dos seus amigos extremistas, Jacobo Árbenz estava convencido de que o Polvo não deveria ser expulso da Guatemala de forma alguma; pelo contrário, eles tinham que colocar a Fruteira dentro da lei, fazê-la pagar impostos, respeitar os trabalhadores, permitir que criem sindicatos. E fazer dela um modelo para atrair outras empresas, norte-americanas e europeias, indispensáveis para o desenvolvimento industrial do país.

Árbenz nunca mais esqueceu as intermináveis discussões que teve com esses amigos que conheceu graças a María Vilanova. Eles se encontravam pelo menos uma vez por semana, geralmente aos sábados, ou às vezes duas, em suas casas ou nas pensões onde Jacobo e María moravam. Debatiam e ouviam palestras, comentavam livros ou acontecimentos políticos enquanto comiam ou bebiam alguma coisa. Era gente de ofícios diversos — jornalistas, artistas, professores, políticos — com quem Árbenz nunca tinha convivido antes. Eles lhe revelaram aspectos da vida do país que não conhecia, os seus problemas sociais e políticos, como tinham sido nefastas as guerras civis e as ditaduras — como a atual, do general Jorge Ubico Castañeda —, a ideia de democracia, de eleições livres, de imprensa independente e crítica, de socialismo. Jacobo discutia ferozmente com eles, contrapondo-se ao comunismo e defendendo a democracia capitalista. "Como é nos Estados Unidos", costumava repetir. "É disso que precisamos aqui."

Os pintores, músicos e poetas, uns pobretões de vida boêmia pelos quais María tinha uma queda, não interessavam tanto a Árbenz. Menos, em todo caso, que os jornalistas e professores universitários, por exemplo, com quem discutia política. Entre estes, Carlos Manuel Pellecer e José Manuel Fortuny, dos quais chegou a ser amigo, se é que Jacobo Árbenz, com sua maneira de ser tão reservada e seu mutismo pertinaz, chegou a ter algum amigo íntimo. Mas com Fortuny e Pellecer sentia afinidade, preocupações comuns; simpatizava com a franqueza deles, seu desapego às coisas materiais e, talvez, também, com seu desleixo e a bagunça em que ambos costumavam viver ("É verdade que os contrários se atraem", pensou muitas vezes). Árbenz nunca se considerou socialista e sempre encarava com ironia os esforços de Fortuny para se formar intelectualmente lendo pensadores marxistas (livros que nunca encontrava na Guatemala e precisava encomendar no México, gastando um dinheiro que mal tinha para comer) e criar na Guatemala, algum dia, um partido comunista. Mas, na verdade, apesar dessa discordância, os conselhos, as ideias e a cultura política, sobretudo de Fortuny, superior à sua, foram muito úteis para ele quando exerceu o poder.

Havia conhecido Fortuny durante a Revolução de Outubro de 1944; um pouco mais novo que ele, Fortuny devia estar com uns vinte e cinco anos. Na época era repórter do *Diário do Ar*, um programa de rádio dirigido pelo escritor Miguel Ángel Asturias, e tinha fama de boêmio, inquieto, inteligente e corajoso. Parece que havia entrado na prestigiosa Escola Normal aos doze anos, mas não persistiu no projeto de ser professor, tampouco terminou seus estudos na Faculdade de Direito da Universidade de San Carlos, trocando a advocacia pelo jornalismo, mais afim à sua natureza um tanto dissoluta. Escrevia em vários jornais e revistas, e suas atividades políticas contra a ditadura de Ubico lhe trouxeram problemas com o regime, a ponto de ter que se exilar por um tempo na vizinha San Salvador. Lá, continuou exercendo o jornalismo.

Pellecer, por seu lado, que tinha sido seu aluno quando passou pela Escola Militar, estivera exilado no México. Quando voltou para a Guatemala, dedicou seus esforços a formar sindicatos e cooperativas, e colaborou muito com o governo de Juan José Arévalo levando programas de cultura às regiões camponesas. Conhecia muito bem o problema agrário e ajudou Árbenz a se familiarizar com ele. (Anos depois se tornaria um anticomunista tenaz e chegaria até a trabalhar para ditaduras militares.)

Ouvindo esses amigos, Jacobo Árbenz descobria tudo o que até então não sabia. Fortuny e Pellecer também achavam, como ele, que a reforma agrária era o primeiro e indispensável passo para tirar a Guatemala do marasmo e transformá-la numa sociedade democrática. Assim iam acabar a discriminação e a violência. Com a reforma agrária, os campos ganhariam escolas e os meninos e meninas indígenas aprenderiam a ler, teriam água corrente, luz elétrica, estradas e, graças a trabalhos dignos e salários decentes, comeriam e se vestiriam melhor. Era um sonho impossível? Não, não, pensava ele no começo do seu governo: é perfeitamente possível, havendo dedicação, trabalho e vontade. Dois anos depois, começaria a se perguntar se não tinha sido otimista demais.

Árbenz admirava em Fortuny tudo o que não era ele: seu espírito boêmio e indisciplinado, seu brilhantismo, seu interesse constante por todos os campos da cultura, seu entusiasmo por novos autores, pensadores, filmes e cantores, e também seu apetite e a alegria com que bebia. Era como o seu outro eu, ele que era tão organizado, pontual, disciplinado e rigoroso. Os dois tinham longas discussões nas quais muitas vezes — especialmente quando ficavam mais acaloradas — María intervinha para acalmar os ânimos. Discordavam com frequência, principalmente quando Fortuny falava do socialismo e dizia que, se tivesse que escolher entre os Estados Unidos e a União Soviética, ficaria com esta última. Em contraposição, Jacobo e María preferiam os Estados Unidos porque, argumentavam, com todos os seus defeitos, eram um país livre e próspero, enquanto a União Soviética era uma ditadura, embora tivesse lutado ao lado dos Aliados na guerra contra o nazismo hitleriano.

Depois da Revolução de Outubro, quando caíram Ubico e o general que ele quis deixar em seu lugar, Federico Ponce Vaides, e Juan José Arévalo subiu ao poder e Árbenz se tornou ministro da Defesa, este teve que interromper seus estudos de economia — sobretudo em relação à reforma agrária — porque o cargo tomava todo o seu tempo. Seu trabalho essencial consistia em evitar que o Exército se dividisse por questões políticas e se unisse a grupos de conspiradores: a eterna história centro-americana. Para isso se reunia com seus colegas militares, visitava os quartéis, explicava a importância essencial das reformas e medidas do presidente Arévalo, e tirava do comando de tropas os oficiais que manifestavam sinais de rebeldia. Mas mesmo nesses anos Fortuny e Pellecer continuaram a ajudá-lo no Congresso, onde ambos estavam atuando como deputados eleitos. Em particular, ainda que fosse rapidamente, trocavam ideias, e Fortuny também escrevia seus discursos e o assessorava em relação a todos os assuntos relevantes. Tinha assumido a direção dos dois partidos que apoiavam Arévalo, a Frente Popular Libertadora e a Renovação Nacional, quando decidiram fundir-se num só, o PAR.

Árbenz constatou, durante a feroz polêmica desencadeada por causa da reforma agrária, que Fortuny, apesar de suas inclinações comunistas, era uma pessoa realista e pragmática. O jornalista lhe deu um firme apoio intelectual, e não só contra os advogados energúmenos da AGA (Associação Geral de Agricultores), mas também contra os extremistas de esquerda que queriam coletivizar todas as terras, tirando-as à força dos proprietários para dividi-las em granjas estatais como tinha feito a União Soviética. Fortuny concordava com Árbenz que isso era um disparate, porque iria provocar uma oposição enorme no país e no exterior, principalmente nos Estados Unidos. Nem sequer havia certeza de que daria certo. Também estudaram juntos a reforma agrária que o presidente Paz Estenssoro fizera na Bolívia, da qual Árbenz era muito crítico, justamente porque achava que tendia a dar o papel de protagonista ao Estado e não aos camponeses. Em contrapartida, Árbenz se interessou muito pela solução do problema da terra em Taiwan, onde o regime inaugurado por Chiang Kai-shek havia distribuído pequenos lotes, respeitando o sistema capitalista que ele também queria disseminar entre os camponeses guatemaltecos.

Árbenz nunca falou tanto como naquelas discussões públicas realizadas no Palácio do Governo em abril de 1952. Os mais próximos a ele, que conheciam sua maneira de ser sempre reservada, o seu mutismo habitual, ficavam assombrados ao vê-lo defender o projeto com tanto brio, explicando que só seriam expropriadas as terras improdutivas dos grandes proprietários rurais, e que estas seriam entregues aos camponeses em usufruto, não como propriedade, para que não pudessem vendê-las a fazendeiros. E também que, ao mesmo tempo que entregava terras aos camponeses, o Estado proporcionaria a eles ajuda técnica e financeira para que pudessem adquirir maquinaria e organizar a produção agrícola. As terras expropriadas seriam pagas aos proprietários conforme a avaliação que eles mesmos tinham feito delas em suas declarações de renda.

Fortuny o ajudou muito no Congresso durante a discussão da lei, que finalmente acabou sendo promulgada, com algumas emendas, em 17 de junho de 1952. Nesse dia houve grandes festejos em todo o país, mas Árbenz, embora os amigos tentassem fazê-lo brindar, não quebrou a promessa de não beber uma gota de álcool enquanto estivesse no poder. Comemorou a data com suco de fruta e copos de água.

O lado ruim, o que Jacobo Árbenz não esperava, foram as ocupações de terras, as invasões de campos e terrenos, principalmente em propriedades excluídas da lei porque eram bem trabalhadas por seus donos. A imprensa, quase toda de oposição, especialmente *La Hora* e *El Imparcial*, denunciava essas invasões de forma escandalosa, exagerando as violências que ocorriam e acusando o governo, tal como a imprensa americana, de imitar o modelo e obedecer às ordens da

União Soviética. Os prejudicados recorriam aos tribunais, que frequentemente decidiam contra o governo, exigindo que este expulsasse os invasores à força e indenizasse os proprietários. Em alguns casos, a violência das incursões ilegais provocou mortos e feridos. Víctor Manuel Gutiérrez, o secretário-geral da Confederação de Sindicatos Operários e Camponeses, lhe garantia que nem ele nem ninguém da diretoria da instituição estimulava essas invasões, mas outros informes, da polícia e da inteligência militar, confirmavam que eram os próprios dirigentes das organizações camponesas que incitavam os índios a invadir os campos, sobretudo nas regiões mais povoadas, com poucas terras improdutivas e muitos camponeses pobres e sem trabalho, dando-lhes paus, lanças e até armas de fogo. Os jornais e as rádios fizeram um grande escarcéu em torno de tudo isso, exagerando os fatos e apresentando-os como provas inequívocas do caráter comunista daquela Lei da Reforma Agrária, que já estava provocando uma violência social que podia terminar em matança de proprietários e fim da propriedade privada. Árbenz falou muitas vezes, pelo rádio e em diversos pontos do país, condenando as ocupações de terras e explicando que elas eram irresponsáveis e contraproducentes, que as reformas deviam ser feitas dentro da legalidade, sem prejudicar quem cumpria as leis, e afirmando que todos os que participassem das invasões seriam levados aos tribunais e punidos pelos juízes. Mas as coisas nem sempre ocorriam assim, e muitas vezes as melhores intenções se chocavam contra uma realidade mais complexa.

  Árbenz lembraria para sempre a sua estupefação, em maio de 1951, quando a oposição conseguiu reunir cerca de oitenta mil pessoas numa manifestação de protesto porque seu governo decidira substituir as "freirinhas de caridade" do Asilo Nacional de Órfãos por assistentes sociais e professoras. De outro lado, as acusações de que o governo estava prendendo gente da oposição sem ordem judicial, e até espancando e torturando prisioneiros, a princípio o revoltavam. Tinha dado instruções muito precisas ao major Jaime Rosemberg, chefe da Polícia Judicial, e a Rogelio Cruz Wer, chefe da Guarda Civil, de que não fossem cometidos abusos nem se usasse de violência contra prisioneiro algum. Mas ao longo do tempo isso acabou acontecendo e, depois, quando surgiu no horizonte a ameaça de uma invasão de Castillo Armas apoiada pelos Estados Unidos, os direitos humanos e a liberdade de expressão e de crítica passaram a ser preocupações menos importantes na sua consciência que a sobrevivência do governo.

Uma noite, já na cama, Jacobo e María Vilanova estavam conversando na escuridão. De repente, ela lhe disse: "Quando você solta uma bolinha do alto da montanha, pode estar provocando uma avalanche".

Sim, era isso mesmo. Os índios finalmente haviam acordado, mas não tinham paciência e queriam que todas as reformas fossem feitas de imediato. Mas seriam realmente os índios, a massa camponesa, que provocavam aquelas invasões, ou pequenos grupos de agitadores urbanos? Ou os próprios fazendeiros e a Fruteira estavam por trás delas, para depois acusarem o governo de extremista?

Seus amigos lhe deram parabéns pela maneira como defendeu seu projeto naquelas três audiências. Até a imprensa adversária reconheceu o arrojo e a seriedade com que respondeu aos inimigos; mas *El Imparcial, La Hora* e outros jornais continuavam dizendo que aquela lei era o começo da revolução comunista na Guatemala.

Talvez a maior surpresa que Árbenz teve naqueles dias estimulantes — quando começou a aplicar, depois de aprovado com pequenas emendas no Congresso, o decreto 900, como era chamado popularmente — foram os ataques da imprensa estrangeira, principalmente dos Estados Unidos, acusando seu governo de estar nas mãos da União Soviética e de conspirar com ela para criar uma quinta coluna comunista na América Central, de onde a União Soviética poderia ameaçar o canal do Panamá, centro estratégico para a navegação e o livre-comércio no continente americano.

Sua surpresa estava cheia de perguntas sem resposta: como era possível? Não havia uma imprensa livre neste país? Como podia toda ela concordar dessa maneira com uma visão distorcida e caricatural daquilo que o seu governo estava fazendo? Por acaso o que ele estava tentando pôr em prática não era o modelo de democracia americana? Por acaso existia feudalismo nos Estados Unidos? O que a Lei da Reforma Agrária queria impulsionar não era o espírito de empresa, a livre concorrência e a propriedade privada? E ele, ingênuo, que sempre pensou que o melhor apoio para sua política de modernizar e tirar a Guatemala das cavernas viria dos Estados Unidos...

Quando se convenceu de que não havia mais nada a fazer, de que não adiantavam os desmentidos nem as declarações que ele e seus ministros faziam, de que aquela campanha publicitária mentirosa se havia imposto à realidade, Árbenz começou a se preocupar com outro problema: o Exército. Aquela propaganda devia servir para que os inimigos internos da revolução começassem a tentar seduzir o Exército, minar sua lealdade ao governo e conspirar para provocar um golpe de Estado. Chefiado pelo coitado do Cara de Machado? Impossível. Ninguém o respeitava nas Forças Armadas, sempre fora um oficial apagado, sem prestígio, sem liderança, um maluco extremista que os latifundiários e o Polvo utilizavam como aríete contra o seu regime. O coronel Carlos Enrique Díaz, chefe das Forças Armadas, um amigo em quem confiava, lhe garantiu que o Exército continuava leal a ele. Mas as coisas começaram a mudar entre os seus colegas militares quando chegou à Guatemala, como um ciclone avassalador, um novo embaixador dos Estados Unidos para substituir o suave e educado Mr. Patterson e Rudolf E. Schoenfeld. Chamava-se John Emil Peurifoy e vinha — como ele mesmo dizia sem o menor constrangimento — acabar com a ameaça comunista que o governo de Jacobo Árbenz representava para as Américas.

X

Às quinze para as sete, Ricardo Bonachea León deixou-o na porta da catedral. Começava a escurecer, e as luzes esmaecidas dos postes do Parque Central tinham acabado de ser acesas. Havia pouca gente debaixo das altas mangueiras, dos jacarandás e das palmeiras; os engraxates e vendedores ambulantes de comida e bugigangas estavam começando a se retirar do lugar.

O dominicano pensou que nunca havia entrado na catedral da Guatemala e, como estava aberta, decidiu aproveitar os quinze minutos que tinha para visitá-la. Era enorme e impessoal, e maior, mas menos aconchegante e íntima, que a de Ciudad Trujillo. Seus muitos altares estavam mais iluminados que o Parque Central. Numa capelinha viu a reprodução do Cristo Negro de Esquipulas que o arcebispo Mariano Rossell y Arellano, como não quiseram lhe emprestar o original, mandou fazer e carregou pelo país afora em sua cruzada anticomunista contra o governo de Árbenz. Era um grande sujeito esse arcebispo, fazia jus à condecoração pública que o presidente Castillo Armas lhe dera. Seria mesmo verdade que ele também declarou o Cristo Negro de Esquipulas "General do Exército da Liberação Nacional" e que lhe puseram um uniforme militar para a ocasião? Nesse país aconteciam muitas coisas estranhas.

Havia pouca gente rezando nos bancos da catedral. A quantos terremotos teria resistido essa igreja? Muitos, sem dúvida, porque a Guatemala vivia tendo erupções de vulcão, tremores de terra e movimentos sísmicos. Ele recordava que pouco depois de vir para cá, quando estava visitando aquela joinha colonial que é Antígua, a primeira capital do país — que, por causa de um terremoto, fora transferida para esse lugar —, sentiu um tremor de terra. Lembrou-se da repentina sensação de insegurança que teve ao ver seus pés escorregarem, o chão se mexer e um barulhinho rouco e ameaçador subindo das entranhas da terra. Em volta, as pessoas continuavam conversando e andando como se nada estivesse acontecendo. Na verdade, o tremor durou muito pouco, e ele voltou a sentir o chão imóvel sob os seus pés logo em seguida. Respirou aliviado. Tinha levado um grande susto. Pensou que ia reviver aqui o terremoto que destruíra metade de Ciudad Trujillo em 1946 e provocou um maremoto que deixou vinte mil dominicanos desabrigados. Será que as coisas dariam certo essa noite? Sim, tinha sido muito bem planejado, tudo ia funcionar às mil maravilhas. Estava tranquilo. Só muito depois, quando tudo aquilo já havia passado, percebeu que tinha urinado sem querer e estava com a calça molhada.

Percorreu todas as capelas, e na última um grupo de pessoas rezava de joelhos em voz alta; estavam com as cabeças baixas e os rostos tristes. Havia cheiro de incenso. Decididamente, em comparação com a República Dominicana, a Guatemala era um país bastante lúgubre.

Quando voltou para a entrada da catedral, Enrique já estava lá, fardado, à sua espera.

— Boa noite, tenente-coronel — saudou, em tom de troça, levando a mão direita ao quepe.

Atravessaram o Parque Central, agora totalmente deserto, sem trocar uma palavra. Ali à sua frente estava o enorme Palácio Nacional, mandado construir pelo ditador Jorge Ubico num dos seus piores delírios de grandeza. Tinha colunas pesadas, centenas de lustres, quedas-d'água, um mural dedicado ao frei Bartolomé de las Casas, e, embora funcionassem lá quase todos os ministérios e a Direção Geral de Segurança, ainda havia muito espaço vazio.

— Imagino que não vamos entrar pela porta principal — tentou gracejar o dominicano, para diminuir um pouco a tensão que tomara conta deles.

À medida que avançavam, iam se deslocando para a esquerda até chegar à sexta avenida, na lateral do Palácio, onde, poucos metros à frente, na calçada da esquerda, ficava a embaixada do México, um grande casarão colonial agora também às escuras. Os dois se surpreenderam ao não ver soldados nem guardas nas portas. Continuaram andando em silêncio, numa escuridão quase completa, até a esquina onde, virando à direita, ficava a entrada da Residência Presidencial, onde morava Castillo Armas, muito próxima do antigo templo evangélico. Ali Enrique parou e fez um gesto indicando ao dominicano que também parasse. Tirou uma chave do bolso, e o outro viu seu parceiro apalpar o muro, procurando uma portinha meio camuflada com a mesma tinta verde da parede. Agora, ainda às cegas, Enrique tentava localizar a fechadura. Quando a encontrou, lutou um pouco, e a porta se abriu. Estavam numa garagem. Enrique voltou a fechar a porta e passou a chave. Levantando a mão, indicou ao outro que o seguisse.

"Já estamos dentro", pensou o dominicano. "Não há mais como recuar." Estava excitado e nervoso, como em outras ocasiões extremas, e para sentir-se mais seguro acariciou a coronha do revólver que levava no cinto.

Enrique guiou-o por uns corredores solitários e sombrios, atravessaram um pequeno pátio com uma acácia solitária e um jardinzinho contíguo. Não encontraram nenhuma patrulha de guarda. A ordem tinha funcionado, então. De repente, Enrique parou e estendeu um braço para que o dominicano o imitasse.

— O pobre recruta deve estar por aqui — murmurou.

O dominicano achou que "pobre" era um gracejo de mau gosto.

XI

Saiu às escondidas, sem deixar os empregados ouvirem, enrolada numa manta que lhe dava uma aparência deforme. E, claro, sem levar um alfinete da casa de onde estava fugindo e aonde jurou nunca mais voltar. Sentia certo remorso de abandonar o menino assim, mas estava decidida e tentou não pensar mais no assunto. Teria muito tempo para isso.

Era noite fechada. Como caía uma garoa fina, invisível mas persistente, não havia quase ninguém nas ruas do centro da Cidade da Guatemala. Ela sabia muito bem aonde queria chegar. Apenas doze quadras separavam os bairros de San Sebastián e San Francisco. Percorreu-as muito depressa, envolta naquela capa que lhe dava a forma dos fantasmas que, nos relatos das comunidades índias, povoavam as noites guatemaltecas. Os poucos transeuntes que encontrou no caminho não a perturbaram; pelo contrário, aquelas silhuetas ou vultos se afastavam ao passar por ela, assustados. Só um cachorro de rua se plantou à sua frente, na calçada, sem latir mas mostrando-lhe os dentes.

Quando chegou à porta tachonada do casarão colonial, que não tinha campainha, bateu decidida a aldrava de bronze, duas, três vezes, com força. Demoraram, mas deu sorte porque a pessoa que veio abrir foi Símula. Sua velha babá a reconheceu imediatamente. Levou-a para o grande saguão, cheio de ecos, de pedras antigas e um artesoado profundo, e, sem dizer uma palavra, a abraçou e beijou. Martita sentiu as lágrimas da empregada molhando o seu rosto. Enquanto Símula a acariciava sob a luz mortiça do saguão, Marta lhe dizia, sufocada de angústia:

— Meu pai está? Quero vê-lo. Diga a ele que vim lhe pedir perdão de joelhos. Que vou fazer o que ele mandar, pelo tempo que quiser. Que me escute, por caridade, por compaixão, por todos os santos. Diga a ele que estou implorando.

Símula balançava a cabeça, tentando dissuadi-la, mas, após algum tempo, vendo a jovem tão desesperada, ficou muito séria e concordou, fazendo um sinal da cruz.

— Está bem, menina, vou avisar a ele. Sente-se aqui. Tomara que Deus, o Cristo Negro de Esquipulas, a Virgem de Guadalupe façam esse milagre.

Marta sentou-se no banco que circundava o saguão e esperou, em estado febril, a volta de Símula. Lembrou que tinha abandonado seu filho dormindo e que provavelmente nunca mais o veria. O que seria dele no futuro? Que sorte teria? Sentiu um tremor em todo o corpo, mas já era tarde demais para se arrepender. Entre as sombras divisava o jardim da sua antiga casa, com as estátuas, os jacarandás, as acácias, a gorda mangueira, e adivinhava, atrás dos quartos dos empregados, a cozinha, a lavanderia, o canil que já devia estar trancado, a despensa cheia de mantimentos. Será que seu pai a perdoaria? Ela voltaria a morar aqui? Seu coração se encolhia de tristeza.

Símula finalmente voltou. Seu silêncio, seus olhos de choro, seu rosto desfeito disseram a Martita que tinha sido negativa a resposta do doutor Arturo Borrero Lamas às suas súplicas.

— Ele mandou dizer que não tem mais filha nenhuma — balbuciou, com a voz rouca. — Que a filha que ele tinha morreu e está enterrada junto com os irmãozinhos. Que se você não for embora logo, será expulsa à força pelos empregados. Que todos os santos a protejam, menina Marta!

Símula soluçou e se benzeu. E, pegando-a pelo braço, saiu andando para a porta de saída. Enquanto abria o velho portão, balbuciou:

— Vá embora, menina. Que o santo Cristo a proteja, e também o seu filhinho, pobre criança. Prometo que vou lá vê-lo de vez em quando.

Depois se benzeu de novo e riscou o sinal da cruz na testa de Miss Guatemala.

Quando o portão se fechou às suas costas, Marta sentiu que a chuva estava mais pesada; agora caíam umas gotas grossas no seu rosto e se ouviam trovões ao longe, em cima da cordilheira. Ficou parada, molhando-se, sem saber o que fazer, para onde ir. Voltar para a casa do marido? Não, nunca: quanto a isso não tinha a menor dúvida. Matar-se? Também não, ela jamais se sentiria derrotada. Apertou os punhos. Não tinha como recuar. Seguindo um impulso repentino, começou a andar. Estava encharcada, mas decidida.

Quinze minutos depois, passou em frente ao enorme Palácio Nacional, contornou-o e se dirigiu pela sexta avenida para a Residência Presidencial. Estava escorrendo água da cabeça aos pés e tiritando de frio quando passou pela igreja evangélica. Mas, quando chegou aonde queria, recuperou a serenidade. Sem hesitar, foi até o posto de guarda que protegia a porta de entrada daquela casa ampla, cercada por grades atrás das quais se via uma parede alta cheia de janelas em penumbra. Encarou o grupo de soldados, que não tiravam os olhos dela:

— Quem é o chefe de vocês?

Os soldados se entreolhavam enquanto a examinavam da cabeça aos pés.

— O que você quer? — perguntou rapidamente um deles, finalmente. — Não sabe que é proibido parar aqui?

— Preciso falar com o presidente da república — respondeu em voz alta. Ouviu umas risadinhas, e o soldado que tinha falado antes deu um passo em sua direção.

— Continue andando, moça — agora sua voz era ameaçadora. — Vá dormir, você pode pegar um resfriado com esta chuva.

— Sou filha do doutor Arturo Borrero Lamas e mulher do doutor Efrén García Ardiles, dois amigos do presidente. Vá lá e diga-lhe que quero falar com ele. E não me trate mais de "você" porque isso pode lhe custar caro.

As risadinhas desapareceram por completo. Agora, na semipenumbra, os olhos dos soldados revelavam preocupação e surpresa. Deviam estar se perguntando se ela era mesmo o que dizia ou estava completamente doida.

— Espere aqui, senhora — disse por fim o soldado que a tratara de você. — Vou chamar o chefe da guarda.

Passou um tempo interminável, sob um exame permanente dos soldados da entrada; alguns a olhavam discretamente, outros com grosseria. A chuva estava mais forte, e de quando em quando algum carro velho chacoalhava na esquina com os faróis acesos. Finalmente o soldado voltou com outro homem; devia ser um oficial, pois estava com um uniforme diferente.

— Boa noite — disse, aproximando-se dela e levando a mão à viseira. — O que deseja aqui?

— Falar com o presidente — respondeu, mostrando na voz uma segurança que não tinha. — Diga a ele que sou Marta Borrero Parra, filha de Arturo Borrero Lamas e esposa do seu amigo Efrén García Ardiles. Eu sei que é tarde. Não viria incomodá-lo a esta hora se não fosse muito urgente.

O oficial ficou em silêncio por uns momentos, examinando-a.

— O presidente nunca recebe ninguém sem agendamento — resmungou afinal. — Mas, está bem, veremos. Vou perguntar. Espere aqui.

Passou tanto tempo que Marta já pensava que o oficial não ia voltar mais. A água tinha encharcado totalmente a manta que a envolvia. Estava sentindo calafrios.

Quando o oficial finalmente reapareceu, fez um gesto de que o seguisse. Martita suspirou, aliviada.

Entraram num corredor pouco iluminado por umas luzes fracas. Num quarto havia um homem à paisana fumando, que a olhou de cima a baixo. O oficial lhe disse:

— Desculpe, tenho que verificar se não está armada.

Ela concordou. O oficial passou as mãos por todo o seu corpo sem pressa, apalpando-a. O civil que estava fumando, mais índio que mestiço, mantinha o cigarro na boca enquanto aspirava e soltava a fumaça com um sorrisinho zombeteiro e excitado nos olhos.

— Venha comigo — disse o oficial.

Foi outra caminhada por salões desertos e um pequeno pátio com vasos de plantas e trepadeiras, onde viu um gato se esgueirando. Ali percebeu que, de repente, havia parado de chover. O oficial abriu uma porta, o aposento estava cheio de luz. Sentado em frente a uma mesa divisou o coronel Carlos Castillo Armas, que, quando a viu entrar, se levantou e foi ao seu encontro. Era um homem não muito alto, com um cabelo bem curto, orelhas enormes e pontiagudas, e tão magro que os ossos do rosto e dos braços transpareciam na pele.

Tinha uns olhinhos de rato e um bigodinho um pouco ridículo. Estava usando uma calça cáqui e uma camisa de manga curta que mostrava seus braços sem pelos. Marta sentiu o olhar ágil que a examinava, parando um momento na manta que a cobria.

— Você é mesmo a filha do Arturo e mulher do Efrén? — perguntou, parado a um metro dela.

Martita confirmou e, como que respondendo a uma pergunta secreta, acrescentou, mostrando a aliança no seu dedo anular:

— Nós nos casamos há uns cinco anos.

— Posso saber o que está fazendo aqui, a estas horas da noite e sem marcar uma audiência?

— Não sabia para onde ir — confessou Miss Guatemala. Sentiu que iam brotar lágrimas dos seus olhos, mas pensou "não vou chorar". Não ia dar esse espetáculo de mulher fraca e desamparada. E não deu. Falou com uma voz hesitante a princípio, mas depois resoluta, decidida a contar tudo. — Fugi da casa do Efrén. Meu pai nos casou à força, porque o Efrén me engravidou. Não suporto mais viver com ele. Saí de lá sem ninguém me ver. Fui para a casa do meu pai, mas ele me rejeitou. Mandou dizer que a única filha dele estava morta, que se eu não saísse ia mandar os empregados me expulsarem à força. Eu não sabia nem tinha para onde ir. Então pensei em vir aqui e lhe contar minha história.

O coronel Castillo Armas a encarou por um bom tempo com seus olhinhos ágeis de rato. Parecia desconcertado, sem saber se tinha ouvido direito. Finalmente, deu um passo em sua direção e puxou-a pelo braço:

— Sente-se, você deve estar cansada — disse, num tom de voz mais cordial. Algo nele tinha se adoçado. Será que acreditou em tudo o que ela lhe disse? — Venha cá.

Apontou para um sofá. Martita deixou-se cair nos almofadões, e só então percebeu que estava exausta e que se continuasse em pé iria desabar no chão. Volta e meia tremia de frio. Castillo Armas sentou-se ao seu lado. Estava fardado ou à paisana? A calça cáqui e as botas pretas pareciam ser de um uniforme, mas não a camisa parda de manga curta. Seus olhinhos inquietos, cinzentos, a examinavam com curiosidade.

— Ainda não me disse por que veio aqui, por que me procurou. Você se chama Marta, não é?

— Também não sei o que estou fazendo aqui — confessou ela, e notou que estava balbuciando. — Pensei que meu pai ia me perdoar. Quando mandou dizer que eu estava morta para ele, meu mundo caiu. Não vou voltar para o Efrén. Nosso casamento foi uma mentira, só para agradar meu pai e manter as aparências. Para mim, foi um pesadelo de cinco anos. Eu não sabia para onde ir e, de repente, pensei em vir para cá. Ouvi dizer muitas vezes que o senhor e Efrén foram amigos.

O presidente confirmou.

— Nós jogávamos futebol juntos quando éramos garotos — disse com sua vozinha aguda, um pouco estridente. — Que eu me lembre, o Efrén não era comunista nessa época; muito católico, aliás. Como o pai. Agora me conte tudo, desde o começo. É o melhor.

E foi o que Martita fez, por muito tempo, esfregando os braços quando sentia calafrios, sem parar de falar. E lhe contou como, naquelas reuniões para jogar *rocambor* nos fins de semana, de que seu pai a deixava participar, surpreendida pela hostilidade que as crenças políticas daquele médico tão sério, o doutor Efrén García Ardiles, despertavam, começou a se aproximar dele, fazendo-lhe perguntas sobre política e percebendo ao mesmo tempo que aquele amigo do seu pai, de ideias tão "recalcitrantes" (como dizia o doutor Borrero), de repente começava a olhá-la, de forma disfarçada para que os outros senhores do *rocambor* não notassem, não tanto como uma garota curiosa, mas como uma mulherzinha em germe. E como foi que aconteceu aquilo que a deixou grávida.

— Se quiser, Martita, como você é tão interessada, tão curiosa em relação à política, pode vir à minha casa de vez em quando. Depois do colégio, por exemplo. Lá posso ir lhe passando, melhor que aqui, tudo o que quer saber. Já percebi que você é muito curiosa.

— Mas meu pai nunca me deixaria ir à sua casa, doutor.

— Não precisa dizer a ele — Efrén baixou a voz até transformá-la num sussurro, espiando em volta, inquieto. — Pode vir depois do colégio, dizendo ao Arturo que vai estudar e fazer os deveres na casa de uma colega, por exemplo. O que acha?

Ela aceitou o joguinho, nem tanto pela curiosidade política, mas pelo risco que implicava, coisa de que gostava ainda mais que de política, e que seria — ela ainda não sabia disso — o mote da sua vida: correr riscos.

E foi o que fez. Quando contou a Castillo Armas a mentira que dizia ao pai, que ia fazer os deveres passados pelas freiras do Colégio Belga Guatemalteco na casa da sua amiga Dorotea Cifuentes, e rumava para a do doutor Efrén García Ardiles, e como este a levava para o seu consultório, viu que se acendia uma luzinha especial nos olhinhos do coronel, um sorrisinho curioso, como se sua história tivesse despertado nele um desejo intenso de saber mais, de conhecer tudo aquilo em detalhes.

— Pode me chamar de você, Martita — disse-lhe Efrén numa daquelas tardes. — Ou será que pareço tão velho?

Estavam diante da pequena mesa do médico, abarrotada de livros e revistas. Tinham acabado de lanchar chocolate quente com docinhos. No tapete havia umas pedrinhas pintadas, e García Ardiles lhe explicou que ele mesmo as havia desenterrado, anos antes, numa expedição arqueológica às selvas do Petén, e as guardava nem tanto por razões históricas, mas estéticas.

— Não, doutor, nada disso. Mas me dá vergonha. Ainda não tenho tanta intimidade com o senhor para chamá-lo de você.

— Como você é ingênua, Miss Guatemala — respondeu o doutor Efrén, acariciando seu rosto com um olhar agitado. — Sabe do que mais gosto em você? Deste seu olhar fixo e profundo que parece escavar a intimidade e arrancar os segredos dos outros.

A certa altura da sua longa confissão, Martita notou que Castillo Armas lhe sorria com simpatia e até com afeto. E, em outro momento, que ele, como quem não quer nada, tinha apoiado a mão no seu joelho e começava a acariciá-la devagarzinho. Então Martita soube que aquela aposta temerária que fizera vindo à residência oficial do chefe de Estado e pedindo audaciosamente aos guardas da entrada que a deixassem falar com o presidente, ela tinha vencido.

XII

De repente, nas sombras daquele corredor ouviu-se um barulho: alguém descendo a escada. Era um recruta, de fuzil na mão.

Enrique foi ao seu encontro e, quando viu sua farda com os galões de tenente-coronel, o soldado se perfilou e bateu continência, muito surpreso.

— Quem é você? — perguntou Enrique, com energia.

— Soldado Romeo Vásquez Sánchez, presente — o rapaz bateu a sola dos coturnos no chão. Estava muito teso, olhando para a frente.

Nas sombras, o dominicano viu que se tratava de um rapaz muito jovem, um adolescente que devia estar no limite da idade do serviço militar.

— Estou de guarda aqui em cima, na varanda, tenente-coronel — disse, intimidado, mas agora mais tranquilo. Havia reconhecido o seu superior e explicou: — Desci para ver se os outros soldados tinham chegado. Não chegaram ainda. É muito estranho, senhor, a troca da guarda foi às sete, como sempre. Mas eles não apareceram e, além de mim, não tem mais ninguém dentro da residência. Quer dizer, além da cozinheira e das empregadas. E os guardas da entrada, lá na rua.

— É, muito estranho, vou ver imediatamente o que aconteceu — concordou Enrique. — A casa do presidente não pode ficar desprotegida nem por um minuto.

— Nunca tinha acontecido isso, senhor — acrescentou o recruta, ainda em posição de sentido. — Por isso desci para ver.

— Eu vou averiguar o que houve — disse Enrique. — Volte para o seu posto e não saia de lá. Você está na varanda de cima, não é?

— Sim, senhor — e repetiu, desconcertado: — Nunca tinha acontecido isso até hoje, tenente-coronel.

Bateu continência, deu meia-volta e começou a subir a escada, seguido por Enrique. O dominicano estava escondido nas sombras do corredor. Apurou os ouvidos para captar o que estava acontecendo lá em cima, mas não ouviu nada. Pouco depois escutou um baque seco, como de alguém caindo no chão. Seguiu-se um silêncio prolongado, durante o qual teve a sensação de escutar as batidas do seu coração. Afinal viu Enrique descer as escadas, com o fuzil do recruta nas mãos.

— Pronto — disse ele, entregando-lhe a arma. — Nem percebeu.

— Não ouvi o tiro — sussurrou o dominicano.

— Minha pistola tem silenciador — explicou o outro. Acendeu o isqueiro para ver as horas no relógio. — Acho que não devem demorar.

Depois, tranquilamente, o dominicano o viu acender um cigarro e soltar a fumaça fazendo círculos. Parecia muito calmo.

XIII

"Não foi só a Guatemala que enlouqueceu", pensou o doutor Efrén García Ardiles. "Não somos só eu e todos os meus compatriotas que estamos loucos. O mundo inteiro está. Os Estados Unidos principalmente." Desligou o rádio; o desfile havia terminado e, segundo o locutor, milhares de norte-americanos tinham ovacionado o coronel Carlos Castillo Armas que, em Nova York, agradecia comovido aquela chuva de confetes, em pé no automóvel conversível em que também estava a sua esposa, a distinta matrona dona Odilia Palomo de Castillo Armas...

Era começo de novembro de 1955 e já esfriava à noite; durante o dia, sopravam umas ventanias que em certas tardes afugentavam os pássaros que vinham beber água nos arroios e nas poças da antiga Cidade da Guatemala. Mas não eram as inclemências do tempo que deixavam o doutor García Ardiles naquele estado de desânimo, nem sua situação familiar, nem o fato de sua mulher ter ido embora oito meses antes e agora ser amante do presidente Castillo Armas. Nem mesmo o choro, no quarto contíguo, daquela criança de cinco anos que tinha o seu nome e o seu sobrenome e que, segundo todos os indícios, era seu filho. Nem sequer sua biblioteca, dizimada pelos novos inquisidores: três policiais tinham vindo expurgá-la, dois à paisana e outro fardado. Explicaram que o nome dele figurava numa das "listas negras" e que tinham ordens de revistar a casa. Os livros que eles levaram constituíam uma mistura absurda que revelava a ignorância daquela pobre gente e a estupidez dos seus chefes. A causa do seu desânimo era o enorme sucesso da excursão do presidente Castillo Armas aos Estados Unidos, como tinha acabado de ouvir no rádio.

Depois da vitória da revolução liberacionista, no final de 1954, o doutor García Ardiles havia passado quinze dias preso num quartel e, antes, mais dois num campo de internação onde, por puro milagre (ou por ordem do próprio Castillo Armas?), se livrara dos pontapés e choques elétricos que os liberacionistas usavam para fazer uivar ou para eletrocutar dirigentes sindicais e camponeses analfabetos que não entendiam nada do que estava acontecendo. No Forte San José de Buena Vista não se torturava, só se fuzilava. Nas duas semanas que passou lá, Efrén contou pelo menos meia dúzia de execuções. Ou eram simulacros para aterrorizar os presos políticos? Sua mulher, Marta, mal falou com ele quando voltou para casa. Já estaria planejando a fuga que ia concretizar meses mais tarde?

Em duas semanas, a Guatemala tinha mudado de pele. Parecia ter desaparecido todo e qualquer rastro do regime de Jacobo Árbenz e, em seu lugar, surgira um país em frenesi onde a caça aos comunistas reais ou supostos era a obsessão nacional. Quantas pessoas pediram asilo nas embaixadas latino-americanas? Centenas, talvez milhares. E durante cerca de três meses o governo, dizia-se que por exigência da CIA, se negara a dar salvo-conduto aos asilados com o argumento de que eram "assassinos e agentes comunistas que podiam levar consigo documentos comprometedores que provavam a intenção da União Soviética de transformar a Guatemala em satélite". Dia após dia, semana após semana, as vendedoras do mercado, lideradas por Concha Estévez, que tinha sido arbenzista e agora era uma seguidora fanática de Castillo Armas, se manifestavam em frente às embaixadas do México, do Chile e do Brasil, exigindo que estas entregassem à polícia as centenas de asilados que abrigavam para que fossem julgados por seus crimes na Guatemala. A Nunciatura Apostólica comunicou que ia entregar os seus asilados, mas desistiu, aparentemente, por causa dos protestos dos embaixadores do México, do Brasil, do Chile e do Uruguai. Dizia-se também que centenas ou milhares de pessoas tinham fugido para o campo ou estavam escondidas em casas de amigos ou nas montanhas, esperando que aquela histeria amainasse. O *Diario de Centroamérica* informou em 24 de junho que tinham sido assassinados vários membros dos Comitês Agrários em Chiquimula, Zacapa e Izabal, e o Comitê Nacional de Defesa contra o Comunismo publicou, no final de 1954, uma lista de setenta e dois mil indivíduos que, afirmava, trabalhavam para a União Soviética na Guatemala;

e ainda dizia que a lista poderia aumentar e chegar a duzentas mil pessoas. O embaixador do México, Primo Villa Michel, soltou uma nota de protesto porque, quando foi interceder por alguns exilados, o novo ministro da Educação do governo do coronel Castillo Armas, Jorge del Valle Matheu, lhe respondeu com insolência: "Nós somos uma ditadura e fazemos o que bem entendemos".

Corriam boatos inverificáveis de todo tipo, como o que dizia que o governo havia distribuído metralhadoras entre os fazendeiros, para que fizessem justiça com as próprias mãos se os camponeses continuassem ocupando as terras da reforma agrária apesar de estarem canceladas todas as expropriações e divisões. O que havia acontecido com aqueles milhares de guatemaltecos que, pouquíssimas semanas antes, enchiam o Parque Central aclamando Jacobo Árbenz e a Revolução de Outubro? Como podia mudar dessa maneira o sentimento de todo um povo? García Ardiles não entendia isso.

Pouco depois de subir ao poder, o coronel Castillo Armas criou o Comitê Nacional de Defesa contra o Comunismo e nomeou como seu diretor José Bernabé Linares, assassino e torturador que dirigira a polícia secreta durante os treze anos da ditadura do general Jorge Ubico Castañeda, um personagem cujo nome dava calafrios em todos os guatemaltecos a partir de certa idade. Esse Comitê começou a queimar livros na rua, um hábito que se espalhou como epidemia por todo o país. Parecia ressuscitar a colônia, quando a Inquisição zelava pela ortodoxia religiosa a ferro e fogo. Todas as bibliotecas públicas, e algumas particulares, como a dele, tinham sido expurgadas de manuais marxistas, livros anticatólicos e pornográficos (confiscaram todos os seus romances em francês, pelas dúvidas), além de poemas de Rubén Darío e as histórias de Miguel Ángel Asturias e de Vargas Vila. No Forte San José de Buena Vista, García Ardiles foi interrogado dia e noite por jovens oficiais que queriam saber que contatos ele tivera com o comunismo ateu e com a Rússia. "Eu nunca conheci um comunista em toda a minha vida", repetiu dezenas de vezes naquelas duas semanas. "E, pelo que me lembre, nenhum russo tampouco." Acabaram acreditando; ou talvez não, mas o soltaram, quem sabe por ordens de cima. Dadas pelo próprio Castillo Armas, seu velho companheiro de futebol? O anticomunismo que se apoderara do país parecia aquelas pragas que enlouqueciam de pavor as cidades europeias na Idade Média. E tinha aumentado quando Efrén saiu do quartel.

O novo governo devolveu à United Fruit todas as terras improdutivas que a Lei da Reforma Agrária havia nacionalizado durante o governo de Árbenz e aboliu o imposto aos proprietários de latifúndios, nacionais ou estrangeiros. A polícia e o Exército retomavam, à força se fosse preciso, as terras que haviam sido entregues a meio milhão de camponeses, e foram liquidadas as cooperativas agrícolas, as ligas camponesas e — o que era um absurdo — até um bom número das confrarias encarregadas dos santos padroeiros das localidades, criadas nos últimos dez anos. O arcebispo Mariano Rossell y Arellano recebeu uma condecoração por seu apoio à revolução liberacionista, e o Cristo de Esquipulas foi proclamado "General do Exército da Liberação Nacional" com os correspondentes galões. Na Guatemala, a história retrocedia em passos rápidos em direção ao tribalismo e ao ridículo. "Será que daqui a pouco vão restabelecer a escravidão?", perguntou-se o doutor Efrén García Ardiles. Mas não achou graça nenhuma na piada. A perseguição aos que tinham colaborado de uma forma ou de outra com os governos de Juan José Arévalo e Jacobo Árbenz continuava a todo vapor, embora o primeiro, nos meses seguintes, tenha se afastado discreta e crescentemente do outro. No exterior, por instrução dos Estados Unidos, a perseguição aos exilados guatemaltecos, a começar pelo ex-presidente Jacobo Árbenz, havia aumentado. Muitos governos se negavam a permitir que os expatriados pudessem trabalhar e, por outro lado, o governo de Castillo Armas multiplicava os pedidos de repatriação daqueles que acusava de crimes e roubos.

O doutor García Ardiles havia perdido seu emprego no Hospital Geral San Juan de Dios, e no consultório particular ficou sem clientes. Ele já tinha má fama, por causa das suas ideias, mas depois de ter sido preso seu desprestígio foi total. Não era mais convidado às casas das boas famílias guatemaltecas. Ou será que foi seu casamento às pressas e às escondidas com Marta, a filha do doutor Borrero Lamas, que fez dele um pária? Ambas as coisas, certamente. Tentou trabalhar no recém-inaugurado Hospital Roosevelt, mas não conseguiu. Fazia um ano que só exercia medicina gratuita, para pobres e inadimplentes. Vivia das suas economias, vendendo as poucas coisas de valor que ainda possuía em casa. Felizmente sua mãe estava num estado mental que já não lhe permitia captar o que se passava em volta.

Efrén havia sido católico praticante quando jovem, fez vários retiros no seminário dos irmãos maristas. Mas fazia um ano e alguns meses, exatamente desde 18 de junho de 1954, dia em que as forças do Exército Liberacionista de Castillo Armas invadiram a Guatemala cruzando a fronteira hondurenha e atacando as pequenas guarnições do leste, e ao mesmo tempo os "sulfatos", aviões do Exército de Liberação que vinham da Nicarágua, bombardeavam tropas e a Cidade da Guatemala, que Efrén tinha deixado de se confessar e de comungar. E, desde que sua jovem esposa o abandonou, também deixou de acreditar em Deus. Estava enojado com a forma feroz e truculenta como a Igreja católica, principalmente o arcebispo Rossell y Arellano, apoiou essa cruzada nas suas publicações e nos sermões de todas as paróquias. Ficou horrorizado com o que o arcebispo fez com o Cristo Negro de Esquipulas. E, claro, a Igreja aplaudiu quando o governo de Castillo Armas mandou fechar, com um grande aparato armado, a Grande Loja Maçônica da Guatemala. Agora Efrén nem sequer sabia se acreditava ou não em alguma coisa. Em suas horas livres, em vez de ler santo Agostinho e santo Tomás de Aquino como fazia antigamente, se aprofundava em Nietzsche, um dos autores que misteriosamente se salvaram do fogo. "Estamos todos loucos", repetia de vez em quando. Como era possível que os governos de Juan José Arévalo e Jacobo Árbenz Guzmán, decididos a acabar com o feudalismo na Guatemala e transformar o país numa democracia liberal e capitalista, tivessem desatado tamanha histeria na United Fruit e nos Estados Unidos? Que provocassem a indignação dos fazendeiros guatemaltecos ele podia entender, porque eram pessoas congeladas no passado; também entendia a Fruteira, claro, que nunca antes tinha pagado impostos. Mas em Washington! Era essa a democracia que os gringos queriam para a América Latina? Era essa a democracia que Roosevelt tinha postulado com seus discursos de "boa vizinhança" com a América Latina? Uma ditadura militar a serviço de um punhado de latifundiários cobiçosos e racistas e de uma grande corporação ianque? Foi para isso que os sulfatos bombardearam a Cidade da Guatemala, matando e ferindo dezenas de inocentes?

Tudo aquilo havia destruído a sua vida, varrido as suas ilusões e sua fé. Ou será que começara antes, desde a sua infortunada aventura com a filhota do seu colega de escola e amigo do peito? Sim, isso foi o começo do fim. A culpa era mesmo dele, ou terá sido vítima da lascívia inconsciente daquela criança que o tirara do sério? Miss Guatemala era uma garotinha inocente ou um ser diabólico? Às vezes se envergonhava de si mesmo por tentar arranjar essas desculpas para o que tinha sido pura e simplesmente assédio de uma menina por um adulto cheio de luxúria. Então era devorado pelos remorsos. Não via o doutor Arturo Borrero Lamas desde aquela palhaçada de casamento na fazenda de Chichicastenango. Mas sabia que seu ex-amigo tinha se afastado de tudo, fechando até o escritório profissional. Só continuava com suas aulas de direito na Universidade de San Carlos. Quase não era visto em eventos sociais e, evidentemente, cancelara as reuniões para jogar *rocambor* nas tardes de sábado que enchiam sua casa de amigos. Até Marta fugir, abandonando-o junto com o menino, Efrén e a esposa dormiam em quartos separados e não fizeram amor uma única vez desde que o padre Ulloa os casara. Aquilo era um casamento?

Seu estado de mau humor e de desalento havia se aprofundado nos últimos dias por causa da viagem oficial aos Estados Unidos que o presidente da república, coronel Carlos Castillo Armas, estava realizando naquele momento. A imprensa e a rádio locais noticiavam essa visita dia e noite como se fosse um acontecimento mundial. Foi isso que o levou ao desespero? Por quê? Que ponto sensível da sua alma esse fato preciso havia tocado? Por acaso não havia outros, mil vezes mais graves, no mundo? Efrén acompanhou pelo rádio e pelos jornais aquela extraordinária acolhida. Não era apenas a Guatemala que havia enlouquecido, os Estados Unidos também. Ou era só ele que tinha perdido o juízo e não entendia mais o que estava acontecendo, exatamente como aquele meio milhão de índios a quem Árbenz dera terras e que agora estavam sendo expulsos delas à bala? Como o presidente Eisenhower havia sofrido um infarto e estava no hospital, foi o vice-presidente Richard Nixon quem recebeu Castillo Armas e sua esposa no aeroporto de Washington, rodeado de autoridades do governo norte-americano. O mandatário guatemalteco foi homenageado com os vinte e um tiros de canhão de praxe e um nutrido desfile militar. Tanto nos discursos como nos jornais — o próprio *The New York Times*! —, Castillo Armas era tratado como herói, como salvador da liberdade na América Central, um exemplo para o mundo. Era o que diziam todos os discursos de boas-vindas no grande país do norte. Na rua, Castillo Armas era aplaudido, pediam seu autógrafo, tiravam fotografias com ele, as pessoas comuns lhe agradeciam por ter libertado a sua pátria. De quê, de quem? Uma espécie de vertigem obrigou o doutor García Ardiles a fechar os olhos. Como era possível que aquele homenzinho insignificante e sua suposta revolução liberacionista impressionassem de tal maneira os Estados Unidos? E não era só o governo: ele também recebeu o título de doutor honoris causa de prestigiosas universidades como Fordham e Columbia e, naquelas duas semanas de visita oficial, foi levado ao Colorado para que, no Hospital Fitzsimons, do Exército, o próprio presidente Eisenhower o abraçasse e o felicitasse por ter arrancado a Guatemala das garras do urso soviético. Quantos comunistas havia na Guatemala além dos quatro gatos-pingados do Partido Guatemalteco do Trabalho naquele Congresso, que tinha sessenta membros e que fora fechado com a vitória da contrarrevolução? Muito poucos; ele não sabia quantos, mas com certeza era uma minoria insignificante. O doutor García Ardiles recortou o discurso em que Richard Nixon, no jantar oficial, saudou "o valoroso soldado" que encabeçou a rebelião em seu país contra "uma ditadura comunista falsária e corrupta". Que rebelião? Qual foi o povo que se rebelou? Em Washington, Castillo Armas foi recebido no Congresso e aplaudido estrondosamente pelos senadores e deputados americanos reunidos em sessão conjunta.

    A história seria então essa fantástica tergiversação da realidade? A transformação dos fatos reais e concretos em mito e ficção? Seria assim a história que nós líamos e estudávamos? Os heróis que admirávamos? Um monte de mentiras transformadas em verdades por conspirações gigantescas dos poderosos contra pobres-diabos como ele e como o Cara de Machado? Os farsantes daquela trupe eram os heróis que os povos reverenciavam? Sentiu uma espécie de vertigem, sua cabeça parecia estar a ponto de estourar. "Talvez você esteja sendo injusto com Castillo Armas", repensou, entre névoas. "Se foi ele mesmo quem salvou sua vida e o tirou daquele quartel onde podia ter batido as botas, você é um ingrato. Para se vingar dos seus fracassos na vida, das frustrações profissionais e familiares, insulta o seu velho cupincha do futebol aos sábados. Não estará com inveja dele?" Não, não era inveja. Porque entre seus defeitos, muitos, sem dúvida, nunca figurou a inveja dos triunfos alheios.

O doutor Efrén García Ardiles ouviu o menino que tinha o seu nome chorar de novo no quarto ao lado. Era seu filho? Oficialmente, sim. Pelo sobrenome e porque também era filho de Martita Borrero Parra, agora Marta de García Ardiles, aquela garota que levou para a cama mas não devia ter levado, uma barbaridade cujas consequências tinha certeza de que ia pagar pelo resto da vida. Mas havia sido ele, realmente ele, o culpado? De novo sua maldita mania de arranjar desculpas para responsabilizar aquela pobre garota pelos seus próprios erros. Havia reconhecido o guri porque era um homem decente, embora engravidar uma menina de quinze anos indicasse justamente o contrário e o mostrasse ao mundo como um ser vil e abusivo, um pedófilo desprezível. Será que tudo em sua vida também era uma farsa parecida com a de Castillo Armas? Sentiu vontade de chorar, como a criança que a empregada tentava acalmar no quarto ao lado. Um menino bastante normal, que em breve ia fazer seis anos. Sempre tirava boas notas na escola, e se divertia brincando sozinho, principalmente com um miniboliche e rodando seu pião. Nem sequer o batizou. Registrou o garoto na prefeitura com o nome de Efrén, mas Símula, que vinha vê-lo de vez em quando, só o chamava de Trencito.

O pequeno escritório onde passava boa parte do dia era um lugar cheio de livros, apesar do expurgo que os liberacionistas fizeram. Não só de medicina, mas também de filosofia, uma paixão paralela dos seus tempos de estudante. Agora não conseguia mais ler. Tentava, mas não tinha concentração suficiente nem as ilusões do passado, quando pensava que a leitura de bons livros, além de ser um prazer, enriqueceria seus conhecimentos, sua sensibilidade e faria dele um homem mais completo. A viagem oficial de Castillo Armas aos Estados Unidos o mergulhara ainda mais fundo na neurose em que sua vida descambou desde que, para sua desgraça, começara a responder às perguntas sobre política da bela Miss Guatemala naqueles fins de semana de *rocambor* na casa do seu ex-amigo Arturo. Não se importava que ela o tivesse abandonado. Nunca a amou. "Nem ela a mim", pensou. Mas o que aconteceu, por culpa dele ou não, foi o início da sua ruína, a queda no abismo do qual — tinha certeza — nunca mais sairia.

Ele e Carlos Castillo Armas deviam ter a mesma idade ou, pelo menos, eram da mesma faixa. Efrén o conhecera quando os dois ainda estavam no colégio, mas não no mesmo. Porque ele e Arturo estudavam com os maristas, no Colégio San José de los Infantes, que, como todos os colégios católicos, frequentado pelos filhos das boas famílias da Guatemala, não aceitava meninos nascidos fora do casamento, quer dizer, bastardos como aquele garotinho mirrado, magro e muito triste que, aos sábados e domingos, rondava o campo de futebol dos irmãos maristas. O próprio Carlos lhe contou a história, explicando que sua mãe e seu pai não eram casados; este último tinha outra família, uma família de verdade, porque ele e sua mãe eram só "protegidos". O pai havia tentado matriculá-lo nos maristas, mas eles o rejeitaram por ser filho do pecado. Por isso estudava num colégio público. Contava essas coisas com naturalidade, sem complexos nem rancor. Efrén simpatizou com ele e conseguiu que seus colegas o deixassem também jogar futebol nesses fins de semana em que praticavam esportes. "Graças a essa boa ação, provavelmente, ainda estou vivo", pensou. "A prova está aí; você não era, afinal, tão canalha como muita gente pensava, principalmente Arturo."

O Carlos dessa época parecia ser boa pessoa, lembrou Efrén. Dava pena vê-lo discriminado por uma sociedade injusta, pensar que, devido ao pecado dos seus pais ("olha quem fala, Efrén"), ele sempre seria uma figura secundária, marginalizada, sem direito de herdar as terras da família, que iriam todas para as mãos dos seus irmãos legítimos. Por seu corpo enfermiço e seu porte tão pouco esportivo, parecia uma pessoa incompatível com a carreira militar. Efrén, que só o via na rua — iam aos cinemas Lux, Capitol ou Variedades para ver filmes mexicanos de mariachis ou de María Felix, Elsa Aguirre ou Libertad Lamarque, e aos jogos do campeonato nacional de futebol —, ficou surpreso quando Carlos lhe disse que pretendia fazer concurso para a Politécnica. Cadete, ele? Deve ter decidido por questões práticas. Naquela preconceituosa e carola sociedade guatemalteca, ele jamais conseguiria progredir e ter sucesso sendo marginalizado por todas as famílias de dinheiro pelo fato de ser filho ilegítimo. Seriam fechadas todas as portas para ele. Na Escola Militar, foi colega de Jacobo Árbenz, ninguém menos que o presidente que depois derrubou e a quem, depois de manter cerca de três meses como refugiado na embaixada do México, infligiu a humilhação, quando saía para o exílio, de mandar que se despisse no aeroporto e fotografá-lo nu "para verificar se não estava levando nada de valor", como disse a imprensa governista que agora era a de todo o país. E depois expropriou todos os seus bens, inclusive a fazenda El Cajón, e até suas contas de poupança.

Enquanto eram cadetes, os dois se viam pouco. De vez em quando, em seus dias de folga Carlos ligava para Efrén, sempre muito atarefado com seus estudos de medicina, e às vezes os dois se encontravam para tomar uma cerveja e conversar no bar Granada, quando tinham dinheiro, e quando não, num barzinho ao lado do Mercado Central. Mantinham uma amizade distanciada e eventual. Efrén sabia que Carlos fizera uma carreira bastante medíocre no Exército. Convidou-o para a sua formatura, e nesse dia Efrén conheceu a mãe de Carlos, Josefina Castillo, uma mulher humilde que, envergando uma túnica com um quetzal bordado e uma saia comprida cingida por uma faixa camponesa, chorou quando entregaram a espada de subtenente ao seu filho. O pai não compareceu à cerimônia, naturalmente.

Os dois deixaram de se ver, e Efrén soube, muito tempo depois, que, na época da Revolução de Outubro de 1944, que culminou com as primeiras eleições livres na Guatemala, quando o professor Juan José Arévalo subiu ao poder, Carlos tinha passado oito meses nos Estados Unidos, no U.S. Army Command and General Staff College, em Fort Leavenworth, Kansas, aprendendo táticas de luta antissubversiva. Só voltou a encontrá-lo quando já estava de volta à Guatemala havia um bom tempo, e tinha sido nomeado diretor da Escola Politécnica. A partir de então se viam de vez em quando em reuniões sociais; os dois se cumprimentavam, falavam rapidamente das respectivas vidas, diziam uns gracejos e prometiam se procurar depois, mas nunca o faziam. Quando Carlos se casou com Odilia, Efrén recebeu a comunicação e o convite, e mandou um belo presente ao casal. Que tipo de trajetória fizera Carlos no Exército? Bastante obscura, pulando de quartel em quartel por todo o país e sendo promovido gradativamente por tempo de serviço, sem muito brilho; muito diferente da carreira de colegas seus da mesma turma, como Jacobo Árbenz ou Francisco Javier Arana, dos quais já nessa época se falava como líderes da instituição e futuros presidenciáveis.

   Efrén voltou a ter notícias de Carlos quando este, na disputa entre Árbenz e Arana, tomou partido abertamente por este último, que o havia protegido no Exército. E quando assassinaram o coronel Francisco Javier Arana, numa estranha refrega ocorrida no dia 18 de julho de 1949 na Puente de la Gloria, Carlos, que era já tenente--coronel e chefe da guarnição de Mazatenango, acusou o governo, principalmente Jacobo Árbenz, de cumplicidade com os assassinos. Algum tempo depois viveu um fugaz estrelato ao encabeçar um ataque à guarnição de La Aurora, em 5 de novembro de 1950. A intentona fracassou, houve mortes e o caudilho ficou gravemente ferido. E se salvou de ser enterrado vivo quase por milagre. Pensando que era mais um cadáver, iam jogá-lo numa cova já pronta e cheia de corpos quando Castillo Armas deu um gemido que revelou aos soldados que estava vivo. ("Seria melhor que o tivessem enterrado", pensou o doutor García Ardiles. Mas imediatamente retificou: "Nesse caso você provavelmente já estaria morto ou continuaria preso sabe Deus por mais quanto tempo".) Afinal se salvou, mas o governo de Juan José Arévalo o expulsou do Exército e os juízes o condenaram à morte, pena cuja execução foi adiada várias vezes. Sua fuga da penitenciária, em 11 de junho de 1951, tornou-o famoso em todo o país. Havia duas versões sobre essa fuga. Seus partidários diziam que ele e seus companheiros tinham vivido mais ou menos a aventura do conde de Montecristo, cavando um túnel longo e secreto que os levou à liberdade. Já seus inimigos sustentavam que os fugitivos tinham comprado os carcereiros com quetzales e saíram tranquilamente pelas portas da prisão sem correr o menor risco. Ele se refugiou na Colômbia e depois em Honduras, onde se dedicou de corpo e alma a conspirar contra o governo de Jacobo Árbenz. Lá fundou o chamado Movimento de Libertação Nacional e fez um pacto triplo com o general Ydígoras Fuentes e um civil muito inteligente, o doutor Córdova Cerna, ex-advogado da Fruteira, colaborador e ministro de Arévalo, que, diziam, mudara de ideologia devido ao sofrimento causado pela desafortunada morte de seu filho numa manifestação política da oposição. Aparentemente, os Estados Unidos, ou melhor, John Foster Dulles, secretário de Estado do presidente Eisenhower, e seu irmão Allen, chefe da CIA, tinham escolhido Castillo Armas para dirigir a contrarrevolução por não ser tão aristocrático como Ydígoras Fuentes e porque o homem que tinha cabeça, ideias e prestígio, Córdova Cerna, recebera um diagnóstico de câncer na garganta naqueles dias. E também, talvez, porque achavam que ele era o mais dócil e manipulável do trio, além de parecer, pela cor da pele e os traços do rosto, mais índio que mestiço. Era por tais méritos que ele devia ser presidente da república da Guatemala e herói do mundo livre? E estar agora nos Estados Unidos recebendo condecorações, aplausos, e sendo chamado pelos mais prestigiosos jornais de exemplo para o resto da América Latina?

    Finalmente o menino tinha se acalmado, e agora reinava uma paz insólita na casinha anódina no bairro de San Francisco onde o doutor Efrén García Ardiles alimentava o seu pessimismo e a sua neurose. Pegou um casaco e o guarda-chuva e foi dar um passeio no centro da cidade. Voltaria cansado, encharcado e talvez mais sereno.

XIV

O corredor continuava escuro e deserto, com exceção daquela luzinha no fundo, onde ficavam, como Enrique tinha explicado ao dominicano, a cozinha e a sala de jantar.

— Estão demorando um pouco — disse Enrique, consultando novamente o relógio com ajuda do isqueiro.

O dominicano não respondeu. Estava suando, apesar de não fazer muito calor. Não se sentia naquele estado de efervescência e expectativa, de exacerbação nervosa, desde os tempos do México, quando tivera que participar de alguns dos assassinatos travestidos de acidente ordenados pelo Generalíssimo Trujillo. Mas tinha certeza absoluta de que aquilo ali era muito mais importante do que tudo o que fizera até então para agradar o chefe. Felizmente a colaboração de Enrique tinha sido decisiva. Será que as coisas sairiam como sonhava? Enrique era tremendamente ambicioso e pensava que, no vácuo que iria se criar, seu sonho de chegar à presidência da república podia se tornar realidade. Ele tinha as suas dúvidas, e Mike Laporta também. Mas, enfim, nada era impossível nesta vida. Seria mesmo verdade que o presidente Castillo Armas lhe dera esse apelido horrível, Chambão?

— Eles estão aí — ouviu Enrique sussurrar. E, de fato, à sua direita tinham aberto uma porta, um jato de luz iluminou o jardinzinho com a acácia solitária e agora um casal, andando devagar, vinha em sua direção. Se fossem para a sala de jantar, teriam que passar pela frente dos dois, quase tocando-os.

— Me dê o fuzil — ouviu Enrique dizer.

— Eu faço isso — respondeu no mesmo instante o dominicano, pensando que assim cumpriria melhor a vontade do Generalíssimo. E repetiu, para ganhar ânimo: — Eu.

— Tire a trava, então — disse Enrique, inclinando-se para destravar ele mesmo. — Pronto.

O casal agora estava atravessando o minúsculo jardinzinho, e o dominicano ouviu a mulher exclamar com um misto de surpresa e indignação:

— Por que não acenderam as luzes? E onde estão os empregados?

— E os guardas? — exclamou ele.

Pararam de repente. Olhavam para todos os lados. Ele deu meia-volta e parecia decidido a correr de novo para dentro da casa de onde tinham saído. Na escuridão, o dominicano apontou e atirou. O tiro soou muito alto e retumbou no corredor. Disparou de novo, e nesse instante irromperam o grito e o choro histérico da mulher, que tinha se jogado no chão, ao lado do homem estendido.

— Vamos, vamos, rápido — disse Enrique, puxando o seu companheiro pelo braço. Este deixou o fuzil no chão e deixou-se levar. Em passos rápidos, quase correndo, desandaram o trajeto que tinham feito para entrar na Residência Presidencial. Quando Enrique abriu a portinha camuflada no muro daquela esquina na sexta avenida, viram estacionado ali o carro preto com o cubano Ricardo Bonachea León ao volante.

— Lá está o seu carro — disse Enrique. — Você tem uma hora para tirar a dona daqui. Nem um minuto a mais. Daqui a uma hora exatamente vou mandar prendê-la.

XV

O novo adido militar dominicano na Guatemala, o novato tenente-coronel Johnny Abbes García, chegou ao país quase clandestinamente. Não avisou ao embaixador da sua chegada. Pegou um táxi no aeroporto de La Aurora e disse ao motorista que o levasse à sexta avenida, ao Mansión de San Francisco, um hotelzinho de segunda que pouco depois se transformaria em seu centro de operações. Perguntou ao funcionário da recepção se havia algum templo rosa-cruz na cidade, e como o outro olhou desconcertado para ele, sem entender nada, disse-lhe: "Não se preocupe, pode esquecer".

Depois de tirar da mala a pouca roupa que tinha levado e pendurá-la no velho armário do quarto, telefonou para Carlos Gacel Castro, temendo que a única pessoa que conhecia no país não estivesse mais lá. Mas teve sorte. O próprio Carlos atendeu o telefone. Ficou muito surpreso ao saber que Abbes García estava na Guatemala e aceitou imediatamente seu convite para jantar. Iria buscá-lo no Mansión de San Francisco às oito da noite.

Carlos Gacel Castro não era guatemalteco e sim cubano. Abbes García o conhecera no México, quando, com a bolsa concedida por Trujillo, fazia aqueles cursos de polícia enquanto espionava para o Generalíssimo os exilados dominicanos no país asteca. Gacel Castro, também exilado, os conhecia e frequentava.

Como Carlos se gabava de ser o homem mais feio do mundo, Abbes García gostou dele desde o primeiro momento: comparando com aquele monstro, qualquer um, até ele mesmo, parecia apresentável. Gacel era alto, parrudo, branquelo, tinha uma cara grandona e desproporcional, cheia de marcas de varíola, orelhas, nariz e boca enormes, e manzorras e patas de orangotango, características que, além do seu espalhafatoso vestuário tropical, faziam dele um personagem extravagante e repelente. O pior de tudo eram seus olhos gélidos e amarelados, que esquadrinhavam as pessoas, principalmente as mulheres, com uma arrogância agressiva. Andava com prepotência, exibindo sua força física, e usava umas calças apertadas que realçavam seu traseiro. Tinha sido de uma gangue em Havana e, com as mãos manchadas de sangue, tivera que fugir do país para não voltar para a cadeia, onde já havia passado alguns meses. Mas quando Abbes García o conheceu no México não quis saber muito mais a seu respeito e começou a usá-lo. Como ele estava sempre em apertos econômicos, conseguiu que Trujillo lhe mandasse uma pequena quantia por mês, além de um presente especial quando, além de informar, participava de ações violentas e sem deixar rastros contra algum exilado. Depois também teve que fugir do México, porque o governo decidira extraditá-lo para Cuba, onde a justiça o esperava. Por isso Johnny Abbes tinha o seu telefone. Gacel havia arranjado um empreguinho aqui, de capanga e informante, na Segurança do Estado dirigida pelo tenente-coronel Enrique Trinidad Oliva.

Gacel veio buscá-lo pontualmente às oito, e foram jantar numa pequena tasca onde, antes das tortilhas e do frango ao forno com chile, tomaram várias cervejas. Quando o cubano soube que seu amigo agora era tenente-coronel e ia ser adido militar do seu país na Guatemala, ficou com os olhos brilhando. E lhe deu um abraço efusivo.

— Se eu puder ajudar em alguma coisa estou às ordens, rapaz — disse ele.

— Claro que pode — respondeu Johnny Abbes. — Vou lhe dar duzentos dólares por mês, além dos trabalhos especiais, que pagarei por fora. E agora, vamos para onde realmente se conhece um país.

— Não perdeu o costume, compadre — disse Gacel. — Mas não tenha ilusões. Os puteiros daqui parecem um velório.

Os bordéis eram a grande fraqueza do ex-jornalista de turfe. Ele os frequentava com assiduidade e lá conseguia muita informação e tinha uma ideia de como andavam as coisas na cidade. Sentia-se bem, confortável e à vontade nesses antros cheios de fumaça, fedendo a álcool e suor, entre homens meio bêbados e agressivos e mulheres com as quais não precisava fingir, só mandar: "Abre as pernas, dá aqui esse rabo e me deixa gozar, putinha". Não era muito fácil fazer as mulheres chuparem o seu pau, ele precisava negociar a cada vez, e com muita frequência elas não queriam. Em compensação, nenhuma puta se opunha a que chupasse sua racha. Era o vício dele. Um vício perigoso, claro, já tinham lhe avisado muitas vezes: "Podem contagiar sífilis ou alguma outra infecção. Quase todas essas putinhas estão contaminadas". Mas ele não se importava. Gostava do risco, de todos os riscos, e principalmente desse, que o fazia gozar.

Gacel conhecia como a palma da sua mão os bordéis da Cidade da Guatemala, que estavam espalhados em sua maioria pelo bairro promíscuo de Gerona. Não eram tão animados e violentos como os do México, e estavam a anos-luz de distância dos de Ciudad Trujillo, com seus merengues alegres, sua música ensurdecedora e as línguas soltas, atrevidas e risonhas das putas dominicanas. As daqui eram mais ríspidas, distantes, e entre elas havia algumas indiazinhas que só falavam seus dialetos e mal arranhavam o espanhol. Gacel levou Abbes a um bar-prostíbulo, numa ruela de Gerona, dirigido por uma senhora chamada Miriam que usava uma cabeleira comprida e, dependendo da ocasião, pintada de ruivo ou de louro platinado. Ele foi para a cama com uma negrinha de Belize que misturava o espanhol com um inglês muito mascado. Adorou abrir as pernas e deixar que ele metesse a língua na sua cavidade vermelha e úmida, que exalava um fedorzinho delicioso.

Quando, já ao amanhecer, Gacel deixou-o no Mansión de San Francisco, Abbes García tinha aprendido duas coisas sobre a Guatemala: todo mundo falava mal do presidente Castillo Armas e, entre os muitos boatos políticos que corriam, ninguém apostava um quetzal na vida dele. E também que, embora as putas guatemaltecas deixassem muito a desejar, o rum de Zacapa era tão bom quanto o dominicano.

Levou mais dois dias para se apresentar à sua embaixada. Mas nessas quarenta e oito horas não perdeu tempo. Ficou trabalhando, sentindo o pulsar daquela cidade desconhecida e da sua gente. Leu todos os jornais de fio a pavio, do *El Imparcial* até o *Diario de Centroamérica*, passando por *Prensa Libre* e *La Hora*; escutava as notícias na Rádio Nacional, na TGW e na Rádio Morse, e andava sem parar por ruas, praças, parques, vez por outra mergulhando nos cafés e cantinas que encontrava pelo caminho. Puxava conversa com as pessoas e conseguia, embora não fosse uma coisa fácil — muitos o olhavam com desconfiança quando ouviam seu sotaque forâneo —, arrancar delas alguma informação. Ao anoitecer, voltava para o hotel, morrendo de cansaço e convencido de uma coisa que já tinha percebido na primeira noite, em suas conversas com Carlos Gacel Castro: ninguém gostava de Castillo Armas, muita gente o achava um homenzinho desprovido de caráter e de autoridade, uma mediocridade sem atenuantes que só um punhado de íntimos — geralmente oportunistas e canalhas — respeitava. Suas convicções anticomunistas nem sequer eram tão firmes, porque agora, aparentemente, falava até em devolver algumas das terras tomadas dos índios; ele ainda não tinha feito nada, mas o boato crescia, na certa espalhado por seus inimigos. E todo mundo dizia que estava deslumbrado pela amante e que era Marta quem mandava e desmandava, até nas altas decisões do governo. Que diferença com o Generalíssimo Trujillo! Quem se atreveria na República Dominicana a falar mal dele como o pessoal fazia aqui, até nas cantinas, de Castillo Armas! Por isso havia tanta desordem, tanta incerteza na Cidade da Guatemala, e por isso ninguém parecia pensar que as coisas pudessem continuar daquele jeito por tempo indefinido.

No terceiro dia foi à embaixada dominicana. Sua presença surpreendeu todo mundo, a começar pelo embaixador Gilberto Morillo Soto, um psiquiatra de renome em seu país, que já sabia da nomeação. Estavam à sua espera, iriam buscá-lo no aeroporto se tivessem sido informados da hora de sua chegada.

— Não se preocupe, embaixador — respondeu Abbes García. — Queria dar uma olhada na cidade, fazer uns contatos, antes de começar a trabalhar.

O embaixador lhe mostrou o escritório preparado para ele na embaixada. Abbes García agradeceu, mas ao mesmo tempo lhe avisou que não iria ali com muita frequência, pois sua missão o obrigaria a ficar muito tempo na rua ou viajando pelo interior do país. E imediatamente pediu-lhe que conseguisse encontros com dois altos funcionários do governo guatemalteco que queria conhecer pessoalmente: Carlos Lemus, chefe civil da segurança pública, e o tenente-

-coronel Enrique Trinidad Oliva, encarregado de todos os organismos de ordem pública e de defesa do regime.

Os dois funcionários o receberam dias depois. Enquanto sua conversa com Carlos Lemus o deixou decepcionado — parecia um burocrata incapaz de pensar por si mesmo, tão cauteloso que não se atrevia a dar opinião pessoal sobre coisa nenhuma e só respondia às suas perguntas com lugares-comuns e ambiguidades —, Abbes García ficou encantado com o tenente-coronel Enrique Trinidad Oliva. Era um homem magro e comprido, com uma pele bastante escura e uma boca enorme de crocodilo, imediatamente reconhecível como homem de ação. Um ambicioso resoluto, que respondia com clareza porque tinha pensamento próprio e, como o próprio Abbes García, coragem de falar às claras e de correr riscos.

Levou-lhe uma garrafa de rum dominicano — "Para o senhor ver que é tão bom como o melhor rum de Zacapa, tenente-coronel" — que ele mandou abrir na hora. Apesar de ainda não ser meio-dia, brindaram, e durante a conversa beberam dois ou três copos cada um. Depois Trinidad Oliva convidou-o para almoçar no El Lagar, um restaurante de pratos típicos guatemaltecos.

Trinidad Oliva era um grande admirador do Generalíssimo Trujillo e reconhecia, porque tinha estado lá, que ele havia transformado a República Dominicana num país moderno e próspero, com as melhores Forças Armadas de todo o Caribe. "Porque o seu chefe é um homem de caráter", afirmou. "Um grande patriota. E, além do mais, tem uns colhões de elefante." Fez uma pausa e, abaixando um pouco a voz, acrescentou: "Coisa que está em falta por aqui". Abbes García riu, e Trinidad Oliva também riu, e a partir desse momento ficou claro que tinham se tornado amigos, talvez cúmplices.

Os dois se viram de novo na semana seguinte e depois na subsequente e, em pouco tempo, além de beber e comer juntos, foram a uns puteiros bem melhores que aqueles que Carlos Gacel Castro frequentava. De todas essas saídas em comum, Abbes García tirou algumas conclusões que informou ao Generalíssimo em relatórios minuciosos: o tenente-coronel Trinidad Oliva era um homem que mirava alto. Sentia-se injustamente esquecido pelo governo. Estivera preso por conspirar contra o regime no tempo de Jacobo Árbenz e não sentia a menor simpatia por Castillo Armas, de modo que podia ser uma peça-chave para o projeto. Por outro lado, era difícil saber qual era a sua influência dentro das Forças Armadas, uma instituição que, pelo visto, estava muito dividida, com diversos grupos conspirando uns contra outros. Isso fazia com que o governo de Castillo Armas fosse instável, preso com alfinetes, podendo cair a qualquer momento por uma ação externa ou por decomposição interna. Outro dado importante: quem tinha um poder enorme sobre Castillo Armas, de fato, era sua amante, Marta Borrero Parra, conhecida como Miss Guatemala, uma mulherzinha jovem e muito bonita que, aparentemente, tinha enfeitiçado o presidente. Este lhe montou uma casa e, pelo que diziam, consultava sua opinião a respeito de tudo, inclusive de questões do governo. Por isso Abbes García pretendia conhecê-la em breve e estabelecer com ela uma relação proveitosa para a sua missão diplomática na Guatemala. Por outro lado, sabia-se que a principal divisão que existia no governo — coisa incrível! — era entre os partidários da legítima esposa, dona Odilia Palomo, e os da amante. Talvez essa rivalidade criasse condições favoráveis para eles. Johnny Abbes mandava todos os seus informes ao Generalíssimo em mensagens cifradas.

Em suas andanças pela cidade em constante busca de informações, o tenente-coronel descobriu que outro assunto do momento era o debate anunciado pelo governo sobre a abertura de cassinos, argumentando que iria estimular o turismo, e a posição contrária que a Igreja católica assumira sobre a questão. O próprio arcebispo Mariano Rossell y Arellano se pronunciara contra essa prática que, segundo ele, podia ampliar a corrupção, o vício e o crime atraindo gângsteres e mafiosos para a Guatemala, como já havia ocorrido em Havana, pois, desde que abriram os cassinos, Cuba, nosso país irmão, se transformou num imenso prostíbulo e guarida para delinquentes e foragidos norte-americanos.

Estava Abbes García nesses afazeres quando Gacel Castro veio lhe dizer que o cubano Ricardo Bonachea León havia chegado à Guatemala, fugindo do México, e que precisava da sua ajuda, porque tinha entrado no país às escondidas. Bonachea León era um pistoleiro exilado no México, onde vez por outra colaborava com Abbes García e

Gacel Castro espionando os exilados dominicanos. Por ordem de Trujillo, Abbes García mandou-o liquidar um deles, Tancredo Martínez, ex-cônsul dominicano em Miami, que fugiu para o México e pediu asilo. Bonachea León fez tudo errado; foi procurá-lo na companhia de seguros onde trabalhava e lhe deu um tiro na cara; destroçou-a, mas não o matou. Por isso fugira para a Guatemala e agora pedia a sua ajuda. Abbes García falou com o tenente-coronel Trinidad Oliva e este, além de regularizar a documentação do cubano, disse que podia dar-lhe uns servicinhos especiais, como aqueles que Carlos Gacel Castro fazia, que lhe permitiriam viver.

Num dos almoços semanais entre os dois, o dominicano fez uma proposta audaciosa ao guatemalteco: que abrissem um cassino. O escuro e esguio oficial olhou para ele desconcertado.

— Nós dois, meio a meio — explicou Abbes García. — Com toda certeza é um negócio redondo, dá para ganhar uma boa grana.

— Você já viu a polêmica na Guatemala sobre a questão dos cassinos? — perguntou Trinidad Oliva, medindo as palavras. — Castillo Armas mandou fechar o Beach and Tennis Club e expulsou os donos, uma dupla de gringos, do país. E o arcebispo é violentamente contra a existência de outros cassinos.

— Foi essa notícia que me deu a ideia — assentiu Abbes García. — Em último caso, podem ser cassinos só para estrangeiros, se isso deixa o arcebispo mais tranquilo. Os turistas podem ir para o inferno, não os nacionais: é assim que muitos padres raciocinam. De quem depende a autorização para abrir um cassino? De você, não é mesmo?

— É delicado demais — Trinidad Oliva ficou muito sério. — Tenho que consultar o presidente.

— Consulte, não tem problema. Além do mais, nós podemos ser os donos, mas não precisamos aparecer, nem você nem eu. Não conhece alguém que possa ser o nosso testa de ferro?

O tenente-coronel pensou um pouco.

— Tenho a pessoa perfeita para isso — disse Trinidad Oliva. — Ahmed Kurony, o Turco. Mexe com joias, pedras preciosas e negócios escusos. Dizem que é contrabandista e meio gângster, claro.

— Então está resolvido, parece o homem de que necessitamos.

Mas a operação não deu certo e só serviu para aprofundar a inimizade entre Castillo Armas e Enrique Trinidad Oliva. Quando o Chambão disse ao presidente que ia autorizar a abertura de um cassino pelo comerciante Ahmed Kurony, o Turco, aquele o proibiu de forma terminante. Já tinha problemas demais com a Igreja católica, explicou, por causa dos cassinos e de outras questões — muitos padres, instigados pelo arcebispo, tinham pregado nos púlpitos contra "homens que se dizem católicos e têm amantes" —, e ele acabava de saber que em breve se iniciaria na catedral uma semana de orações para que o diabo não dominasse a cidade por meio dos cassinos, de forma que não ia admitir que se abrisse mais uma casa de jogos, muito menos tendo à frente um contrabandista e ladrão conhecido como esse turco. Por acaso Ahmed Kurony não tinha uma reputação sinistra? Por isso o tenente-coronel Trinidad Oliva avisou a Abbes García:

— Vamos esquecer esse projeto por enquanto. Depois, veremos.

Não foi muito fácil para o dominicano chegar até Miss Guatemala. A famosa Marta quase não saía, e muito menos frequentava eventos e coquetéis da sociedade; só se encontrava com suas amigas de confiança, e a esses encontros Abbes García não era convidado. Até que um dia, em um chá na embaixada da Colômbia, deu a sorte de se encontrar com ela. Desde o instante em que a viu, teve certeza de que a intuição do Generalíssimo Trujillo era certeira: aquela mulher seria a chave para o que ele tinha que fazer na Guatemala.

Por outro lado, ao vê-la o tenente-coronel sentiu que aquela era uma mulher com quem gostaria de se acasalar. Era ainda mais bonita do que diziam as lendas que corriam sobre a amante do chefe de Estado. E bem jovem: parecia mal ter saído da adolescência. Não era muito alta, mas maravilhosamente bem-proporcionada, com uma sedução natural em sua forma de vestir — estava usando uma saia sinuosa, revelando suas pernas bem torneadas e os tornozelos, sandálias abertas e uma blusa que insinuava seus peitos redondos —, e mexia os ombros com sabedoria quando andava, avançando ao compasso dos pequenos movimentos de suas nádegas e dos seus peitos. Mas o mais atraente nela era sua maneira quieta e estranha de olhar, que obrigava os interlocutores a baixarem a vista como se fossem perder as forças e sentir-se derrotados se resistissem à suave insolência daqueles olhos verde-cinzentos tão penetrantes. Abbes García fez de tudo para ser simpático e iniciar uma amizade com ela. Elogiou-a, adulou-a, perguntou se podia visitá-la; ela disse que sim, e até marcou uma data: na próxima quinta-feira à tarde, por volta das cinco, hora do lanche. Nessa noite, no bordel, Abbes García, enquanto se excitava e ejaculava com uma putinha qualquer, ficou de olhos fechados, sonhando que despia e dispunha de Miss Guatemala.

Essa primeira visita do tenente-coronel à casa que Castillo Armas montara para a sua amante, não distante da Residência Presidencial, selou a amizade entre Miss Guatemala e Johnny Abbes García. Uma estranha corrente de simpatia mútua se estabeleceu entre Marta e o dominicano. Ele lhe levou presentes, e depois mandou flores agradecendo muito por tê-lo recebido. Disse a ela que lhe diziam em toda parte, desde que chegara à Guatemala, que Marta tinha muita influência sobre o presidente e que as melhores coisas que o coronel Castillo Armas fizera pelo país se deviam aos seus conselhos. Enquanto tomavam chá, falou das maravilhas que Trujillo tinha realizado na República Dominicana e convidou-a para conhecê-las de perto, quando quisesse: era convidada permanente do Generalíssimo. Ia adorar as praias, a música, a tranquilidade do país e, quando aprendesse a dançar merengue, descobriria que é a música mais alegre do mundo.

Depois dessa visita, escreveu ao seu chefe um relatório detalhado sobre o vínculo que estabelecera com Miss Guatemala, incluindo uma descrição entusiasta dos seus encantos físicos. Ao mesmo tempo, dizia: "Mas este não é o único atrativo da sua figura; apesar de ser tão jovem, ela tem uma clara inteligência e muita curiosidade e intuição política". Em sua resposta, o Generalíssimo Trujillo lhe disse que aquela relação era muito oportuna e devia ser mantida. Mas que, agora, ele tinha que estar em contato com o homem da CIA na Guatemala. Era um gringo que se apresentava como Mike e estava associado de alguma forma à embaixada ianque. Que o procurasse lá e, não encontrando, lhe deixasse seu nome e endereço.

Abbes García continuava morando no Mansión de San Francisco, o mesmo hotelzinho medíocre onde havia se hospedado quando chegou. Ele almoçava e jantava na rua, e de noite, se não tivesse outro compromisso, ia a algum bordel com Gacel e Bonachea León. Uma vida rotineira, aparentemente, mas, no fundo, todas as suas energias e atividades não tinham outra meta senão aquilo de que Trujillo o havia encarregado.

Quando Abbes García já estava se perguntando como ia fazer para entrar em contato com o gringo que provavelmente não se chamava Mike, recebeu (não através da embaixada dominicana, mas no hotelzinho onde morava e cujo endereço só Gacel sabia) um convite para almoçar no Hotel Panamerican, dois dias depois, de um senhor cujo cartão dizia: "Mike Laporta. Especialista em clima, biogeografia e meio ambiente. Embaixada dos Estados Unidos, Guatemala". Como é que tinha descoberto seu endereço? Uma prova, sem dúvida, de que a CIA estava funcionando como era devido.

Mike Laporta não podia ser mais gringo quanto ao aspecto, mas falava espanhol muito bem, com um ligeiro toque mexicano. Devia ter entre uns quarenta e cinquenta anos e era louro, um pouquinho careca, grande, fornido, cheio de pelos ruivos nos braços e no peito. Usava uns óculos para miopia que deixavam o seu olhar cheio de ambiguidade. Era espontâneo, simpático e parecia saber tudo sobre a Guatemala — e, de maneira mais ampla, sobre a América Central. Mas não se gabava disso; pelo contrário, tinha um jeito mais para tímido e discreto. Abbes García lhe perguntou quantos anos fazia que estava naquela terra e ele se limitou a dizer, fazendo um movimento amplo com o braço: "Bastantes".

Tomaram cerveja gelada enquanto almoçavam e, depois da sobremesa e do café, brindaram com uma tacinha de rum envelhecido.

Mike confirmou tudo aquilo que Abbes García já sabia de maneira vaga, mas lhe deu muitos detalhes novos sobre as diversas facções em que o Exército estava dividido; de fato, havia várias conspirações em andamento. Mas também o surpreendeu dizendo que provavelmente quem tinha mais chances, entre os supostos sucessores de Castillo Armas, era o general Miguel Ydígoras Fuentes, que estava morando no exterior e, pelo que se dizia, impedido de voltar por determinação de Castillo Armas, que o temia. Apesar de estar na reserva, ele ainda tinha muitos partidários entre os oficiais e soldados, e o povo guatemalteco reconhecia sua impetuosidade, sua energia e a firmeza do seu caráter. Por isso Castillo Armas não o deixava voltar ao país.

— Ou seja, tem tudo o que falta a esse presidente — concluiu Mike. — O Generalíssimo Trujillo deve estar contente, imagino.

— De fato, ele tem uma ótima impressão do general Ydígoras Fuentes, os dois são amigos — confirmou Abbes García. — Mas, de todo modo, o interesse de Trujillo é o que for melhor para os guatemaltecos.

— Claro — disse Mike, dando uma risadinha um pouco irônica. — E me consta que o general Ydígoras também tem muita admiração por Trujillo. Ele o considera seu modelo.

Ficaram conversando sobre várias coisas, e quando o dominicano confessou ao gringo que, apesar de estar na Guatemala havia vários meses, ainda não tinha conseguido uma audiência a sós com o presidente Castillo Armas, Mike, parecendo lembrar-se de alguma coisa, de repente disse a Abbes García que queria lhe pedir um grande favor. Qual? Que o apresentasse a Martita, Miss Guatemala, a amante do presidente.

— Sim, lógico, com todo prazer — respondeu o dominicano. — É estranho que ainda não a tenha conhecido.

— Não é nada fácil — explicou Mike. — O presidente é muito ciumento e não a deixa sair sozinha. Está sempre com ela nas recepções e nos jantares a que comparece e, pelo visto, isso ocorre muito raramente. Ou, como dizem aqui, uma vez na vida e outra na morte.

— Ou seja, quem tem o verdadeiro poder é ela — disse Abbes. — E não dona Odilia Palomo.

— Claro — afirmou Mike. Mas logo depois acrescentou: — Pelo menos é o que dizem por aí.

— Eu o apresento, com o maior prazer — disse Abbes. — Podemos ir visitá-la numa tarde destas. É muito bonita, você vai ver.

— Tomara que ela nos receba — murmurou Mike. — Até hoje, todas as minhas tentativas fracassaram.

Mas ela os recebeu em sua casa e lhes serviu uma xícara de chá e doces feitos pelas irmãs clarissas. Martita se surpreendeu um pouco ao ler o cartão de Mike, e este lhe deu uma explicação sobre sua profissão e suas funções na embaixada: estava assessorando o Serviço de Meteorologia Nacional sobre os últimos avanços na previsão do tempo e a política mais adequada para proteger as cidades contra os movimentos sísmicos, tão frequentes nesta terra vulcânica.

Ao se despedirem, Mike perguntou à Miss Guatemala se também podia visitá-la de novo.

— Só de vez em quando — respondeu ela, com franqueza. — Carlos é muito ciumento e antiquado. Não gosta que eu receba homens, nem sequer acompanhados por suas mulheres, quando ele não está.

Os dois riram, e ela acrescentou com um sorriso brejeiro:

— Se vierem juntos me visitar, seria melhor.

Assim fizeram. Duas ou três vezes por mês, Johnny Abbes García e o homem que não se chamava Mike nem provavelmente era meteorologista iam à casa da amante do presidente levando buquês de flores e caixas de chocolate, para tomar chá com docinhos das clarissas. As conversas, a princípio anódinas, foram se tornando pouco a pouco mais políticas.

Abbes García percebeu que em cada visita Mike, como quem não quer nada, ia arrancando com sutileza informações da bela jovem. Será que ela percebia? Claro que sim, como constatou Abbes García uma tarde, quando Mike os deixou sozinhos por um instante para ir ao banheiro. Baixando muito a voz e apontando para o homem que se afastava, Marta disse:

— Esse gringo é da CIA, não é mesmo?

— Nunca lhe perguntei — disse Abbes. — Em todo caso, se for, nunca vai reconhecer.

— Fica tentando me tirar informações, como se eu fosse burra e não percebesse — disse Martita.

Ao sair da casa de Miss Guatemala, Abbes García achou que devia avisar a Mike, e lhe contou o que Marta havia dito. O gringo assentiu.

— Claro que ela percebeu para quem eu trabalho — disse, dando outra risadinha. — E me pediu dinheiro pelas informações que dá. Fizemos um pacto. Mas acho melhor não falarmos agora desses assuntos delicados.

— Entendido — disse Abbes García. E fez uma cruz sobre a boca.

Foram ver um filme de bangue-bangue, coisa que o gringo adorava, no Cine Variedades. Era lento, com a bela Ava Gardner, e cheio de tiroteios. Mais tarde jantaram num pequeno restaurante italiano. Depois, enquanto tomavam um copo de rum, Abbes García cometeu a imprudência de propor a Mike que fossem terminar a noite num bordel.

O rosto de Mike ficou púrpura. Olhou-o com severidade.

— Eu nunca vou a esses lugares, sinto muito — disse, com desagrado, fazendo cara feia. — Sou fiel à minha esposa e à minha religião.

XVI

— Preciso telefonar — disse o dominicano. — Vamos primeiro ao Hotel Panamerican.

Ficava muito perto, e Ricardo Bonachea León deu uma voltinha pelas ruas solitárias do centro antes de parar o carro em frente ao bar do principal hotel da Cidade da Guatemala. Tudo estava muito calmo nas ruas, e o dominicano imaginou o grande alvoroço que ia haver quando a notícia se espalhasse, os telefonemas, os boatos, as patrulhas militares que sairiam às ruas fazendo prisões em toda parte. O gabinete de Enrique no Palácio do Governo seria o centro de toda essa agitação febril. Ele esperava que as coisas funcionassem como queria; sentia um apreço genuíno pelo guatemalteco, mas algo secreto lhe dizia que era muito difícil que chegasse à presidência.

O bar estava quase vazio, com apenas duas mesas ocupadas e um homem sentado no balcão, fumando e tomando cerveja. O rádio tocava uma marimba. O dominicano pediu ao barman uma ficha telefônica e um copo de rum. Foi para a cabine e discou o número. Estava ocupado. Desligou, esperou um pouco e ligou de novo. Continuava ocupado. Telefonou duas vezes mais, sempre ocupado. Agora não eram só suas mãos que estavam transpirando, mas a testa e o pescoço também, e nas costas sentia o suor molhando a camisa. Voltou a ligar, pela quinta vez, pensando "Só falta que o telefone esteja quebrado". Mas agora, ao segundo toque, ouviu a voz de Mike.

— Feito — disse ele, tentando falar com naturalidade, mas sem conseguir. — Por favor, telefone para a Marta o quanto antes. Ela tem que entrar no carro imediatamente. Gacel já deve estar na porta da casa.

Houve um longo silêncio.

— Foi tudo bem? — perguntou afinal Mike.

— Sim, muito bem. Telefone de uma vez.

— Tem certeza de que já tiraram a guarda?

— Tenho — o dominicano perdeu a paciência. — Daqui a quarenta e cinco minutos Enrique vai mandar prendê-la. Por isso tem que sair agora mesmo, se não quiser acabar na cadeia. Diga isso a ela.

— Falamos esta tarde pelo telefone, ela está preparada — disse Mike. — Não se preocupe. Boa sorte.

O dominicano saiu da cabine e parou no balcão para beber a dose de rum num gole só. O barman olhou para ele, como que hesitando entre dizer uma coisa ou ficar calado. Mas afinal tomou coragem:

— Desculpe, senhor — disse. E baixou muito a voz, apontando para a braguilha dele: — O senhor molhou as calças.

— Ah, é mesmo — balbuciou, desconcertado, olhando para a mancha. — Obrigado.

Pagou e saiu.

— Pronto, Ricardito — disse, entrando no carro que estava à sua espera na porta do Hotel Panamerican. — Pé na tábua, e não pare até San Salvador.

XVII

Miss Guatemala se espreguiçou deliciosamente debaixo dos lençóis de linho da sua grande cama colonial e, através da gaze branca do mosquiteiro, observou com um olho só o relógio da mesinha: sete da manhã. Em geral ela acordava às seis, mas na véspera Carlos havia entrado no seu quarto bem tarde, depois de uma jornada de trabalho intenso, e a acordou, superexcitado, para fazer amor. Depois ficaram rolando na cama por um bom tempo, acariciando-se, enquanto ela o ouvia reclamar e protestar vociferando palavrões ("Aqueles filhos de uma puta pulguenta, veja você") das intrigas e emboscadas que julgava descobrir a todo momento entre aqueles que considerava os seus colaboradores mais íntimos e leais. Agora, desconfiava até do tenente-coronel Enrique Trinidad Oliva (o Chambão), seu diretor geral de Segurança.

Martita voltou a virar-se na cama, mergulhada numa deliciosa modorra. Não voltara a vestir a camisola e ainda estava nua; o toque dos lençóis de linho no seu corpo lhe dava uma sensação fresca com súbitas rajadas de eletricidade. Como será que faz amor aquela coisa flácida cheia de inchaços que era o adido militar dominicano? Ela nunca tinha visto um ser humano tão desengonçado como Johnny Abbes García, mas, ainda assim, ou talvez por isso mesmo, aquele personagem a deixava intrigada; desde que o conheceu pensava nele com frequência. Por quê? O que havia naquele dominicano que merecesse a curiosidade que despertava nela? Sua feiura física? "Será que sou uma pervertida?", perguntou a si mesma. "Não tem boa fama, pelo que ouvi dizer", comentou Carlos no dia em que ela conseguiu que lhe concedesse essa audiência. "Está fazendo uns negócios meio estranhos com Trinidad Oliva. O Chambão me pediu autorização para abrir um cassino, com a conversa de que isso iria incrementar o turismo. Eu neguei, e agora acontece que ele abriu mesmo assim, em sociedade com o adido militar dominicano e usando um testa de ferro de péssima fama, Ahmed Kurony, um turco contrabandista. Uns sacanas. Mas não vão se dar bem, pode ter certeza."

Negócios estranhos com cassinos? Sócio e cupincha de Trinidad Oliva, o chefe de Segurança de Carlos? O que podia significar tudo isso? Abbes García era um sujeito misterioso, tinha algum plano secreto, alguma coisa feia guiava os seus passos, iniciativas e atos: disso pelo menos Martita tinha certeza. Mas o que ele queria exatamente? De que índole eram as suas intenções obscuras? Políticas, econômicas? Será que também era da CIA, como Mike? Será que se aproximou e ficou amigo dela só para conseguir a audiência com o presidente que teria nessa mesma manhã? Não, não podia ser só por isso. Talvez a explicação para todas aquelas visitas e os presentinhos — flores, perfume, objetos folclóricos — que ele lhe trazia naquelas últimas semanas fosse simplesmente que tinha atração, queria fazer amor com ela. Não acontecia assim com muitos homens que circulavam ao seu redor? Apesar dos ciúmes de Carlos! Miss Guatemala se tocou lá embaixo, entre as pernas, e viu que estava molhadinha. Pensar nesse homem horroroso a deixava excitada? Riu um pouco de si mesma, em silêncio. Tinha tempo. Abbes García só ia chegar às nove e meia da manhã, porque a audiência com o presidente era às dez; ela o levaria pessoalmente ao gabinete de Carlos. O Palácio do Governo ficava a menos de dez minutos a pé da casinha que Castillo Armas montara para ela depois daquela noite em que fora pedir-lhe socorro, num gesto audacioso ditado pelo desespero, e afinal se tornou sua amante.

Na verdade, o mandatário se portou muito bem com ela, Marta não podia se queixar. Para começar, divorciou-a do marido. Ela nunca mais voltou a ver Efrén García Ardiles: só sabia que andava meio escondido e deprimido, sem trabalho e sem ânimo depois de ser abandonado por ela e de perder a mãe, e que não exercia a medicina, sempre temeroso de que o governo o prendesse outra vez. Símula lhe contou que agora Efrén estava dando aulas num colégio e que se havia afeiçoado a Trencito, o menino que tinha o seu nome. O filho de ambos. Martita não gostava de pensar nessa criança que abandonara. Pouco a pouco o foi afastando da consciência; e quando se insinuava, apesar de tudo, em sua mente, não pensava nele como filho seu, só como filho do ex-marido. Sorriu, lembrando a cara de surpresa do ministro da Justiça quando recebeu a ordem do presidente de "divorciar esta senhora sem delongas", libertá-la daquele casamento abusivo que fora infligido a Marta por seu pai, o orgulhoso Arturo Borrero Lamas, outro que havia murchado e se desvanecido da vida pública. Assim fez o ministro, sem que ela tivesse que se mobilizar, nem ver juízes, tabeliões ou advogados. Em menos de uma semana o juiz dissolveu o vínculo, devolvendo-a à condição de solteira. Rápido assim. Será que Carlos dera aquela ordem porque pretendia se casar com ela? Martita não tinha dúvidas a respeito, desde que ele conseguisse se divorciar da mulher. Mas não ia ser fácil. Odilia Palomo de Castillo Armas fazia pose de muito católica e tinha o apoio do arcebispo e dos padres, que agora controlavam tudo. E essa tal Odilia era uma ferinha. Defendia com unhas e dentes o que considerava seus direitos. Martita riu com o rosto colado no travesseiro de penas. Estava ocorrendo uma guerra civil por esse motivo na Guatemala, entre os partidários da esposa, Odilia Palomo, e os partidários de Martita Borrero, a amante. Quem ia ganhar? Agora Miss Guatemala ficou séria: claro que ela. Olhou para as suas unhas: bem que gostaria de cravá-las na garganta da rival. Já estava totalmente acordada, e era hora de levantar-se. Chamou Símula — que tinha trazido para trabalhar com ela e seu pai não se importou que fosse embora —, pediu-lhe o café e que preparasse seu banho quente com espuma.

 Meia hora depois, já alimentada, banhada e vestida, foi ver os jornais do dia. Ela sempre tinha se interessado por política, não foi isso que a aproximou do ex-marido quando ainda era menina?, mas desde que estava com Castillo Armas se interessava muito mais. Todos eles estampavam na primeira página a divisa nacional da revolução libertadora: "Deus, Pátria e Liberdade". Agora a política tinha passado a ser o centro da sua vida, ela estava muito consciente de que disso dependia o seu status econômico e social. Graças à política, tinha alcançado o poder de que desfrutava. E a política é que decidiria se tudo aquilo ia durar ou se desvanecer como uma miragem. Agora bastava telefonar para um ministro ou um coronel, e suas recomendações eram imediatamente atendidas. A tal ponto que — a nuvem de aduladores já viera fofocar — já se dizia aqui e acolá, e não eram só os comunistas e liberacionistas, que Castillo Armas não passava de um fantoche apaixonado e que o verdadeiro poder atrás do trono era a sua amante. Que Miss Guatemala tomava todas as decisões importantes graças ao poder que conquistara com as porcarias e perversões que fazia com o coronel na cama. Que ela o dominava, com sua sensualidade e suas malas-artes de bruxaria. No fundo do coração, ela até que gostava desses rumores e falatórios, apesar de não ser verdade essa história de mulher astuta e fatal.

E se fosse mesmo verdade que tinha tanto poder sobre Carlos? Do contrário, talvez o adido militar da República Dominicana, Abbes García, não tivesse que se valer dela para obter essa audiência com o presidente. Teria usado o Chambão, o tenente-coronel Enrique Trinidad Oliva, encarregado da Segurança. Não era amigo dele? Carlos dizia que eram cúmplices, e que o cassino que os dois tinham juntos rendia muito dinheiro. No entanto, para conseguir essa audiência não apelou para ele, e sim para ela. Se era verdade que tinha tanto poder, deveria lançar mão disso para garantir seu futuro. Era uma questão que a angustiava, apesar da confiança que tinha em si mesma. Seu futuro não estava assegurado, só o dinheiro dava essa segurança, e isso ela não tinha, por mais que Carlos fosse generoso e lhe proporcionasse uma boa vida. Mas se por acaso a relação com Castillo Armas terminasse, ela ficaria apenas com sua ridícula caderneta de poupança no banco. E os modestos envelopinhos de Mike tampouco iam tirá-la da pobreza.

Na hora exata, nove e meia, Símula veio lhe dizer que o adido militar da embaixada dominicana estava na porta. Mandou-o entrar.

— Que pontualidade — cumprimentou, estendendo-lhe a mão com a faceirice habitual.

Abbes García tirou o quepe, sua cabeça alongada reluzia de brilhantina, e se inclinou para beijar a mão dela, coisa que a chocava porque na Guatemala ninguém beijava a mão das mulheres.

— Não se faz uma dama esperar — sorriu-lhe o tenente-coronel. — E muito menos um presidente da república. Não imagina como estou grato à senhora por ter me conseguido esta reunião, dona Marta.

— Sou jovem demais para me chamar de dona. — Ela lhe sorriu, piscando. — Pode me chamar de Marta, eu já falei.

O tenente-coronel havia contratado uma limusine com chofer uniformizado para levá-los ao Palácio do Governo, apesar de ficar tão perto que o trajeto podia ser feito a pé. Martita disse aos dois seguranças que a protegiam que esperassem na porta do Palácio. Quando chegaram, Martita viu que tinham substituído o cartaz que havia antes por outro ainda maior; este também dizia "Deus, Pátria e Liberdade", como os inúmeros cartazes espalhados por toda a cidade desde o triunfo da revolução liberacionista. O tenente-coronel lembrou que essa divisa do Movimento de Libertação Nacional de Castillo Armas era a mesma que a República Dominicana tinha adotado quando, sob a liderança de Juan Pablo Duarte, lutava para se emancipar da ocupação haitiana.

Os guardas da entrada, ao reconhecê-la, deixaram-nos entrar imediatamente, sem submetê-los à revista habitual. Lá dentro, o ajudante de campo, um jovem tenente, cumprimentou-os batendo os calcanhares e levando a mão ao quepe. Depois os guiou até o gabinete presidencial. Ele mesmo abriu a porta.

Castillo Armas se levantou de sua mesa quando os viu entrar.

— Bem — disse Martita. — Aqui os deixo, para que possam conversar.

— Não, não vá embora, fique conosco — interveio o presidente. — Entre nós dois não existem segredos, certo?

Virou-se para estender a mão a Abbes García:

— Muito prazer, tenente-coronel. Até hoje não pudemos nos encontrar. O senhor pode imaginar como estou sempre tão atarefado neste gabinete.

— O Generalíssimo Trujillo lhe manda saudações muito afetuosas, Excelência — disse Abbes García estendendo sua mão carnuda e mole e fazendo uma reverência cortesá ao mandatário guatemalteco.

Este levou os dois visitantes para umas poltronas de veludo vermelho que ocupavam todo um canto do gabinete. Havia entrado um garçom de paletó branco, e Castillo Armas lhes ofereceu café, refrescos, água com gelo.

— Como vai Sua Excelência, o Generalíssimo? — perguntou Castillo Armas. — Tenho muita admiração por ele, como o senhor deve saber. Trujillo é mestre e exemplo para todos nós na América Latina. Não apenas porque soube derrotar tantas conspirações comunistas que tentaram derrubá-lo. Mas, principalmente, porque impôs a ordem e desenvolveu a República Dominicana de forma tão notável.

— A admiração é mútua, Excelência — disse Abbes García, fazendo outra reverência. — O Generalíssimo aprecia muito a sua cruzada libertadora. O senhor salvou a Guatemala de tornar-se uma colônia soviética.

Martita estava começando a ficar entediada com aquelas mesuras que os dois oficiais trocavam. "Parecem japoneses", pensou. Era para isso que Abbes García havia pedido tanto que lhe conseguisse esse encontro? Para trocar rapapés com Carlos?

Como se tivesse adivinhado seu pensamento, o tenente-coronel dominicano ficou sério e, inclinando-se um pouco em direção ao presidente, murmurou:

— Eu sei que o senhor é um homem muito ocupado, Excelência, e não quero tomar o seu tempo. Solicitei esta reunião para lhe transmitir uma mensagem do Generalíssimo Trujillo. Como é um assunto muito grave, ele me pediu que falasse com o senhor pessoal e diretamente.

Marta, que estava observando um quadro com pirâmides maias em volta de um lago, ficou imóvel. Toda sua atenção estava concentrada no que o dominicano ia dizer. Castillo Armas, muito sério, avançou um pouco o corpo na direção do convidado:

— Sim, sim, pode falar com toda a confiança. Não se preocupe com Marta. Ela é como se fosse eu mesmo. É um túmulo quando se faz necessário.

Abbes García assentiu com a cabeça. Quando começou a falar, tinha baixado tanto a voz que parecia estar cochichando. Em seus olhos havia muita aflição, e uma veiazinha que dividia sua testa ao meio estava inchada:

— O Serviço de Inteligência do Generalíssimo detectou uma conspiração para matá-lo, Excelência. Está sendo preparada há algum tempo, com instruções e dinheiro de Moscou.

Martita viu que o rosto de Castillo Armas não se alterava, nem sequer ficava pálido.

— Mais uma? — murmurou, esboçando um sorriso. — Todos os dias o Chambão, quer dizer, o tenente-coronel Trinidad Oliva, que é seu amigo, não é?, detecta alguma.

— Uma conspiração internacional — continuou Abbes García, como se não tivesse ouvido. — Quem dirige a operação, naturalmente, são os ex-presidentes Arévalo e Árbenz. Mas o plano desse complô, e provavelmente os executantes, foi definido pelos próprios russos. Tem o apoio do comunismo internacional. E do ouro de Moscou.

Houve uma pausa e Castillo Armas bebeu, devagar, um golinho de água.

— Há provas disso? — perguntou.

— Claro, Excelência. Trujillo jamais lhe enviaria uma informação assim se não estivesse exaustivamente verificada. O nosso Serviço de Inteligência segue os passos dessa conspiração dia a dia, como é lógico.

— Sei perfeitamente que querem me matar, e isso vem de longe — Castillo Armas deu de ombros. — Nós os tiramos do poder, e isso os comunas não perdoam facilmente. Mas ainda temos que ver quem vai acabar com quem.

— Justamente — interrompeu Abbes García, erguendo as mãos. — O Generalíssimo mandou dizer, também, uma outra coisa. Que ele tem meios para acabar imediatamente com essa história.

— Posso saber como? — perguntou o mandatário guatemalteco, surpreso.

— Cortando o mal pela raiz — disse Abbes García. Fez uma pequena pausa e acrescentou, olhando fixamente o presidente: — Liquidando Arévalo e Árbenz antes que eles liquidem o senhor.

Agora sim, o coração de Miss Guatemala deu um pulo, e ela pensou que tinha parado. Suas mãos começaram a suar. Nem tanto pelo que o tenente-coronel Abbes García dissera, mas pela sua maneira glacial e cortante de falar, o olhar direto e vicioso dos seus olhos esbugalhados fixos no mandatário guatemalteco.

— Trujillo compreende que é muito difícil para o senhor tomar uma medida tão radical — o dominicano tinha começado a mover a mão direita em círculos, enfatizando suas palavras. — Lá, em

Ciudad Trujillo, temos tudo preparado para esse tipo de operação. O senhor não precisa intervir em nada, Excelência. Não se falaria mais do assunto. Nem sequer será informado dos preparativos e da execução do plano. Se necessário, nunca mais voltará a ver-me depois deste dia. Só tem que nos dar sua autorização e esquecer.

Um longo silêncio tomou conta do gabinete quando Abbes García se calou. Marta sentia o coração bater cada vez mais rápido. Na escrivaninha de Castillo Armas, cheia de papéis, havia um pequeno cartaz emoldurado em vidro com o dístico inicial da revolução liberacionista — Deus, Pátria e Família —, que, diziam, o próprio arcebispo Mariano Rossell y Arellano tinha inventado, com as cores da bandeira guatemalteca. Depois, alguém trocou "Família" por "Liberdade". Agora Martita estava tão atenta que tinha a impressão de ouvir a respiração dos três. O presidente, de cabeça baixa, refletia. Por fim, depois de alguns segundos que pareceram séculos, viu-o sorrir por um instante e murmurar:

— Agradeça muito a Sua Excelência por este oferecimento, tenente-coronel — falava como se estivesse contando as sílabas das palavras. — Ele é um homem generoso, eu sei disso muito bem. Sua ajuda foi decisiva para a jornada que tive a honra de liderar.

— Não precisa me dar uma resposta imediatamente — disse Abbes García, avançando o corpo outra vez. — Se quiser refletir, pensar melhor, não há problema algum, Excelência.

— Não, não, prefiro dar uma resposta agora mesmo — disse o mandatário de forma cortante. — Minha resposta é não. É melhor essa dupla estar viva que morta. Tenho as minhas razões, algum dia explicarei.

Parecia que ia acrescentar alguma coisa, mas voltou a fechar os lábios que já estavam entreabertos. Não disse mais uma palavra. Seu olhar se havia extraviado em algum ponto do espaço.

— Perfeitamente, Excelência — disse Abbes García. — Vou comunicar de imediato sua resposta ao Generalíssimo. E, nem preciso dizer, lhe enviarei todos os relatórios sobre esse plano de Arévalo e Árbenz, coordenado por Moscou.

— Obrigado. Não se esqueça de transmitir minha gratidão a Trujillo pela gentileza — acrescentou Castillo Armas, levantando-se de um modo que dava por terminada a audiência. — Sei que ele é um bom amigo em quem posso confiar. Tenha uma boa estadia no meu país.

Abbes García e Miss Guatemala também se levantaram. Castillo Armas estendeu a mão ao visitante.

— Desejo-lhe uma boa temporada na Guatemala — repetiu. E, virando-se para a Marta, acrescentou menos formal: — Vou tentar almoçar em casa. Mas não me espere. Você sabe que não sou dono do meu tempo.

Ela e o tenente-coronel saíram do Palácio do Governo em silêncio. Já na rua, antes de entrar no carro, Abbes García lhe sussurrou:

— Não foi bom ter ouvido esta conversa, senhora. Mas não havia outro remédio, talvez fosse a minha única oportunidade de transmitir pessoalmente a mensagem do Generalíssimo Trujillo ao presidente.

— Não ouvi nada nem me lembro de nada — disse ela, muito séria. — Não se preocupe com isso.

Ficaram em silêncio enquanto o carro voltava para a casa de Miss Guatemala. O tenente-coronel desceu antes para abrir-lhe a porta. Ao se despedir, Martita notou que Abbes García estava com a mão quente e úmida, que ele retinha a sua por mais tempo que o prudente e que olhava fixamente para ela de um jeito atrevido, quase obsceno. Ficou arrepiada.

XVIII

O tenente-coronel Enrique Trinidad Oliva entrou como um furacão em seu escritório e, ainda na porta, exclamou:

— Um atentado contra o presidente! Temos que aplicar imediatamente as medidas de exceção. Fechamento de fronteiras! Patrulhas em todos os pontos estratégicos! Estado de prontidão nos quartéis! Sem exceções!

Viu o desconcerto paralisar por um instante a dúzia de homens, civis e militares, que olhava para ele sem atinar a fazer nada — alguns tinham se levantado —, assombrados, assustados em suas mesas de trabalho. Logo depois, estavam todos com os telefones na mão, começando a transmitir as ordens ao restante do país.

— Parece que foi um soldado da guarda — explicou o tenente-coronel. — Preciso falar imediatamente com o chefe da Guarda Presidencial.

— Sim, senhor, agora mesmo — um dos seus secretários, um homem à paisana, bastante jovem, de óculos e com um lápis na orelha, discou o telefone e entregou-o a ele.

— Sou o tenente-coronel Enrique Trinidad Oliva, diretor da Segurança — disse, assim que lhe passaram o aparelho, em voz muito alta para que todo o escritório ouvisse. — Com quem estou falando?

— Major Adalberto Brito García — respondeu a voz ao telefone. — Confirmada a notícia, senhor. Um soldado da Guarda seria o autor. Parece que se suicidou. Segundo o médico-legista, que chegou agora há pouco, o presidente levou dois tiros, um deles mortal.

— Há algum suspeito detido? — perguntou o tenente-coronel.

— Ainda não, senhor. Estamos revistando o Palácio, quarto por quarto. Dei a ordem de que ninguém fosse autorizado a sair, até novo aviso. O nome do soldado morto é Romeo Vásquez Sánchez. Parece que se suicidou logo depois de cometer o crime. Quase todos os ministros estão aqui. Também acabou de chegar o presidente do Congresso, o senhor Estrada de la Hoz.

— Vou para aí depois de tomar algumas providências urgentes — disse Trinidad Oliva. — Não deixe de me informar se houver qualquer novidade. Ah, espere, como está a senhora Odilia?

— O médico lhe deu uns calmantes. Está com o vestido todo manchado de sangue. Não se preocupe, vou lhe informando.

Enrique Trinidad Oliva se dirigiu ao seu segundo, o comandante Ernesto Eléspuru, que, ao vê-lo chegar, se levantou. Estava muito pálido e perguntou em voz baixa:

— Um atentado dos comunistas? Bem, é o que imagino.

— De quem mais pode ser? — disse seu chefe. — Em todo caso, temos que começar imediatamente a prisão dos suspeitos. Você se encarrega. Aqui está uma lista. Que não escape nenhum. A responsabilidade é sua.

— Sim, não se preocupe, vou dar as ordens agora mesmo.

O tenente-coronel Trinidad Oliva, que já estava de saída, deu meia-volta:

— E prendam também Marta Borrero, a amante do presidente — ordenou ao seu segundo. — Agora.

O comandante Eléspuru ficou olhando para ele, assombrado.

XIX

Para Martita, o dia 26 de julho de 1957 não começou mal: começou pessimamente. Havia dormido pouco, teve pesadelos, e a primeira coisa que viu ao abrir os olhos de manhã foi um gato preto no parapeito da janela, olhando para ela com uns olhos verdes diabólicos. Estremeceu da cabeça aos pés, mas se recuperou logo depois. Afastando o mosquiteiro, pegou um chinelo e jogou-o no gato, furiosa; o animal saiu correndo ao ouvir a pancada no vidro da janela.

Mal-humorada, com o corpo atormentado pelos pesadelos e a noite ruim, ela se levantou e foi ao banheiro, apoiando-se na mesinha. Sentiu a mão escorregar sobre o pequeno espelho que estava ali e ele caiu no chão, espatifando-se em mil pedaços. Agora sim acordou totalmente. "Um gato preto, um espelho quebrado", pensou, sentindo um calafrio. Um dia marcado pelo azar. Um dia para não sair de casa porque poderia acontecer algo ruim, de um terremoto até uma revolução, passando por catástrofes de todo tipo: os demônios estavam soltos e podiam fazer o que quisessem.

Vestiu o roupão e pediu a Símula que lhe preparasse o café da manhã e o banho de água morna. Enquanto tomava suco de frutas e uma xícara de chá com uma tortilha e um pouco de feijão, folheou os jornais do dia. Nisso o telefone tocou. Era Margarida Levalle, esposa do ministro da Justiça, que ficara muito amiga dela, ligando para perguntar se podiam ir juntas à festa que o ministro da Defesa, coronel Juan Francisco Oliva, daria naquela noite para festejar o aniversário.

— Carlos não me disse nada sobre essa festa — respondeu Marta. — Sempre se esquece dessas coisas. Ou será que a convidada oficial é Odilia?

— Não, não — garantiu Margarida. — Acabei de falar com a

Olinda, você sabe que ela é partidária sua e me disse que a convidada é você, não essa mulher.

— Neste caso, com todo prazer, vamos juntas — disse Miss Guatemala. — Carlos certamente vem almoçar. Não sei se ele vai querer ir comigo daqui ou sairá direto do Palácio do Governo. Em todo caso, podemos ir juntas, claro.

A guerra entre Martita e Odilia Palomo, a esposa do coronel Castillo Armas, tinha tomado proporções que já estavam preocupando Miss Guatemala. Agora, as esposas dos ministros também participavam; Margarita, a mulher do ministro da Justiça, era uma decidida partidária sua e, pelo visto, a do ministro da Defesa (chamava-se Olinda? Dela, Marta só se lembrava de seu enorme traseiro bamboleante) também estava do seu lado. No fundo, aquela guerrilha satisfazia a sua vaidade, mas tudo aquilo estava começando a parecer-lhe perigoso. Até Mike, o estranho gringo que não se chamava Mike, havia lhe dito: "Essa guerrinha entre a senhora e dona Odilia Palomo está ficando muito feia. Creio que não interessa a ninguém. A senhora não acha?".

Martita riu ao se lembrar do gringo. Chamava-se Mike? "Digamos que se chama Mike", disse sorrindo Abbes García no dia em que veio apresentá-lo. E acrescentou, sem mais explicações: "É um nome falso, naturalmente". Tudo nele era misterioso; mas, na verdade, Marta não tinha mais a menor dúvida de que era agente da CIA. Nunca lhe perguntava nada sobre grandes segredos (que de todo modo ela não poderia lhe revelar), só sobre fofocas, frivolidades, bobagens. Um dia, ela disse brincando que só continuaria lhe dando aquelas informações se pudesse mandar a conta depois. Para sua grande surpresa, no encontro seguinte Mike lhe trouxe um envelopinho explicando que, já que ele ocupava tanto o seu tempo, era justo que a recompensasse. "Eu nunca soube dar presentes às mulheres", continuou, "nem à minha. Prefiro que elas mesmas comprem." Ficou na dúvida entre expulsá-lo da sua casa ou aceitar o presente, que foi o que acabou fazendo. Era um jogo perigoso, ela sabia, mas gostava do perigo e, afinal de contas, aqueles envelopinhos lhe permitiam ter um dinheiro próprio. Não era estranho? Muito estranho, claro que sim. Na verdade, ultimamente a sua vida tinha ficado muito estranha, em grande parte por culpa do tenente-coronel dominicano e desse gringo que não se chamava Mike.

Carlos veio almoçar ao meio-dia, com um humor insuportável. Quando ela lhe contou que Margarita havia ligado para perguntar se podiam ir juntas à festa dessa noite, ele se limitou a dizer "Que festa é essa?" e continuou reclamando do Chambão: que não fazia nada, que não sabia de nada, que era um parasita e, pior, lhe escondia coisas; potencialmente um traidor, como tantos outros. Marta achava que a presidência da Guatemala tinha amargurado a vida de Carlos em vez de deixá-lo feliz. Ele vivia irritado, aflito e desconfiando de intrigas e conspirações de todos à sua volta.

Minutos depois, enquanto comia um picadinho de carne com arroz, virou-se para ela e perguntou de novo, ainda mal-humorado:

— E que festa é essa?

— A festa na casa do ministro da Defesa, para comemorar o aniversário. Um evento de alto nível, foi o que disse Margarita. Foram convidados todos os ministros e suas esposas.

— Menos eu. Você não acha uma grosseria? — murmurou Castillo Armas, dando de ombros. — Uma festa com todos os ministros, e o presidente da república é excluído. Outro traidor no gabinete? Até agora eu pensava que Juan Francisco Oliva era um dos mais leais. Mas eu posso estar errado, claro. Além do mais, ele é irmão do Trinidad e isso explicaria tudo.

— Muito estranho, tem razão — assentiu ela. — Margarita me disse que a sua mulher também não foi convidada. Pelo visto, Olinda, a esposa do ministro da Defesa, está do meu lado.

Mas Castillo Armas parecia não estar mais ouvindo: ficou pensativo, com o rosto franzido.

— Todo dia acontecem as coisas mais inesperadas — ouviu-o dizer. — É, acho que Oliva não está no cargo que deveria. É responsabilidade demais para um inútil como o Chambão. Ainda mais podendo ser um traidor.

— Vai demitir o seu diretor de Segurança?

— Não confio mais nele — Carlos estava um pouco pálido e, em vez de comer, empurrava o picadinho com arroz para um lado e para o outro do prato. — Faz tempo que venho descobrindo coisas suspeitas nele. Não joga limpo comigo, tem ciúmes, faz besteiras. Um ressentido é sempre perigoso.

— Pode-se saber por que está desconfiando dele agora? Antes era seu amigo — disse Marta. Mas viu que Castillo Armas já estava distraído outra vez. Não a via nem ouvia o que falava. Estava sendo devorado por uma preocupação crescente, que o absorvia dia e noite. O que teria descoberto? O que o deixava nesse estado? De repente se levantou bruscamente, antes que trouxessem o café bem forte que nunca deixava de tomar depois do almoço.

— Vou embora — disse, inclinando-se para beijar sua cabeça de forma maquinal. Em seguida pôs o paletó que estava jogado em cima de uma poltrona e se dirigiu para a porta a passos largos.

Que diabos estava acontecendo na Guatemala? Marta teve não o pressentimento, mas a certeza absoluta de que o gato preto e o espelho quebrado daquela manhã tinham sido prenúncios de algo grave, que podia ter efeitos devastadores em sua vida. A súbita viagem de Abbes García ao exterior não seria também uma advertência de que algo andava mal? Que maldita coisa era essa que estava para acontecer?

O adido militar dominicano havia passado dois dias antes na casa de Marta sem avisar, às três da tarde, quando ela tinha acabado de acordar da sua habitual sesta de depois do almoço.

— Mil desculpas por aparecer assim de repente — pediu o tenente-coronel, estendendo-lhe a mão na saleta da entrada. — Vim me despedir.

Estava à paisana, de paletó e gravata, e tinha uma maleta volumosa na mão.

— Um trabalho para o meu governo — explicou. — Vou ao México por alguns dias.

— Uma viagem a serviço, então?

— É — respondeu ele, revirando os seus olhos saltados e passando a língua nos lábios secos. — Volto em dois ou três dias, no máximo. Não quer nada do México?

— Que gentileza sua vir se despedir — disse Martita, movendo e fechando os olhos. — Espero que faça uma boa viagem. E que tenha sucesso na tarefa que lhe deram.

Abbes García continuava em pé; ela o convidou para sentar, mas ele respondeu que estava com pressa. Parecia muito sério, e seu rosto ficou ainda mais grave quando acrescentou, baixando um pouco a voz:

— A senhora sabe, dona Marta, que eu a aprecio muito.

— É recíproco, tenente-coronel — respondeu ela, com um sorriso.

Mas Abbes García não riu. Passou os olhos em volta para verificar que ninguém estava escutando.

— Digo isso porque, se acontecer alguma coisa durante a minha ausência, quero que saiba que pode contar comigo. Como seu amigo fiel e leal. Para qualquer coisa.

— Mas o que pode acontecer, tenente-coronel? — disse Martita, preocupando-se.

— Em países como os nossos sempre há imprevistos — continuou Abbes García, dando um sorriso que mais parecia uma careta. — Não quero deixá-la preocupada nem nada parecido. Só vim lhe dizer que se a senhora precisar de algum tipo de ajuda, durante a minha ausência, pode ligar para o Mike ou o Gacel. Anotei os telefones dos dois neste papelzinho. Não o perca. Pode telefonar a qualquer hora do dia ou da noite. Até breve, amiga.

Entregou o papelzinho, beijou sua mão e foi embora. Marta não deu muita importância ao fato, que considerou um simples galanteio de um admirador. Mas agora, neste dia de coisas tão estranhas, a despedida do tenente-coronel dominicano adquiria um significado um tanto lúgubre. O que havia por trás daquela viagem súbita, daqueles telefones que ele lhe deixara? Abriu a gaveta da mesinha e lá estavam os dois números. O papelzinho continuava em sua mão quando Símula veio lhe dizer que o senhor Mike queria vê-la.

Ele estava vestido como sempre, de calça jeans e camisa esporte xadrez, com as mangas arregaçadas mostrando seus braços peludos. Falava um espanhol fluente, quase perfeito. Abbes García disse a ela que era um técnico em meteorologia ligado à embaixada dos Estados Unidos e que queria conhecê-la para se informar melhor sobre a situação social e política da Guatemala. Marta continuava pouco à vontade com ele porque toda vez que os dois conversavam, misturando puro mexerico social com perguntas políticas, Mike continuava lhe dando, com absoluta naturalidade, aqueles envelopinhos com dólares.

Mas se justificava pensando que, pelo menos, era uma renda própria. Ela não tinha nenhum dinheiro, só aquilo que Carlos lhe dava para as despesas da casa, e era a conta certa. Mas dessa vez Mike não veio lhe fazer perguntas abelhudas ou políticas, mas sim preveni-la. Falou com ela do seu jeito direto e um pouco destemperado.

— Vim lhe avisar, Martita — disse, olhando-a com certo alarme em seus olhos claros. — A senhora, como sabe muito bem, tem muitos inimigos. Por causa da sua situação, quer dizer, as suas relações com o presidente. E pode ter que passar por um momento difícil, excepcional.

— O que significa tudo isso, Mike? — interrompeu Marta. Ela não queria parecer assustada, mas estava.

— Prepare uma maletinha com as suas coisas indispensáveis — disse Mike, baixando um pouco a voz e olhando em seus olhos. — Esteja pronta para viajar, se for necessário. A qualquer momento. Não posso lhe dizer mais nada. Não diga uma palavra a ninguém. Principalmente ao coronel Castillo Armas.

— Do Carlos eu não escondo nada — reagiu ela, desconcertada.

— Pois esconda isso, guarde só para a senhora — disse ele, agora de maneira cortante. — Eu lhe telefono ou venho buscá-la se for necessário. Não saia desta casa por motivo algum. Nem receba ninguém, tampouco. Eu mesmo venho ou então, no meu lugar, o senhor Carlos Gacel Castro. Já o conhece, não é mesmo? Aquele homem de que todos lembram por sua feiura. Isto que estou lhe dizendo é para o seu bem, Marta, acredite. Agora tenho que ir. Até logo.

O gringo se foi sem lhe dar a mão. Ela ficou assombrada e muda. Não havia chegado a perguntar-lhe o que significavam aquelas ordens que tinha acabado de receber. Além do mais, como se atrevia a lhe dar ordens? Estava ficando louco esse gringo? O que se passava na Guatemala? Pensou imediatamente que o presidente estava em perigo e que tinha a obrigação de lhe avisar. Aquilo já era muito sério, sem a menor dúvida se tratava de uma conspiração em marcha. Um possível golpe de Estado. Como é que Abbes García e Mike sabiam? Pegou o telefone, mas hesitou antes de discar. E se já fosse tarde demais para avisar? Além disso, Carlos não estava a par das visitas periódicas de Abbes García e Mike. Ia pedir detalhes, informações concretas, multiplicar as suspeitas por causa dos seus eternos ciúmes. Ela mesma estaria em apuros. Viu-se mergulhada em um mar de dúvidas, a angústia tinha secado sua boca.

Passou o resto da tarde cheia de incertezas. Ligava ou não ligava para Carlos? De repente, em determinado momento, sem ter consciência muito clara do que estava fazendo, sem dizer nada a Símula nem se decidindo a telefonar para Carlos no Palácio, começou a encher a maleta de mão com as coisas indispensáveis para uma viagem improvisada. Pôs também os envelopinhos de dólares que Mike lhe dava. Sua cabeça era um redemoinho, o coração quase lhe saía pela boca. Aquele podia ser o último dia da sua vida? Era verdade que havia gente querendo matá-la? Era isso que o gringo tinha sugerido; sim, era isso mesmo. E associou tudo aquilo à misteriosa despedida de Abbes García e sua viagem para o México, dois dias antes. O medo não cessou por um instante pelo resto da tarde, até anoitecer.

Por volta das cinco, quando Símula veio lhe perguntar se queria que servisse um chá com biscoitos, achou-a tão pálida que estranhou. Está passando mal, menina? Ela negou com a cabeça. Mas se sentia tão perturbada que não se atreveu a dizer uma palavra, com medo de que Símula percebesse como estava tão confusa e assustada.

Pouco depois Carlos lhe telefonou do seu gabinete no Palácio.

— Tem certeza de que a Margarita disse mesmo que ia haver uma festa na casa do ministro da Defesa? — perguntou.

— Você acha que fiquei doida para inventar uma coisa dessas? Certeza absoluta — respondeu ela. — Por que está perguntando?

— Acabei de falar com ele e ele negou — disse Carlos. — A Margarita disse mesmo...?

— Disse exatamente o que já falei. — Ela se zangou. — Perguntou se podíamos ir juntas a esse jantar. E contou que Odilia não tinha sido convidada. Para que eu inventaria uma bobagem assim?

— Não foi você, mas alguém inventou essa história, pelo visto — disse Carlos ao telefone.

— Quem sabe a mulher dele, chama-se Olinda, não é, aquela do traseiro enorme?, preparou uma surpresa para o seu aniversário e ele não sabe — disse Marta.

— Pode ser — disse Carlos. — Em todo caso, Juan Francisco parecia admirado de verdade. Se for isso mesmo, já estragamos a surpresa de Olinda.

— Esta manhã vi um gato preto quando abri os olhos — disse Martita, de repente. — E logo depois, quando fui ao banheiro, quebrei um espelho.

— E o que significa isso? — falou o presidente, com um risinho forçado.

— Sete anos de azar, simplesmente — disse Martita. — Eu sei que você não acredita nessas coisas, acha que são uma bobagem.

— Claro que isso é bobagem — respondeu Castillo Armas. — Enfim, não se preocupe.

— Eu também não acredito nessas coisas, mas, mesmo assim, tenho medo — reconheceu Marta. — Você vem esta noite?

— Queria ir, mas não, não posso — disse Carlos. — Vou trabalhar muito, a tarde toda. E tenho uma reunião com uns empresários no Palácio. Para animá-los a investir no país. Vejo você amanhã. Estou com muitos problemas aqui, depois eu conto.

Quando Martita desligou, tremia como se estivesse com um ataque de malária. Seus olhos se encheram de lágrimas. "Você tem que se acalmar", ordenou a si mesma. "Tem que ficar com a cabeça fria se não quiser acabar morta."

Ligou para Margarita, mas ela não estava em casa. Ou mandou dizer que não estava? Ligou várias vezes mais, e os empregados lhe deram várias desculpas. Como era possível Margarita chamá-la para ir com ela à festa do ministro da Defesa e ao mesmo tempo Juan Francisco dizer ao presidente que essa festa não existia? Tudo isso tinha relação com a visita de Mike e as suas incríveis instruções? Preparar uma "maletinha" com as coisas mais urgentes. Será que fizera bem escondendo tudo do próprio Carlos? Que talvez viesse buscá-la aquele cubano com cara de delinquente chamado Carlos Gacel Castro que trabalhava com o tenente-coronel Trinidad Oliva e era motorista de Abbes García. Para levá-la aonde? Agora sim, ligaria imediatamente para o Palácio e contaria tudo a Carlos. Era sua obrigação. Mas quando levantou o fone, hesitou de novo e não discou. Mike havia lhe dito que *principalmente* não revelasse uma só palavra ao próprio presidente. Por que o gringo que não se chamava Mike se permitia tais intimidades com ela? Por que lhe dava dinheiro? Será que fizera mal negociando com as fofocas que lhe contava?

Estava nesse estado de angústia quando Símula entrou no quarto e lhe perguntou se podia servir o jantar. Olhou o relógio: oito da noite. Disse que sim, mas quando trouxeram a comida nem provou. Escovou os dentes, vestiu a camisola e foi para a cama. Seu corpo estava doendo, sentia uma fadiga enorme, como se tivesse andado por muitas horas seguidas. Já estava adormecendo quando Símula voltou ao quarto com os olhos assustados para lhe dizer que aquele gringo a chamava ao telefone. Disse que a acordasse, que era muito urgente. Marta não esqueceria pelo resto da vida aquela brevíssima conversa que tivera com Mike.

— O que foi, que foi, Mike?

— Gacel está indo buscá-la. Vai chegar em três ou quatro minutos. Espere na porta. Não há segurança, já foi retirada.

Falava com uma firmeza aparente, mas Martita intuiu que estava fazendo um grande esforço para não demonstrar seu nervosismo.

— Aonde vai me levar? Não confio nesse sujeito tão feio.

— Sua vida agora depende dele, Marta.

— Vou ligar para o Carlos e contar tudo isso — disse ela.

— Houve um atentado contra o presidente e não se sabe se ele está morto ou gravemente ferido — disse Mike secamente. — O tenente-coronel Trinidad Oliva pode acusá-la de cumplicidade no crime, Marta. Nesse caso, o mais provável não é que a prendam, mas que a matem. Depende de você decidir se quer se salvar ou morrer. Tiraram os soldados da sua porta esta tarde, e isso é mau sinal. Saia e entre no carro de Gacel, Marta.

E desligou. Ela não perdeu um segundo. Vestiu-se às pressas. Pegou a maleta e, seguida por Símula, que não parava de se benzer, atravessou a sala, surpresa por não ver os seguranças que ficavam ali dia e noite, protegendo a casa. Entreabriu a porta da rua e, claro, os soldados que montavam guarda também tinham desaparecido, como dissera Mike; a guarita estava vazia. Por que haviam tirado a segurança? Mas viu um carro preto, estacionado ao lado da sua casa. Uma das portas se abriu e ela divisou a cara horrível de Gacel. Ele também parecia muito nervoso. Sem ao menos dar um boa-noite, pegou a maletinha e se apressou a colocá-la no porta-malas do carro. Depois abriu a porta traseira para que ela entrasse.

— Rápido, senhora, rápido — ouviu-o dizer.

Quando o carro começou a andar, Marta se deu conta de que não tinha se despedido de Símula. O veículo circulava pelas ruas desertas do centro da cidade sem acender os faróis. Tudo parecia calmo.

Nos dias e anos futuros, Marta se lembraria muitas vezes desse automóvel que, de faróis apagados, percorria numa velocidade imprudente as ruas escuras do bairro de San Francisco, o mais antigo da Cidade da Guatemala. Ela não sabia que nunca mais voltaria a pôr os pés nessa cidade, nem nesse país que deixava para trás de uma forma meio atordoada, sem entender muito bem o que estava acontecendo à sua volta. Nunca esqueceria que, talvez pela primeira e última vez na vida, conheceu o medo. Um medo quase pânico, um terror que impregnava seus ossos, que lhe umedecia toda a pele. Seu coração parecia um bumbo, dava a sensação de que a qualquer momento ia sair pela boca. Era verdade que tinham cometido um atentado contra Carlos? Por que não? A história da Guatemala não estava cheia de assassinatos de políticos e de presidentes? Quantos chefes de Estado haviam morrido assassinados? E não era incrível que o tenente-coronel Trinidad Oliva pudesse mandar prendê-la? Por cumplicidade com o crime! Ela! Meu Deus do céu, meu Deus do céu! Só podia ser intriga da Odilia, claro. Ela era cúmplice do diretor de Segurança, já tinha chegado a seus ouvidos que o Chambão tinha uma queda pela mulher de Carlos. Ou será que Mike a estava assustando para tirá-la de lá? Marta nunca havia sido muito religiosa, mas agora rogou a Deus, com um fervor inusitado, que tivesse piedade dessa mulherzinha desamparada que era ela: estava sozinha no mundo, fugindo sem saber para onde. E se a verdadeira emboscada fosse aquilo, e o delinquente que dirigia o carro naquela velocidade absurda, o encarregado de matá-la? Era possível, tudo era possível. Ia levá-la para um descampado, dar-lhe quatro tiros e deixar lá o cadáver, jogado para os cães, os urubus e os ratos comerem.

— O que é isso, o que é isso? — perguntou, apavorada.

— Uma blitz — disse Gacel. — Não se mexa nem diga nada, senhora. Deixe comigo.

Havia uma barreira cortando a rua, soldados com capacetes e fuzis. Viu um oficial com uma lanterna acesa se aproximar do carro; tinha um revólver na mão. Gacel baixou o vidro da janela e lhe mostrou uns papéis. O oficial examinou-os à luz da lanterna, foi até a janela traseira e olhou para ela jogando o jato de luz em seu rosto. Depois, sem dizer uma palavra, devolveu os papéis a Gacel e deu uma ordem aos soldados. Estes tiraram a barreira para que o carro pudesse passar.

— Ainda bem, ainda bem — balbuciou Miss Guatemala. — Que papéis mostrou a ele?

— Da Direção de Segurança — disse Gacel, com seu inconfundível sotaque cubano. — Aqui na cidade não creio que haja problema, porque é o tenente-coronel Trinidad Oliva quem manda. O perigo está na fronteira. Peça a Deus que nos deixem passar.

— Na fronteira? — disse ela. — Pode me dizer aonde está me levando?

— San Salvador — respondeu secamente Gacel. E repetiu: — Se acredita em Deus, peça a ele que nos deixem passar.

San Salvador? Ela nunca tirara um passaporte porque nunca saíra da Guatemala. Como ia entrar em San Salvador? E o que ia fazer lá? O único dinheiro que tinha era o conteúdo dos envelopes que Mike lhe dava. Estavam na maleta, mas era muito pouco, só dava para sobreviver por um tempinho. O que ia fazer em San Salvador sem um mísero documento de identidade? Por que aquele gringo sem nome a protegia? Tudo agora era mistério, perigo, confusão.

— Depois de cruzar a fronteira a senhora vai poder dormir um pouco — disse a voz de Gacel. — Espero que Abbes García já tenha cruzado. Enquanto isso, vamos rezar para conseguir passar. Mesmo não acreditando muito no além.

"Estou com tanto medo que não consigo rezar", pensou Marta. No entanto, deve ter adormecido quase imediatamente. Teve um sono cheio de pesadelos em que a morte a rondava em forma de abismos, feras ou armadilhas que se abriam à sua frente quando já não lhe restava alternativa senão mergulhar nesse buraco escuro. Uma pergunta não lhe saía da cabeça: por que Gacel dissera aquilo? Abbes García não tinha viajado para o México dois dias antes? Como cogitar que pode ter cruzado agora há pouco a fronteira com El Salvador?

— Agora vem o problema mais sério, senhora — ouviu o motorista dizer. — Fique quieta.

Acordou no ato. Viu luzes, uma longa fila de caminhões e ônibus e um posto militar com gente fardada e à paisana. Gacel estacionou e desceu do carro com um maço de papéis na mão. Sem dizer uma palavra a ela, dirigiu-se para um barraco de madeira ante o qual formavam uma longa fila os motoristas dos caminhões e ônibus estacionados ao lado da pista. Essa espera lhe parecia interminável. Era uma noite escura, sem estrelas, e de repente começou a chover. O som descompassado dos pingos na capota do veículo lhe dava calafrios. Afinal Gacel voltou, acompanhado de um oficial com um impermeável de plástico e uma lanterna acesa na mão. Gacel abriu o porta-malas e o oficial inspecionou seu interior, inclinando-se e enfiando a cabeça. Depois viria interrogá-la? Não, foi embora sem nem sequer olhar para dentro do carro. Gacel entrou e ligou o motor, dando um suspiro de alívio. Atravessaram lentamente uma ponte. A chuva estava aumentando, e os impactos da água no capô do carro soavam como tiros. Estavam subindo uma serra alta.

— Agora já pode dormir tranquila, senhora — disse Gacel, sem disfarçar sua alegria. — O perigo passou.

Mas Marta não voltou a fechar os olhos. A estrada era cheia de buracos, seu corpo batia contra o encosto em cada trepidação. Quando foi que entraram naquela cidade grande, quantas horas tinham passado? Não tinha a menor ideia, havia perdido a noção do tempo. Três, quatro, cinco horas? Ainda era noite fechada.

Gacel devia conhecer muito bem a cidade de San Salvador, porque não parou uma só vez para pedir informações aos pouquíssimos transeuntes que circulavam como sombras pelas ruas. Estavam começando a despontar no horizonte as primeiras luzinhas do amanhecer. Havia parado de chover.

Afinal o carro estacionou na porta de um hotel. Gacel saltou para retirar a maleta e ajudou-a a descer do veículo. Assim que entrou, Marta viu o tenente-coronel Abbes García, ainda à paisana, sentado numa das poltronas da entrada. Dava a impressão de que também tinha acabado de chegar. Ao vê-la, ele se levantou e foi em sua direção. Pegou-a pelo braço e, em vez de levá-la para o balcão de onde uma mulher solitária os observava, arrastou-a para o corredor. Despachou Gacel com um tapinha no braço e, depois de percorrer aquela passagem em penumbra, abriu uma porta. Marta viu uma cama e um armário entreaberto, com uma série de cabides vazios. E uma mala sem abrir. Sim, era evidente: Abbes García também tinha acabado de chegar.

— Não vou ter um quarto só para mim? — perguntou.

— Claro que não — respondeu Abbes García, com aquele sorriso que deformava a sua cara gorducha. — Uma cama é mais do que suficiente para duas pessoas que se dão bem. Como nós.

— Alguém tem que me explicar o que está acontecendo na Guatemala — disse ela. — O que vai acontecer.

— Você está viva, e é isso o que interessa por enquanto — disse Abbes García, mudando de voz. — O que vai acontecer é o seguinte. Vou comer o seu cu e fazer você berrar feito uma porca, Miss Guatemala.

Ela registrou, para além dos palavrões que ouvia o dominicano falar pela primeira vez, que finalmente o tenente-coronel a tratava por você.

XX

— Fui preso no governo de Árbenz por ser anticomunista! — gritou o tenente-coronel Enrique Trinidad Oliva. E levantou as mãos, mostrando as algemas. — E agora vocês me prendem, e deste jeito. Que monstruosidade é essa? Por favor me expliquem.

O chefe da Justiça Militar, coronel Pedro Castañino Gamarra, advogado incorporado ao Exército, não lhe deu atenção. Continuou examinando uns papéis como se estivesse sozinho no gabinete. Era um homem quase calvo, mas tinha uns bigodões de camponês mexicano. Estava fardado e com uns óculos grossos de míope. Entrava uma luz oblíqua pelas amplas janelas que davam para o quartel da Guarda de Honra, e via-se um céu nublado. Ao longe, no pátio, uns soldados em formação.

— E ainda por cima acusado de participar desse complô do magnicídio! — gritou o tenente-coronel, sentindo umas gotas de suor descerem por seu rosto. — Exijo mais respeito ao meu posto e aos meus galões. Participei das discussões do Tratado de Paz em San Salvador. Fui integrante da Junta Transitória. O presidente me nomeou diretor de Segurança do regime. Exijo respeito e consideração. Por que não me deixam falar com o meu irmão, o coronel Juan Francisco Oliva, que foi ministro da Defesa de Castillo Armas? Por que não me deixam ver minha família? Ou todos eles também estão presos?

Agora, o coronel Castañino Gamarra tinha levantado a cabeça, tirado os óculos, e olhava para ele sem se alterar nem um pouco. Só falou quando o tenente-coronel fez silêncio.

— O senhor não está preso por participar de complô nenhum — disse, secamente. — Não leve a sério os falatórios que circulam por aí. E sua família está muito bem, vivendo a vida de sempre. Então, pode ficar calmo. O senhor está preso por aproveitar o magnicídio para assumir funções que não lhe cabiam. Por trocar de comando chefes militares, pôr e depor autoridades e mandar prender gente honesta sem nenhum fundamento. E por decretar o estado de sítio sem consultar seus superiores. Que bicho mordeu o senhor? Ficou transtornado com a morte do presidente Castillo Armas?

— Eu só cumpri minhas obrigações! — gritou outra vez o réu, furioso. — Tinha que encontrar os assassinos do presidente. Era o meu dever, entende?

— O senhor passou dos limites — repetiu o chefe da Justiça Militar; tinha uma voz monótona, como se estivesse declamando um texto que havia aprendido de cor. — Achou que era o novo presidente da república e cometeu todo tipo de abusos, sem justificativa alguma. É por isso que o senhor está aqui.

— Exijo respeito ao meu posto e aos meus galões! — gritou de novo o tenente-coronel, mostrando as algemas outra vez. Estava fora de si. — Esta humilhação é intolerável. Absurda. Nem sequer me deixaram falar com meus advogados!

Estavam sozinhos na sala. Castañino Gamarra mandou o guarda que tinha trazido o prisioneiro se retirar depois de sentá-lo diante da escrivaninha onde estava. Ao longe, atrás das janelas, os soldados em formação tinham começado a desfilar. O suboficial que os comandava ia à frente, marchando com muita convicção; mexia a boca, mas seus gritos não chegavam até essa sala.

— Acalme-se um pouco — disse afinal o coronel, de maneira um pouco mais gentil. — Isto aqui não é um interrogatório policial. Não há atas nem taquígrafos, está vendo? É uma conversa particular, que não vai sair na imprensa nem deixar registros. Fique tranquilo.

— Conversa particular? — ironizou Trinidad Oliva, mostrando outra vez as algemas.

— O Exército quer lhe dar uma oportunidade — o coronel havia baixado um pouco a voz. Olhou em volta para certificar-se de que não havia mais ninguém por ali além dos dois. — Fique calmo e escute bem. Fique sabendo que esta proposta não vai se repetir, portanto se a recusar terá que sofrer as consequências.

— Qual é a proposta?

— Encaminhe o seu pedido de baixa ao Exército, dando uma desculpa qualquer. Pode alegar cansaço, abatimento pelo que ocorreu com o chefe de Estado, qualquer coisa. E aceite as acusações de prevaricação e abuso do cargo de diretor de Segurança, com nomeações e detenções ilícitas.

O coronel fez uma pausa, medindo o efeito de suas palavras. Trinidad Oliva estava pálido. Durante os poucos dias de prisão tinha emagrecido, suas feições estavam encovadas e a testa, cheia de rugas. Transpirava muito nas têmporas e bochechas.

— Vai haver um pequeno julgamento, muito discreto, evitando exposição pública. Sem publicidade nenhuma, quero dizer — prosseguiu o coronel, lentamente. Ia esquadrinhando o efeito que elas faziam no réu. — Depois o senhor cumpre dois anos de pena numa prisão militar, sendo tratado conforme a sua patente. E não perde a pensão.

— O senhor acha que eu posso aceitar uma infâmia dessas? — gritou, inflamado outra vez, o tenente-coronel. — Dois anos de cadeia! Por qual delito? Por ter exercido a função de diretor de Segurança da qual o presidente da república me incumbiu pessoalmente?

O chefe da Justiça Militar o olhava agora de um modo vagamente zombeteiro. Havia ironia e um toque de desprezo em sua voz quando respondeu:

— Saiba que não lhe convém em absoluto um julgamento aberto e com a presença de jornalistas, tenente-coronel. O Exército está lhe fazendo um grande favor com esta proposta. Pense no seu futuro e não faça a insensatez de rejeitá-la.

— Eu fui vítima de um abuso e quero, exijo, desculpas, explicações! — berrou Trinidad Oliva, fora de si, mostrando as algemas de novo ao chefe da Justiça Militar.

Este havia perdido a paciência, e quando voltou a falar o fez em termos muito severos, até agressivos:

— Se recusar esta oferta, vai ser julgado de verdade, por um tribunal militar. Sua participação no magnicídio chegará ao conhecimento público. Serão conhecidas muitas das suas mentiras. Por exemplo, que o assassino, o soldado cujo suposto diário o senhor encontrou, assassinou Castillo Armas para vingar o pai que era comunista. Vásquez Sánchez não tinha pai. Quer dizer, nunca conheceu o pai porque era filho de mãe solteira. E além disso, esse diário que o senhor divulgou, no qual o soldado explica por que ia se suicidar depois de cometer o magnicídio, é falso do começo ao fim. Foi examinado por peritos do Exército, dois calígrafos. Ambos afirmaram que é uma falsificação grosseira. O soldado nunca poderia ter escrito aquilo, porque era praticamente analfabeto. Será conveniente que todas essas patranhas que o senhor inventou sejam ventiladas num julgamento público? Peça a sua baixa e aceite dois anos numa prisão militar, que é mil vezes preferível a uma cadeia comum. Caso contrário, pode até passar o resto da vida atrás das grades. Aliás, sabia que o falecido presidente só chamava o senhor de Chambão? Por que será?

XXI

O coronel Carlos Castillo Armas abriu os olhos pontualmente às cinco e meia da manhã, como todos os dias, sem necessidade de despertador. Embora tivesse ido dormir muito tarde — o que era obrigado a fazer muitas vezes por exigências do cargo de presidente da república —, seu corpo estava acostumado a se levantar com os primeiros raios de sol desde que era cadete da Escola Politécnica. Para não acordar Odilia, foi ao banheiro na ponta dos pés para fazer a barba e tomar banho. Vendo no espelho seu rosto emagrecido e com olheiras, e o pijama escorregando nos ombros e na cintura, notou que tinha perdido peso outra vez. Não era para menos. Com as dores de cabeça que o bando de inúteis e de traidores à sua volta lhe dava diariamente, fazia mais de três anos, não era estranho que sua roupa continuasse caindo. A comida nunca tinha sido algo muito atraente para ele; a bebida, em compensação, sim. Mas ultimamente os alimentos lhe provocavam até desagrado, e tinha que se forçar a comer um bocado de frutas no café da manhã; quando não tinha almoços oficiais, tortilha com feijão e chile era o seu cardápio habitual. De noite se forçava a comer pelo menos um prato e, aí sim, tomava um ou dois goles de rum para relaxar um pouco e esquecer a amargura que as frustrações e exasperações cotidianas lhe davam nos últimos tempos.

    Enquanto fazia a barba e tomava banho se perguntou mais uma vez quando é que tudo ao seu redor havia começado a desmoronar. Não era assim no começo, três anos antes. Claro que não. Lembrou a sua entrada na cidade da Guatemala depois das negociações de paz com as Forças Armadas, chegando de El Salvador de braços dados com o embaixador John Emil Peurifoy, aquele gringo enorme de quem desconfiara tanto no princípio e que, afinal de contas, se portou tão bem com ele. O coitado tinha morrido num acidente de trânsito, que também pode ter sido um atentado, em seu novo posto de embaixador na Tailândia, junto com um filho que estava com ele no carro. Que a compaixão de Deus guardasse os dois lá no céu! Lembrou a multidão que o recebeu no aeroporto de La Aurora com vivas, aplausos e palavras de ordem. Parecia um rei, como reconheceram militares e civis, amigos e inimigos, e a imprensa da Guatemala em peso. E imediatamente todos começaram a adulá-lo, a fazer tudo o que ele gostava, lamber suas botas, mendigar-lhe nomeações, ministérios, promoções e contratos. Traidores! Canalhas! Mas as coisas já estavam começando a dar errado, talvez, desde esse dia da grande chegada. Por acaso não foi quando ocorreu o primeiro enfrentamento entre os cadetes da Escola Politécnica e os voluntários do Exército Liberacionista, aqueles pulguentos? Só que, no meio da multidão, esse incidente passou despercebido para muita gente, inclusive ele.

Três anos depois, todo mundo conspirava contra o governo pelas suas costas. Ele sabia disso perfeitamente. Queriam até eliminá-lo. Claro. Inclusive seu próprio diretor geral de Segurança, o Chambão, a quem tinha confiado todas as unidades especializadas do país, policiais e militares, certo de que zelaria por sua segurança melhor que ninguém. Agora tinha certeza: ele também conspirava contra o governo; o próprio irmão de Enrique, Juan Francisco, ministro da Defesa, reconheceu ("Não sei em que diabos o Enrique anda metido, você sabe que ele sempre foi meio biruta. Na verdade nós dois quase não nos vemos mais"). Quer dizer, o tenente-coronel Enrique Trinidad Oliva também tinha punhais preparados para enfiar nas suas costas assim que tivesse uma ocasião propícia. Mas ele não ia proporcioná-la. Pelo contrário, em breve o esmagaria como se faz com uma barata, exatamente o que ele era. Muito em breve, assim que encontrasse um bom substituto para o cargo. Teria que engolir a sua traição e se humilhar, pedir-lhe perdão de joelhos. Não haveria desculpas para os traidores. Para nenhum deles. Jurava por Deus!

Enquanto se vestia, repassou os compromissos do dia. A conversa com a delegação de indígenas do Petén não ia levar muito tempo. Às dez da manhã viria o embaixador dos Estados Unidos. Já sabia muito bem para quê: ia pedir-lhe moderação e prudência. Que paradoxo! Agora, moderação e prudência, e antes, mão de ferro, acabar com os comunistas reais e supostos, os inocentes úteis e os companheiros de viagem, os sindicalistas e dirigentes de ligas camponesas, os intelectuais vendidos e os artistas apátridas, os militantes e cooperativistas, os terroristas, os maçons e até os líderes de confrarias. E sobretudo, nada de dar visto de saída para os que estavam refugiados nas embaixadas, a começar pelo Mudo Árbenz. Que fossem presos! E se não havia comunistas suficientes, era preciso fabricá-los, inventá-los, para agradar aqueles puritanos ingênuos.

Na cerimônia da embaixada do México, só passaria para ler um discurso de dez minutos. Esperava que o texto de Mario Efraín Nájera Farfán, seu assessor para questões jurídicas, diplomáticas e de cultura, não tivesse muitas palavras incompreensíveis ou de pronúncia difícil. Depois receberia despachos e informes até a hora do almoço. Iria à casa da Miss Guatemala? Sim. Sentia falta da tranquilidade que os almoços com Marta lhe davam, os dois sozinhos, conversando sobre coisas distantes da atualidade, e depois poder tirar uma soneca de quinze minutos numa confortável poltrona de vime, ao lado do ventilador, recuperando as forças antes de enfrentar as obrigações da tarde e da noite. De tarde iria receber vários ministros, para despachar assuntos pendentes, e a delegação de damas da Ação Católica, mandadas pelo arcebispo Mariano Rossell y Arellano, que antes tinha sido seu amigo e colaborador. Mas que se tornara, claro, desde que estava com Marta, seu inimigo número um. Na certa vinham repetir a ladainha de sempre: alertá-lo, porque os evangélicos estavam penetrando demais na sociedade guatemalteca, principalmente entre os índios incultos e pobres. Deixaria que elas falassem e reclamassem por uns quinze minutos e depois as despacharia dando as garantias do caso: "Vamos fechar as portas da Guatemala para esses evangélicos, estão pensando o quê, era só o que faltava". Ao anoitecer, tinha uma reunião com os empresários mais importantes do país no Palácio do Governo. Enquanto isso, Odilia o representaria num evento ligado à educação. Era urgente convencer os guatemaltecos mais ricos; eles precisavam aumentar seus investimentos no país, trazer para cá o dinheiro que escondiam nos Estados Unidos. Também tinha que ler um discurso, preparado por Mario Efraín Nájera Farfán. Depois iria dormir na casa de Miss Guatemala? Calculou que não fazia amor com ela havia pelo menos uma semana. Ou já eram duas? Sua cabeça não conseguia mais lembrar sequer essas coisas importantes. Dependeria de estar cansado ou não, depois decidiria.

Quando já estava saindo, ouviu a voz de sua mulher, estremunhada, perguntando se vinha almoçar. Sem virar-se para lhe dar um bom-dia, respondeu que não, que tinha um compromisso oficial. Apressou os passos para não ter que falar com Odilia. Sua relação com a esposa havia atingido um nível crítico desde que ele soubera, fazia duas semanas antes, que ela tinha participado de uma reunião com chefes militares no Clube Militar sobre a qual não lhe dissera uma palavra. Quando foi lhe perguntar, viu que ela ficava nervosa, hesitava, negando que fosse verdade. Mas quando ele levantou a voz, acabou confessando que sim: tinha sido convidada porque se tratava de algo "delicado e urgente".

— E você acha certo se reunir pelas minhas costas com militares conspiradores? — levantou ainda mais a voz.

— Não era nenhuma conspiração — disse Odilia, sem recuar, agora desafiando-o com sua postura e com os olhos. — Esses militares são amigos seus, leais a você, e estão preocupados com a situação.

— Que situação? — Castillo Armas sentiu que a raiva estava começando a cegá-lo e tentou se controlar para não ter que esbofeteá-la.

— A amante que você arranjou é que é o escândalo de toda a Guatemala! — gritou ela. — Não são só os militares que estão alarmados com essa história. A Igreja também, e todas as pessoas decentes do país.

Ele ficou mudo. Odilia nunca tinha se atrevido a mencionar Miss Guatemala em suas brigas. Vacilou alguns segundos antes de responder.

— Não tenho que prestar contas da minha vida particular a ninguém! — gritou, descontrolado. — Lembre-se disso, porra, era só o que me faltava.

— A mim tem que prestar contas sim, porque sou sua esposa diante de Deus e da lei — os olhos de Odilia soltavam faíscas, assim como sua voz. — O escândalo que você vive com essa puta pode lhe custar caro. Por isso eu me reuni com os militares. Eles estão preocupados, dizem que esta situação não faz bem nem a você, nem ao governo, nem ao país.

— Você está proibida de participar de qualquer outra reunião de traidores! — gritou ele. Queria acabar com aquilo o mais rápido possível. — Senão, estou avisando, vai ter que arcar com as consequências. — E saiu batendo a porta.

"Vá à merda!", ouviu Odilia gritar enquanto ele se afastava do quarto. E então Castillo Armas pensou pela primeira vez em separar-se da mulher. Pagaria o que fosse preciso para dissolver o vínculo do matrimônio católico e depois se casaria e iria morar com Marta. Com ela era feliz, afinal. Com Miss Guatemala voltara a ter desejo, a ser homem na cama. Quem seriam os militares com quem Odilia se reuniu? Não adiantaram seus pedidos nem ameaças para que ela lhe dissesse os nomes. Já sabia alguns, mas não tinha certeza do resto. E o imbecil do Chambão escondeu tudo dele. Não havia dúvida, essa reunião foi uma autêntica conspiração. Aqueles sacanas estavam preparando um golpe de Estado. Óbvio.

O encontro com os indígenas do Petén foi melhor do que esperava. Pensava que vinham protestar pelas terras que tiraram deles, por seus mortos e feridos nos enfrentamentos com a polícia e com os fazendeiros. Nada disso, só queriam que o governo restaurasse uma igrejinha, destruída num incêndio provocado por um raio, e uma subvenção para a confraria e as duas irmandades da região. O presidente, surpreso, prometeu a eles tudo o que pediram.

Em compensação, a conversa com o embaixador dos Estados Unidos foi mais delicada. A questão — como sempre! — era a United Fruit. Os Estados Unidos reconheciam os esforços que o governo estava fazendo para compensar a companhia pelo tanto que se viu prejudicada nos governos de Arévalo e Árbenz, e como era positivo para a Guatemala que os tribunais e o Congresso tivessem abolido as leis lesivas e ressuscitado os velhos acordos. Mas, e as despesas da companhia com a reconstrução das instalações e maquinarias destruídas, as decorrentes de ações legais, pagamento de multas injustas, taxas arbitrariamente impostas etc. etc.? A companhia não pretendia que o Estado se comprometesse a pagar a soma total de tudo isso, mas acha que, pelo menos, seria justo distribuir de forma equitativa essas despesas, segundo uma avaliação feita por alguma empresa neutra e de prestígio, aceita por ambas as partes. Castillo Armas lembrou ao embaixador, de forma um tanto áspera, que tudo isso estava nas mãos dos juízes e que o seu governo acataria a decisão da Justiça arcando com a quantia que os tribunais determinassem.

A cerimônia na embaixada do México demorou talvez meia hora, como ele havia pedido. Leu o discurso e, também dessa vez, Mario Efraín Nájera Farfán tinha soltado as rédeas do seu barroquismo expositivo, e de tal maneira que, durante a leitura, ele se atrapalhou duas ou três vezes nas palavrinhas que esse senhor tanto apreciava, embora lhe houvesse dito que preferia sempre textos simples e claros que não lhe criassem problemas para ler palavras que nem ao menos sabia o que significam. (Pensou de novo que precisava chamar sua atenção e, até, ameaçar prescindir dos seus serviços se continuasse passando apuros com os discursos que ele escrevia.)

Depois ficou ditando cartas até a hora do almoço. Chegou à casa de Marta por volta de uma e meia, mas, ao contrário de outras vezes, não desfrutou do descanso físico e emocional que esse almoço na casa da amante costumava lhe proporcionar. Ficou aborrecido quando soube que o chefe das Forças Armadas tinha organizado um jantar para comemorar seu aniversário e não o convidou, mas sim a todos os ministros do seu governo.

De tarde, ao voltar para o Palácio, telefonou para o ministro da Defesa, coronel Juan Francisco Oliva, e, meio de brincadeira e meio a sério, reclamou por não ter sido convidado para a festa. O coronel Juan Francisco Oliva lhe disse que devia ser um engano, e sua surpresa parecia sincera. De fato, ele fazia anos no dia 26 de julho, mas era totalmente falso que estivesse dando uma festa. Ao contrário, ele e sua mulher iam jantar em casa, com os filhos, sem nenhum convidado. Que intriga era essa? De onde tinha saído essa fantasia?

O presidente telefonou para Marta e esta, muito surpresa, reafirmou que Margarita Levalle, a esposa do ministro da Justiça, lhe pedira que fossem juntas a esse jantar e disse que, se alguém estava inventando coisas, não era ela. Castillo Armas deduziu, a princípio, que o coronel Juan Francisco Oliva realmente tinha organizado a tal festa e que, ao saber que o presidente fora excluído, cancelara a comemoração. Agora ele e a mulher deviam estar telefonando aos ministros para explicar o cancelamento. Ou seja, Juan Francisco, por sentir-se em falta, ia ficar sem a sua festa de aniversário. Bem feito! Mas depois algo estranho começou a rondar sua cabeça, como se essa explicação não fosse convincente. Tudo isso o deixou com um gosto amargo na boca pelo resto do dia e confirmou suas suspeitas de que estava rodeado de gente em quem não podia confiar.

O trabalho da tarde foi mais pesado. Na reunião com os economistas, junto com o ministro do ramo, não conseguia se concentrar, por mais esforços que fizesse. Aquilo vinha lhe ocorrendo com frequência nas últimas semanas. Sua cabeça fugia, apesar de seu empenho para acompanhar aquelas reuniões em que os técnicos falavam de empréstimos, da posição da Guatemala nos rankings do Fundo Monetário Internacional, do Banco Mundial, da Cepal e de outros assuntos em que ele boiava, e, por outro lado, os malditos técnicos não faziam o menor esforço para que pudesse entender de que diabos estavam falando. Felizmente o ministro da Economia parecia dominar com facilidade essas cifras e tecnicismos que ele, além de não entender, detestava. Limitava-se a ficar de cara séria, com os olhos fixos no expositor, aparentando uma concentração total, e só se atrevia a tecer um comentário ou formular uma pergunta muito de vez em quando, procurando que fosse bem geral para não dar algum fora. Ainda assim, às vezes via nos economistas uns olhares de zombaria e surpresa indicando que sua intervenção não tinha acertado o alvo.

Estava arrependido? Não, claro que não. Se vivesse outra situação parecida com aquela que seu país atravessou, voltaria a se levantar armas, combater, arriscar a vida contra os comunistas e seus aliados, os assassinos do coronel Francisco Javier Arana, seu amigo e mentor. Mas havia gente, como os gringos, que estava esquecendo muito rápido como ele tinha se arriscado, por exemplo, para salvar a vida da United Fruit, que o Mudo Árbenz considerava inimiga. E agora os gringos vinham lhe exigir "moderação" com aqueles mesmos esquerdistas que antes os deixavam tão assustados. Sim, o coronel Carlos Castillo Armas tinha razões de sobra para estar decepcionado. Principalmente com seus colegas militares. Não acreditava mais em nenhum deles. Muito menos no Chambão, aquele traidor em quem tinha confiado.

Na certa ele era um dos chefes militares que se reuniram com Odilia para falar sobre Miss Guatemala. Será que seu irmão Juan Francisco também estava? Tinham encontrado o pretexto perfeito para tirá-lo do poder. Mas, como eram todos tão vorazes, não chegavam a um acordo sobre quem ia encabeçar a conspiração. Todos queriam ser presidente, e isso o salvava por ora. Que insolência! Imiscuir-se na sua vida particular, era só o que faltava. Como se quase todos eles não tivessem amantes, e à custa do Estado, claro.

Quando terminou a reunião com os economistas, ainda teve que presidir outra, de parlamentares que vinham expor os últimos projetos de lei que iam votar no Congresso. Entre eles não se sentia tão perdido como entre os economistas. Mas com os parlamentares tampouco conseguiu se concentrar e dar opiniões fundamentadas sobre os problemas que vinham discutir. Sua mente só conseguia ficar atenta ao que eles diziam por breves lapsos, interrompidos pela lembrança do misterioso jantar de aniversário do ministro da Defesa que não ia acontecer. Por que Margarita Levalle teria dado esse telefonema a Marta? Para conseguir que o presidente estragasse a comemoração de Juan Francisco Oliva telefonando e perguntando por que não tinha sido convidado? O que havia acontecido realmente? Era uma bobagem menor, sem dúvida, mas havia algo, alguma coisa nessa história que ele gostaria de descobrir. Talvez uma tentativa de comprometer Miss Guatemala? De sequestrá-la para fazer uma chantagem e obrigá-lo a renunciar? O temor de que a sequestrassem o atormentava desde o primeiro momento, e por isso tinha mandado instalar uma guarita permanente para proteger a casa e proibido Marta de sair sozinha.

Quando a delegação parlamentar se despediu (sem que ele se manifestasse muito), entraram os dois secretários com uma pilha de correspondência. Pedidos, sempre pedidos, de todas as índoles e de todo o país, em geral de gente humilde, miserável, que implorava ajuda e pedia dinheiro sem o menor pudor. Ficou ditando cartas e confirmando o recebimento de informes por mais duas horas. Às sete e meia lhe deu vontade de cancelar o resto da agenda e voltar para casa. Estava aborrecido, frustrado, morto de cansaço. A perspectiva de ver sua mulher o deixava deprimido, mas evitaria discutir com ela e iria para a cama cedo. Para conseguir dormir, tomaria o comprimido de rotina. O médico lhe disse que não usasse Nembutal mais de duas ou três vezes por semana, mas ele toda noite tomava uma pílula, porque sem ela não pregava os olhos.

 Mas ainda não podia ir embora. Estavam ali, na antessala, as senhoras da Ação Católica que, naturalmente, haviam sido mandadas pelo arcebispo, outro adversário que queria acabar com ele de qualquer jeito. Recebeu-as predisposto a interrompê-las no ato se tivessem o atrevimento de tocar, mesmo que indiretamente, no assunto Miss Guatemala. Mas as damas católicas não mencionaram a questão. Vinham lhe transmitir a preocupação da "Guatemala católica", a imensa maioria do país, pela penetração sistemática de seitas protestantes, com supostos "missionários" que vinham, cheios de dólares, construir igrejas, doutrinar os indígenas e erguer templos que mais pareciam circos, para montar uns espetáculos de cantos e danças grotescas de negros africanos com os quais pretendiam seduzir o povo ignorante e, depois, fazer propaganda a favor do divórcio e de mil outras práticas anticatólicas, incluindo até o aborto. Se o governo não acabasse com essa agressão à Igreja católica, que era a religião de noventa e nove por cento da população, em breve a Guatemala seria um país protestante.

 O presidente ouviu-as com atenção, tomou notas enquanto falavam e, por fim, afirmou que no dia seguinte iria encarregar os ministros do setor de resolverem o problema. Um problema que, de fato, como elas diziam, era muito grave. Ele tinha as mesmas preocupações, certamente era preciso frear a entrada de pastores evangélicos. Agora a Guatemala era um país livre; tinha se emancipado do comunismo e não podia cair em outra forma de barbárie semipagã. Afinal as senhoras da Ação Católica se despediram, e ele não tinha a menor dúvida de que todas estavam com o nome da Miss Guatemala na cabeça, mas não tinham coragem de falar. Sabia muito bem que essas pessoas, em suas conversas particulares, mencionavam Marta com as palavras que os padres tinham inventado para desprestigiá-la: "a concubina do Palácio". Foi consultar o dicionário e descobriu com indignação que concubina era sinônimo de puta.

 Por fim, terminou a jornada na reunião com os empresários, realizada no grande salão do Palácio. Ele mesmo os convocara e se surpreendeu com a presença de tantos: havia mais de cem, talvez cento e cinquenta pessoas. Seu discurso foi muito mais claro e substancioso que o da embaixada do México. Explicou em detalhes os progressos econômicos que o país estava conquistando e exortou os comerciantes, fazendeiros e industriais a correrem riscos, investirem com patriotismo para acelerar a recuperação da Guatemala.

Quando entrou na Residência Presidencial, encontrou sua mulher, que tinha acabado de voltar do evento sobre educação, trancada no banheiro com a pedicure e a manicure. Ele estava tão cansado que, tirando só o paletó e os sapatos, foi se deitar. Adormeceu imediatamente. Teve um sonho estranho no qual, enquanto caía devagar num poço escuro, ia conversando com um personagem escondido sob uma manta que o cobria da cabeça aos pés e uma máscara com a cara de um animal com chifres. Ele lhe dizia que precisava organizar um pouco a sua vida e recuperar a alegria perdida. Tentava reconhecer a voz, mas não conseguia. "Quem é você? Diga o seu nome, deixe eu ver o seu rosto, por favor."

Afinal sua mulher o acordou. "O jantar está pronto", disse ela. E acrescentou, quase como uma acusação: "Você dormiu cerca de uma hora".

Ele se levantou e foi ao banheiro lavar as mãos e o rosto com água fria, e assim acordar completamente. Do quarto até a sala de jantar tinham que atravessar um pequeno jardim com uma acácia solitária e um corredor. Quando saíram do quarto, o coronel teve uma sensação estranha, mas foi sua mulher quem falou primeiro:

— Por que não acenderam as luzes? — perguntou. — E onde estão os empregados?

— E a guarda? — exclamou ele. Voltaram a andar, mas tudo aquilo era muito estranho.

Por que estava tudo às escuras? E onde tinham se metido os soldados que ficavam vinte e quatro horas por dia no jardim, à entrada do vestíbulo que dá para a rua?

— Felipe! Ambrosio! — Odilia chamou os mordomos, mas nenhum dos dois respondeu nem apareceu.

Tinham entrado no corredor que levava para a sala de jantar. Também estava escuro.

— Não é estranho tudo isso? — exclamou Odilia, virando-se para o marido.

Nesse momento Carlos Castillo Armas teve uma iluminação, e já se dispunha a voltar correndo para pegar a submetralhadora que deixava ao lado da mesinha de cabeceira quando, às suas costas, soou o tiro que o fez tropeçar e cair de bruços. Enquanto era atingido por um segundo disparo, ainda chegou a ouvir os gritos histéricos de Odilia.

XXII

Teria sido melhor, pensou muitas vezes o ex-tenente-coronel Enrique Trinidad Oliva, aceitar a proposta que o chefe da Justiça Militar, coronel Pedro Castañino Gamarra, lhe fizera naquela manhã em nome do Exército da Guatemala. Mas será que cumpririam a promessa de deixá-lo numa prisão militar por apenas dois anos, sendo bem tratado e não perdendo a pensão se pedisse baixa?

Provavelmente não. Mas talvez não tivesse passado os cinco anos seguintes percorrendo as prisões militares e civis de toda a Guatemala, numa peregrinação incompreensível, arbitrária, idiota e humilhante, uma via-crúcis sádica só para fazê-lo sofrer e pagar por um crime que tecnicamente não cometera. Por acaso não foi o dominicano que disparou duas vezes o fuzil que matou Castillo Armas? Um crime que todos esses coronéis, tenentes-coronéis, majores e capitães queriam cometer, e estavam felizes porque alguém o fez, a começar pelo canalha do general Miguel Ydígoras Fuentes, que agora desfrutava de uma presidência que, naturalmente, não merecia.

Naqueles cinco anos tinha sido expulso ignominiosamente do Exército, sem direito a pensão, pelo pior dos delitos — traição à Pátria —, e abandonado pela mulher e os filhos, que ao que parece tinham se mudado para a Nicarágua por causa da vergonha de ter o seu sobrenome, mas não sem antes vender a casa, zerar suas economias no banco e deixá-lo mais pobre que um mendigo. E se esquecer dele, nunca mais ir visitá-lo nem mandar-lhe comida como tinham feito nos primeiros meses da prisão. E seus pais e seus irmãos também se esqueceram, como se, de fato, ele fosse a vergonha da família.

Mas o pior de tudo é que nunca houve julgamento nenhum, ele nunca fora condenado nem pudera se defender, e os advogados que a princípio defendiam a sua causa — ou, pelo menos, faziam o simulacro de defender — também o abandonaram quando não pôde mais pagar os honorários, porque sua mulher, seus filhos e os demais parentes o tinham deixado na mais absoluta miséria.

Durante cinco anos viveu entre assassinos e ladrões, filicidas, matricidas e parricidas, pervertidos, pedófilos, degenerados de toda espécie e índios analfabetos que não sabiam por que estavam presos, e comeu as imundícies que davam para os presos comerem, e defendeu a virgindade da sua bunda a dentadas e pontapés quando os depravados, aproveitando a promiscuidade e a aglomeração nessas pocilgas cheias de insetos que eram os calabouços coletivos, tentaram tirá-la.

Nesses cinco anos de prisão, o ex-tenente-coronel teve que comer merda atrás de merda, sopas imundas e aguadas, pão sujo e sem miolo, arroz cheio de caruncho e, em alguns lugares, até grilo, sapo, tartaruga, formiga e cobra. E, pelo menos nos primeiros tempos, em certas noites de muita ansiedade, teve que se masturbar como um colegial. Então perdeu o apetite sexual e ficou impotente.

Quando, depois de passar dois ou três anos pedindo, em todas as prisões onde esteve, ele se convenceu de que nunca o levariam para falar com um juiz, muito menos a um tribunal, e chegou à conclusão de que ia passar assim o tempo todo que lhe restava de vida, decidiu se matar. Nem isso era fácil nas cadeias guatemaltecas. Conseguiu fazer um laço com as suas calças e camisas e, só de cueca, tentou se enforcar enquanto seus companheiros de cela dormiam. O resultado foi grotesco. Amarrou a suposta corda numa viga do teto, enrolou-a no pescoço e, levantando as pernas, só conseguiu um estúpido machucado quando a corda se safou e partiu ao meio a viga corroída em que estava presa. Teve que rir em meio à escuridão, pensando que a injustiça de que era vítima era tanta que o impedia até de se matar.

Quando, na prisão de Chichicastenango, um belo dia o oficial lhe anunciou que tinha havido uma anistia que o beneficiava, não chegou sequer a se emocionar. Agora era um ser esquelético, coçava a cabeça com fúria o dia todo para esmagar os piolhos, tinha cabelo e barba emaranhados e muito compridos, os sapatos, a camisa e a calça em farrapos. Foi posto na rua sem um tostão no bolso, só com a roupa esburacada que usava. E sem nenhum documento de identidade. Ninguém poderia reconhecê-lo, felizmente. Era outro ser humano.

Várias semanas depois, chegou à Cidade da Guatemala mendigando, dormindo à intempérie e cometendo pequenos furtos nas hortas para se alimentar. Não sabia para onde ir nem o que fazer. Durante a viagem sobrevivera fazendo uns biscates ridículos, como capinar um sítio, tirar pedaços de rocha e pedras de um caminho, em troca de gorjetas que se desmanchavam em sua mão. Na capital foi se alojar no asilo para vagabundos e carentes de uma igreja evangélica. Lá tomou banho e se ensaboou pela primeira vez depois de muitos anos. E vestiu umas roupas menos velhas do que as que tinha, doadas pela instituição religiosa. Pôde cortar o cabelo e se barbear. O espelho lhe mostrou o rosto de um ancião, e só tinha cinquenta anos.

Sobreviveu durante um bom tempo fazendo trabalhos eventuais, como vigia, varredor ou guarda-noturno de farmácias e mercados. Até que um dia, ao passar na frente de um cassino, se lembrou daquele joalheiro de má fama, Ahmed Kurony, o Turco, que o dominicano e ele tinham colocado como testa de ferro de um cassino. Então lhe escreveu uma carta pedindo trabalho e, coisa incrível, o Turco respondeu marcando uma conversa. Ficou pasmo quando viu o ex-militar entrar em seu escritório. Ouvindo a história que, de maneira muito vaga, Enrique lhe contou, teve pena dele. Claro, ia lhe arranjar algum trabalho, prometeu, e o ajudaria a tirar o documento de identidade. E, que surpresa, cumpriu! Pouco depois, Trinidad Oliva era nomeado responsável pela segurança das casas de jogo clandestinas que o Turco Kurony tinha na capital da Guatemala.

XXIII

Quando Miss Guatemala recebeu aquele convite do general Héctor Trujillo Molina, mais conhecido como Negro Trujillo por seu rosto mulato, já estava morando havia alguns anos em Ciudad Trujillo, como se chamava nessa época a capital da República Dominicana. Havia demorado um bom tempo para saber que o país tinha um presidente da república, devidamente eleito e reeleito em pleitos aparentemente impecáveis, e que esse presidente não era o Generalíssimo Rafael Leonidas Trujillo Molina, Benfeitor e Pai da Pátria Nova. Era o irmão dele, um fantoche com o qual o amo e senhor do país queria aplacar os norte-americanos que, depois de o apoiarem sem reservas, agora o censuravam por se eternizar no governo e pela ausência completa de qualquer resquício de democracia no país desde a sua subida ao poder, com o golpe de Estado de 1930. E estávamos em 1960! Assim como Marta, não eram muitas as pessoas na República Dominicana que tinham uma consciência clara de que, além do Generalíssimo Rafael Leonidas Trujillo, havia um presidente de fachada para satisfazer as exigências de formalidade democrática feitas pelos gringos, dos quais o regime trujillista era um filho putativo e com os quais não se dava nada bem ultimamente.

  Marta mostrou o convite que havia recebido ao coronel Abbes García, agora promovido e, fazia anos, poderoso chefe do Serviço de Inteligência Militar (SIM). Ele o examinou atentamente, coçando a papada e franzindo a testa; em voz mais baixa, advertiu:

— Cuidado, Martita. O Negro Trujillo não é má pessoa, mas é um inútil. Como não tem nada o que fazer, além de cumprir um papel decorativo nas cerimônias que chateiam o Generalíssimo, dedica seu tempo a ouvir as conversas particulares das famílias nas casas onde instalamos microfones e a comer as esposas dos amigos. Se você for a esse encontro, prepare-se para o pior.

Abbes García tinha engordado um pouco desde que ela o conhecera; a farda ajustada inflava a sua barriga e destacava os rolos de gordura nos braços e nas nádegas; tinha uma papada em franco desenvolvimento e as protuberâncias em seu rosto ressaltavam ainda mais seus olhos esbugalhados. Como chefe máximo da polícia política e da espionagem no país, era temido e odiado em toda parte. Embora fosse sua amante, e não teria coragem de ter amores com outro homem enquanto o fosse, Marta o via cada vez menos. Nunca esqueceria aquela primeira noite de amor (podia-se denominar assim?) com o então tenente-coronel dominicano naquele hotelzinho salvadorenho onde ele lhe prometeu, com uma vulgaridade canalhesca, comer o seu cu e fazê-la guinchar. O leão não era tão feroz como alardeava; ele tinha um pauzinho raquítico e sofria de ejaculação precoce, de forma que terminava o ato de amor quase ao mesmo tempo que começava, deixando todas as mulheres com quem transava, inclusive ela, bastante frustradas. A única coisa de que realmente gostava era enfiar a cabeça entre as pernas das mulheres e lambê-las. Será que também ia para a cama com sua esposa Lupe, aquela mexicana machona que andava sempre com um revólver na bolsa cuja empunhadura deixava aparecer de propósito?, perguntava-se Marta, sorrindo. Lupe era desengonçada, de mamas grandes, cadeiruda e orelhuda, com uns olhos cruéis e imóveis; corriam histórias sinistras sobre ela. Por exemplo, que ia aos bordéis da Ciudad Trujillo com Johnny Abbes porque gostava de chicotear as putas antes de ser acariciada por elas. Uma vez ele apresentou uma à outra e os três saíram juntos, foram jogar na roleta do Hotel Jaragua. Marta, que não conhecia o medo, sentia-se desconfortável e um pouco temerosa diante de tal personagem, apesar da amabilidade com que a mexicana sempre a tratara. Todos sabiam que a tal Lupe ia com Abbes García à Quarenta e a outras prisões onde torturavam e matavam reais ou supostos revoltosos e conspiradores contra Trujillo. Diziam que, nas sessões de tortura, ela era ainda mais cruel que o marido.

— Como foi se casar com uma mulher tão feia? — perguntou uma noite a Johnny, já deitados na cama.

Ele não se irritou. Ficou sério e pensou antes de responder. Afinal, saiu pela tangente:

— Nosso relacionamento não é amor, é cumplicidade. Não somos unidos pelo sexo nem pelo coração, mas por sangue. É o vínculo mais forte que pode haver entre um homem e uma mulher. Além do mais, não sei se vou continuar com Lupe por muito tempo.

E, de fato, pouco depois ela ficou sabendo que o coronel tinha se divorciado, para casar-se com uma dominicana chamada Zita. Como ele não tocou no assunto, Marta fez que não sabia; continuava vendo-o, mas cada vez mais raramente.

Abbes García se portou bem com ela? Sem dúvida que sim, desde que seja verdade que tinha salvado sua vida lá na Guatemala, na noite em que assassinaram Castillo Armas e o miserável do tenente--coronel Enrique Trinidad Oliva, o verdadeiro assassino segundo Abbes García, mandara prendê-la por cumplicidade no crime. Aqui em Ciudad Trujillo, no dia em que chegaram de El Salvador num avião particular, ele a instalou numa modesta pensão à rua El Conde, na cidade colonial, que ainda agora, três anos depois, continuava pagando do próprio bolso, porque o salário da Voz Dominicana não dava para muita coisa e ela vivia na penúria. Nessa primeira época, Abbes García vinha passar a noite com ela uma ou duas vezes por semana, e vez por outra a levava a cabarés e cassinos onde lhe dava dinheiro para apostar na roleta. Mas nos últimos meses ela o via bem menos, preocupado como estava com as tentativas de invasão e os ataques terroristas contra o regime que eram financiados, segundo ele, pela Venezuela do presidente Rómulo Betancourt e pela Cuba de Fidel Castro. Tudo aquilo deixava Marta um pouco confusa; não dizia isso a ninguém, mas tinha a impressão de que o regime de Trujillo, apesar da sua sólida fachada, estava muito enfraquecido por dentro e que seus inimigos, internos e externos, como a Igreja e, agora, os Estados Unidos, o iam minando pouco a pouco. O golpe mais forte fora dado numa reunião da OEA (Organização dos Estados Americanos), no recente encontro da Costa Rica em agosto de 1960, quando os países-membros, começando pelos Estados Unidos, decidiram cortar relações diplomáticas com a República Dominicana e submeter o país a um boicote econômico e comercial.

Embora ela tenha ficado muito conhecida graças aos seus programas de rádio, as maiores angústias de Marta continuavam sendo por causa de dinheiro. Por mais que Abbes García lhe pagasse a pensão — cama e comida —, ela praticamente só tinha trazido da Guatemala a roupa do corpo. Com os dólares que recebera do gringo que não se chamava Mike só conseguira comprar alguns objetos e coisas indispensáveis. Por sorte, antes de terminar seu primeiro mês no exílio, Abbes García lhe propôs que fosse trabalhar na Voz Dominicana, uma nova estação de rádio da qual ele era acionista. Para ela foi uma bênção ter alguma renda, mesmo que exígua. Principalmente, por ter descoberto ali um ofício que durante muitos anos seria sua profissão e sua fachada: o jornalismo de opinião. A princípio, fazendo breves comentários que escrevia e reescrevia antes de ler ao microfone. Depois começou a trazer umas anotações, a partir das quais improvisava. Fazia isso com facilidade, e muitas vezes se inflamava, levantava a voz e até caía em soluços. Marta comentava a atualidade política centro-americana e do Caribe, atacando com ferocidade os comunistas reais ou supostos. Comunismo, comunistas eram palavras que abrangiam para ela um vasto leque de gente das mais diversas ideologias e matizes; para chamá-los assim, bastava que atacassem ou criticassem ditadores, homens fortes e caudilhos — mortos ou vivos — como Trujillo, Carías, Odría, Somoza, Papa Doc, Rojas Pinilla, Pérez Jiménez e todas as ditaduras sul-americanas presentes e passadas, das quais era defensora e propagandista acérrima. Mas seu tema recorrente era — claro — a Guatemala. Desferia ataques encarniçados à junta militar que substituíra Castillo Armas depois do assassinato. E suas arengas mais destemperadas eram sobretudo contra os chamados liberacionistas, companheiros e seguidores de Castillo Armas na invasão à Guatemala de 1954 a partir de Honduras, que acusou durante muito tempo de serem os assassinos do mandatário. Suas palavras se encarniçaram sobretudo contra o tenente-coronel Enrique Trinidad Oliva, chefe de Segurança de Castillo Armas, atualmente preso em algum calabouço da Guatemala, que acusava não só de ter montado o complô para assassinar Castillo Armas, mas também de ter forjado a conspiração que atribuía a culpa do magnicídio aos comunistas e protegia os verdadeiros criminosos. Ela desmentiu desde o primeiro momento a tese das autoridades guatemaltecas, que acusavam o recruta Romeo Vásquez Sánchez de ser o assassino. Afirmava que era uma farsa fabricar um suposto diário secreto de Vásquez Sánchez confessando ser comunista e suicidá-lo logo depois de ser capturado, na noite do crime, para proteger os assassinos.

  Graças aos programas de rádio, tornou-se muito popular na República Dominicana. Era reconhecida na rua, pediam seu autógrafo e queriam tirar fotografias com ela. Seus ataques aos liberacionistas guatemaltecos — que ela chamava insistentemente de "os traidores" — sempre eram ferozes. Por essas falas radiofônicas, teve a imensa felicidade de conhecer o Generalíssimo Trujillo em pessoa. Certa manhã, Abbes García apareceu na Voz Dominicana, bem quando ela estava saindo do estúdio, e lhe disse: "Venha comigo. Você vai conhecer o Chefe". Levou-a ao Palácio Nacional. Lá chegando, foram imediatamente conduzidos ao gabinete do Generalíssimo. Ela ficou tão impressionada de ver aquele cavalheiro de presença imponente, tão bem vestido, com fios brancos nas costeletas e nas têmporas, e um olhar tão penetrante, que seus olhos ficaram rasos de lágrimas.

  — O coronel Castillo Armas tinha muito bom gosto — disse o Generalíssimo com sua voz aflautada, examinando-a de cima a baixo. E, sem transição, começou a elogiar seus comentários na Voz Dominicana. — É muito bom que a senhora ataque essa mentira que os liberacionistas inventaram. Foram eles os verdadeiros assassinos de Castillo Armas, sem a menor dúvida — disse Trujillo. — Agora, é importante apoiar o governo do general Miguel Ydígoras Fuentes. Ele é um bom amigo, e está fazendo o que tem que ser feito no seu país. Os liberacionistas querem criar empecilhos. No fundo, são uns frouxos e acabam infiltrados pelos comunas. Ydígoras Fuentes é muito corajoso, eu sei que vai acabar punindo os assassinos de Castillo Armas.

  Ao se despedir, Martita beijou a mão do Chefe. A partir de então, em todos os seus programas, defendeu e fez uma propaganda desmedida do general Ydígoras Fuentes, presidente da Guatemala desde 2 de março de 1958, o único, dizia, que seria capaz de replicar na Guatemala a obra do Generalíssimo Trujillo na República Dominicana, pondo o país em ordem, trazendo o progresso econômico e barrando a passagem da "antipátria vermelha".

  Qual fora o papel de Abbes García no assassinato de Carlos Castillo Armas? Era uma questão sobre a qual Miss Guatemala remoeu com angústia durante anos. Da maneira como as coisas tinham acontecido, tudo parecia indicar que o coronel dominicano estava ligado e talvez fosse o autor intelectual, ou até material, do magnicídio. Não tinha se aproximado dela para conseguir um encontro particular com Castillo Armas? Ela mesma não tinha visto e ouvido como Abbes García ofereceu, em nome de Trujillo, mandar assassinar Arévalo e Árbenz? O então tenente-coronel tinha fugido da Guatemala dois dias antes do crime? Para não deixar rastros da sua cumplicidade no assassinato? Mas Marta tinha as suas dúvidas; na noite em que chegara a San Salvador teve a impressão de que Abbes García havia chegado poucos minutos antes que ela. E, ainda por cima, Gacel não havia soltado aquela frase segundo a qual Abbes García estava fugindo da Guatemala ao mesmo tempo que eles? Toda vez que quis tocar no assunto, o chefe do Serviço de Inteligência Militar cortara a conversa obrigando-a a falar de outra coisa. Por que esse caso o incomodava tanto? Suspeitava dele, mas não se atrevia a interpelá-lo porque sua presença em Ciudad Trujillo dependia em grande parte de Abbes García. Ao longo dos anos, este, nas poucas vezes em que se referira a Castillo Armas, tratou-o de forma depreciativa: era "um fraco", sem personalidade, a CIA tinha errado quando o pôs à frente da revolução liberacionista contra Árbenz, um medíocre sem autoridade nem visão de futuro, um ingrato que agiu muito mal com Trujillo, que lhe dera dinheiro, armas e homens para o seu exército e conselhos para o golpe que estava preparando. Por outro lado, Castillo Armas não tinha começado a distribuir terras aos camponeses depois de ter abolido a Lei da Reforma Agrária, o cavalo de Troia dos comunistas guatemaltecos? Quem o matou — coisa triste em termos humanos — salvou a revolução anticomunista guatemalteca. E agora, felizmente, quem estava no poder era o general Ydígoras Fuentes, que, para sorte do país, seguia o modelo implantado por Trujillo na República Dominicana.

  Marta elogiava Ydígoras Fuentes diariamente em seu programa, que, aliás, se escutava muito bem na Guatemala, porque o equipamento da Voz Dominicana era o mais poderoso de todo o Caribe e atingia até a Venezuela, Colômbia, Porto Rico, Miami e toda a América Central.

Um dia, saindo da cabine depois de terminar o programa, Martita encontrou — que surpresa — o gringo que não se chamava Mike. Igualzinho, um pouco mais magro do que ela se lembrava, com as mesmas calças jeans informais de sempre, botas e camisa xadrez. Abraçaram-se, como velhos amigos.

— Pensei que nunca mais ia vê-lo, Mike.

— Você é muito conhecida na República Dominicana. Parabéns, Martita — felicitou-a. —Todo mundo me fala do seu programa. E não só em Ciudad Trujillo. Em todo o Caribe. Em toda a América Central. Você é famosa como comentarista política.

— Estou travando esta batalha há anos — reconheceu Miss Guatemala. — Nunca pude lhe agradecer pela ajuda que me deu lá, quando estive a ponto de morrer nas mãos dos assassinos de Castillo Armas.

— Vamos almoçar — convidou Mike. — Abriram uma pizzaria nova, El Vesubio, aqui no passeio marítimo.

Foram ao restaurante, e o gringo pediu uma excelente pizza marguerita acompanhada de uma taça de Chianti. Queria lhe contar que a partir de agora ia passar muitas temporadas na República Dominicana e gostaria de reiniciar aquelas conversas periódicas que costumavam ter na Guatemala.

— Vai me pagar? — perguntou ela de supetão. E explicou: — Lá na Guatemala eu tinha quem me sustentasse, por isso aquelas gorjetas que você me dava ajudavam um pouco. Aqui, preciso ganhar a vida sozinha. E garanto que não é fácil.

— Claro, claro que vou pagar — tranquilizou-a Mike. — Pode contar com isso, eu cuido do assunto.

A partir de então, sempre que Mike estava em Ciudad Trujillo, os dois se reuniam uma vez por semana, em diferentes lugares — restaurantes, cafés, parques, igrejas, na pensão de Marta ou nos hotéis elegantes em que o gringo se hospedava. As conversas eram exclusivamente políticas. Martita lhe contava tudo o que se comentava na emissora e, mais importante para Mike, o que Abbes García dizia sobre a estabilidade do regime e sobre seu próprio trabalho. No final, tal como antes, deixava nas mãos de Marta um envelopezinho com dólares. No dia em que ela lhe perguntou se ambos estavam trabalhando para a CIA, Mike respondeu com um sorrisinho, e em inglês: "*No comment*".

Mas, além de conversar, Mike também lhe pedia pequenos favores, como descobrir algo sobre certas pessoas ou levar mensagens para homens e mulheres que ela não conhecia, geralmente militares.

— Estou arriscando minha vida ao fazer estas coisas? — perguntou-lhe ela um dia, enquanto os dois caminhavam pelo passeio vendo o mar quase branco e brilhante àquela hora.

— Nos domínios do Generalíssimo Trujillo, todos nós estamos arriscando a vida somente por estar neste país — respondeu ele. — Você sabe disso muito bem, Martita.

Era verdade. Nos últimos anos, a situação vinha se deteriorando progressivamente. Marta se dava conta disso pela preocupação crescente de Johnny Abbes, que, embora o visse pouco, cada vez lhe parecia mais alarmado. Segundo ele, havia novas tentativas de invasão que acabavam em matança. Falava-se em toda parte de prisões em massa, gente que desaparecia sem deixar rastros, fuzilamentos em quartéis, assassinatos de opositores cujos cadáveres depois apareciam desconjuntados nas ruas ou, segundo outros, eram jogados para os tubarões. Mesmo na Voz Dominicana, emissora do regime, Martita ouvia cada vez com mais frequência, a meia-voz, comentários de funcionários, locutores e jornalistas sobre a deterioração contínua da situação política do país. Começou a ficar preocupada. E se Trujillo caísse e os comunistas tomassem o poder, como havia acontecido em Cuba? Tinha pesadelos pensando num país de onde não poderia mais sair, onde a religião católica seria proibida — ela se tornara muito devota, nunca perdia a missa de domingo e participava das procissões na cidade colonial com uma mantilha e um véu —, e onde ficariam lotadas as cadeias e campos de concentração onde ela na certa iria parar, com a fama que tinha granjeado de anticomunista militante e defensora de Trujillo e de todos os outros ditadores militares e homens fortes da América Latina.

Foi nessas circunstâncias que recebeu o convite do general Héctor Trujillo, presidente da república, para visitá-lo em seu gabinete no Palácio Nacional, dois dias depois, às sete da noite. Quem trouxe o convite foi um motociclista uniformizado, e vários dos seus colegas de trabalho fizeram piadinhas a respeito. Por que só agora o presidente a convidava, quando ela já estava na República Dominicana havia quase três anos?

Marta se arrumou o melhor que pôde — não tinha muita roupa para escolher — e pegou um táxi que a levou ao Palácio Nacional na hora marcada. Um oficial a fez percorrer as vastas instalações internas, que já começavam a ficar vazias, e deixou-a numa secretaria, onde teve que esperar alguns minutos. Por fim, abriu-se a porta do gabinete do presidente e a mandaram entrar. O Negro Trujillo estava com seu uniforme de general — o peitilho cheio de condecorações —, e Martita sentiu, assim que entrou, um ar condicionado que refrescava muito aquele escritório abarrotado de coisas, chegando quase a fazer frio. O personagem lhe causou uma péssima impressão. Ele estava falando ao telefone e lhe fez um gesto indicando que se sentasse; o que mais a incomodou foi sua insolência examinando-a da cabeça aos pés, com uns olhos amarelados e lascivos, enquanto prosseguia a conversa. Esta durou mais alguns minutos, e, enquanto falava, o presidente continuou a examiná-la, a despi-la, com total despudor e impertinência. Ela ficou muito irritada.

Quando desligou, deu-lhe um amplo sorriso, a bocarra aberta de par em par. Veio lhe dar a mão e sentou-se à sua frente. Era um mulato parrudo, mais baixo do que alto, dotado de uma barriga em crescimento.

— Queria muito conhecê-la — disse ele, continuando o exame com seus olhos insolentes. Era muito moreno, tinha uma cara larga e carnuda e umas mãozinhas diminutas que gesticulavam em excesso. — Eu escuto há vários anos os seus programas na Voz Dominicana e quero lhe dar meus parabéns. Suas ideias são iguais às minhas, claro. E às do regime.

— Obrigada, presidente — disse ela. — Posso lhe perguntar a que devo a honra de ter sido convidada a visitá-lo?

— Ouvi dizer que a senhora, além de boa jornalista, é uma mulher muito bonita — disse o presidente, cravando nela seus olhos obscenos que sorriam com um laivo de escárnio. — E, confesso, eu tenho uma queda pela beleza.

Marta não se sentiu elogiada, e sim ofendida. Não sabia se o que mais a incomodava eram os olhares ou a voz metálica, um pouco arrastada e luxuriosa, do interlocutor.

— Vamos falar sem rodeios — disse ele de repente, levantando-se. — Eu sou um homem muito ocupado, como a senhora sem dúvida imagina, Martita. Então vamos direto ao assunto que a traz aqui.

Foi até sua mesa, pegou um envelope e entregou a ela. Confusa, sem saber o que fazer nem o que dizer, Martita decidiu abri-lo. Era um cheque, assinado por "Hector Bienvenido Trujillo", e a quantia estava em branco.

— O que significa isso, presidente? — murmurou ela, acreditando e não querendo acreditar no que significava.

— Escreva a cifra você mesma — disse o Negro Trujillo, sem parar por um instante de examiná-la da cabeça aos pés com seus olhos cobiçosos. — A cotação que você se der, eu também darei.

Martita se levantou. Estava lívida e tremendo.

— Eu não posso perder tempo com essas coisas — explicou ele; falava à queima-roupa, disparando as palavras. — Quer dizer, não tenho tempo a perder com romantismo. Por isso, então, vamos logo falar claro. Tenho vontade de fazer amor com você, quero que nós dois passemos uns bons momentos juntos. E, em vez de lhe dar um presente, achei melhor você mesma escolher...

Não chegou a acabar a frase, porque a bofetada de Marta o fez cambalear. Mas não foi só isso. Sem lhe dar tempo de reagir, jogou-se contra ele e, enquanto batia com as duas mãos e gritava "Você não me ofende, nem ninguém", já estava lhe mordendo uma orelha, apesar dos socos que ele lhe dava. Não soltou, ficou apertando os dentes com todas as suas forças e com a indignação que transbordava por todos os poros do seu corpo. Ouviu que ele gritava algo, uma porta se abria, entravam uns homens fardados, estes a agarravam e a puxavam, afastando-a do presidente, que, transtornado, levou as duas mãos à orelha que ela quase tinha arrancado, enquanto uivava:

— Para o calabouço, levem já para o calabouço esta doida de merda!

Deve ter desmaiado com os socos que levou enquanto os guardas tentavam separá-la do presidente. Só lembrava vagamente, como num sonho, que a arrastaram por corredores e desceram por uma escada. Recuperou a consciência quando já estava numa espécie de cela, um quartinho sem janelas onde só havia uma cadeira. Uma luz tênue iluminava o lugar, proveniente de uma lâmpada em volta da qual revoavam moscas e mosquitos. Com os empurrões, seu relógio havia caído. Ou tinham arrancado? O pior, durante as quarenta e oito horas que passou trancada naquele porão do Palácio Nacional, não foi a falta de comida e de bebida, foi não saber que horas eram, se era de noite ou de dia, e como o tempo ia transcorrendo. Reinava um grande silêncio à sua volta, embora, em alguns momentos, ouvisse passos longínquos. Estava num canto isolado do Palácio, certamente num porão. Ficar sem saber as horas a deixava ainda mais angustiada que imaginar o seu futuro. Será que iriam matá-la? Seria horrível se a deixassem trancada ali, naquele aposento que só tinha uma cadeira, sem poder ir ao banheiro para fazer suas necessidades, sem lhe dar comida nem bebida para que fosse morrendo aos poucos. Não se angustiava tanto com a falta de comida, mas sim, e muito, por não poder beber um gole de água. Sua boca estava ressecada, a língua parecia uma lixa. Deitou-se no chão, mas o desconforto e a dor provocada pelos socos que tinha recebido dos guardas não a deixavam dormir. Tirou os sapatos e viu que seus pés estavam muito inchados. Nem por um instante se arrependeu de ter pulado sobre o Negro Trujillo, enlouquecida de fúria, e mordido sua orelha com toda a força dos seus dentes, ao mesmo tempo que o arranhava e golpeava. Ouviu aquele mulato de merda guinchar como um rato esmagado e viu medo e uma surpresa infinita em seus olhos amarelados. Ele era capaz de ofender uma mulher, mas não de se defender. Como tinha gritado e sentido medo aquele pobre-diabo. Ainda que morresse por causa disso, ela não se arrependia, voltaria a fazer o mesmo. Nunca tinha se sentido tão ofendida, vexada e humilhada em sua vida como no instante em que aquele filho da puta lhe deu o envelope, ela viu o cheque e entendeu o que estava lhe propondo. Que ela escrevesse a quantia que queria receber para ser sua puta! Em meio à sua dor e insegurança, sorriu, lembrando-se da ferocidade com que tinha cravado os dentes naquela orelha gelatinosa.

    Por alguns momentos dormia, e então sonhava que tudo aquilo era um pesadelo, mas quando acordava entendia que o que estava vivendo é que era o pesadelo de verdade. Foi dominada por uma sensação fatalista, a certeza de que aqueles filhos da puta iam deixá-la morrer ali de inanição e que os piores momentos seriam os últimos. De repente se lembrou da Cidade da Guatemala, do doutor Efrén García Ardiles e do filho que tinha abandonado lá, poucos anos depois de nascer. O pai lhe teria falado dela? Sonhou que se urinava, e quando acordou viu que estava com a calcinha e a saia molhadas. Também ia fazer cocô lá mesmo? Lembrou vagamente do seu pai, da sua babá e empregada Símula, que tanto a mimava. Continuaria vivo o garotinho que pariu? Devia ter uns dez anos agora. Será que Efrén García Ardiles o entregou a um orfanato? Estaria vivo Trencito? Nunca mais teve notícias dele. Às vezes recebia algumas linhas de Símula, que lhe falava do pai, sempre trancado em casa e consumido de tristeza. Sua barriga doía. Daquele pai que adorava quando era menina e que a repudiou agora tinha um rancor que não cessava. Será que Arturo Borrero Lamas ainda estava vivo? A sede começou a torturá-la de tal forma que foi se arrastando até a porta e, batendo, pediu aos berros um copo d'água. Mas ninguém respondeu. Não havia guardas por perto desse calabouço, ou então tinham recebido ordens de não falar com ela. Afinal foi dominada por uma sonolência e uma fraqueza que a jogaram no chão, contando números, o segredo que tinha desde pequena para conseguir dormir.

 Quando a porta finalmente se abriu e entraram uns homens fardados que a levantaram e depois alisaram e sacudiram sua roupa, ela estava tão fraca que, enquanto a puxavam por uns corredores e a faziam subir umas escadas, só pedia pelo amor de Deus que lhe dessem um pouco d'água, porque ia morrer de sede. Parecia que não ouviam. Quase arrastada, fizeram-na atravessar salas e corredores até que afinal pararam diante de uma porta que se abriu imediatamente. Lá dentro, olhando para ela, viu o Generalíssimo Trujillo em pessoa, o Negro Trujillo com uma orelha vendada e Johnny Abbes García. Os três a observavam, e havia preocupação em seus olhos. Os militares a arrastaram até uma poltrona e a largaram ali. Marta finalmente conseguiu articular uma frase:

 — Água, por caridade. Água, água.

 Quando lhe deram um copo d'água, bebeu em golinhos pequenos, fechando os olhos, sentindo que aquele líquido frio que entrava em seu corpo lhe devolvia a vida.

— Em meu nome e no do meu irmão, peço-lhe desculpas pelo que aconteceu — ouviu o Generalíssimo Trujillo lhe dizer com sua voz fininha e solene. — Ele também vai apresentar as suas desculpas.

E, como o presidente fantoche da República Dominicana demorou a se pronunciar, o Generalíssimo, endurecendo a voz, perguntou-lhe:

— O que está esperando?

Então, certamente fazendo das tripas coração, o Negro Trujillo balbuciou:

— Apresento-lhe minhas escusas, senhora.

— Esta é uma maneira pobre e medíocre de se desculpar — ouviu o Generalíssimo dizer. — O que você devia dizer era: eu me comportei como um porco mal-educado, um bandoleiro, e, de joelhos, peço-lhe perdão por ter ofendido a senhora com minha grosseria.

Um silêncio nefasto se seguiu às palavras do Chefe. Tinham trazido outro copo d'água e Martita o bebia pouco a pouco, aos golinhos, sentindo que todo o seu corpo, seus músculos, suas veias e seus ossos agradeciam aquele líquido que parecia ir ressuscitando suas vísceras uma por uma.

— Agora pode ir — disse Trujillo. — Mas, antes, recorde uma coisa muito importante, Negro. Você não existe. Nunca se esqueça disso, principalmente quando pensar em fazer bobagens como a que fez com esta senhora. Você não existe. Você é invenção minha. E assim como inventei, também posso desinventar a qualquer momento.

Ouviu passos, uma porta que se abria e se fechava. O presidente fantoche tinha ido embora.

— Esta senhora obviamente se encontra num estado lamentável — disse o Generalíssimo. — Mande levá-la ao melhor hotel de Ciudad Trujillo. Que um médico a veja imediatamente. Que lhe façam um exame completo. Ela é uma convidada do governo, quero que seja tratada com todos os cuidados. Agora mesmo.

— Sim, Chefe — disse Abbes García. — Agora mesmo.

Então se inclinou, ofereceu-lhe o braço e ela, com grande esforço, conseguiu se levantar. Quis agradecer ao Generalíssimo, mas sua voz não saía. Só tinha vontade de vomitar e de dormir. Brotaram lágrimas em seus olhos.

— Seja forte, Martita — disse Abbes García, assim que cruzaram a porta de saída.

— O que vai acontecer comigo agora? — balbuciou ela, segurando o braço do coronel com as duas mãos enquanto os dois começaram a percorrer salas e corredores.

— Primeiro, vai passar uns dias no Hotel Jaragua, tratada como uma rainha pelo Generalíssimo — disse Abbes García. E acrescentou, em voz baixinha: — Assim que você estiver bem, vamos ter que tirá-la daqui. O Chefe ofendeu mortalmente o Negro Trujillo e ele, que é um mulato rancoroso, vai tentar matá-la. Agora se acalme, descanse e se recupere. Vou falar com Mike e veremos a maneira de fazer você sair daqui o quanto antes.

XXIV

Cuidar da segurança das casas de jogo clandestinas do Turco Ahmed Kurony foi um trabalho que pouco a pouco devolveu a Enrique Trinidad Oliva o gosto pela vida, pela comida, pelo sono, pela roupa. E também, muito pouco a pouco, pelas mulheres. Ele se entregou com paixão a esse trabalho e com gratidão ao seu empregador, o homem que lhe devolvera a condição humana que, naqueles cinco anos de horror, pensava ter perdido.

Não era um serviço fácil. As casas de jogo clandestino do Turco atraíam uma fauna perigosa numa cidade da Guatemala onde a violência criminal e política aumentava dia a dia: os sequestros, assassinatos e atentados, antigamente raros, agora eram cada vez mais frequentes. Enrique mandava seus capangas revistarem cuidadosamente os bolsos dos clientes e apreenderem, enquanto permanecessem lá, as armas que costumavam portar. Era preciso evitar as brigas de bêbados que às vezes surgiam, separar rapidamente os adversários e acalmar os ânimos dos clientes o quanto antes, para não desprestigiar o lugar.

Também era delicada a tarefa de vigiar e contratar os capangas, porque essa gente tampouco era de muita confiança. Muitos deles tinham estado na prisão e eram delinquentes natos ou adquiriram maus hábitos na cadeia. Enrique tinha o temperamento adequado para ficar em cima deles, despedi-los no primeiro deslize que cometessem e lembrar-lhes o tempo todo: "Quem me sacaneia depois paga, e com juros".

Havia mudado de cara e de nome. Agora se apresentava como Esteban Ramos. Usava uma barbinha quadrada que bordeava o seu rosto e deformava suas feições. Raramente tirava os óculos escuros e se penteava de outra maneira. Dedicava as vinte e quatro horas do dia ao trabalho, porque, até quando dormia, sonhava com formas de melhorá-lo. Foi morar numa pensão, não muito longe da igreja de Yurrita, onde todos pensavam que era telegrafista noturno e onde havia um gato chamado Micifuz que se afeiçoou a ele e dormia ao pé da sua cama.

O Turco o convidava de vez em quando para almoçar ou beber alguma coisa. Um dia, depois de parabenizá-lo pelos seus bons serviços, lhe ofereceu "maiores responsabilidades". Era um homem gordo, meio careca e cinquentão, apreciador de anéis e que não tirava os óculos escuros dia e noite. "E um salário mais alto, claro", acrescentou, dando-lhe umas palmadinhas no braço. Avisou que teria que correr alguns riscos. Enrique, que já desconfiava, confirmou nesse momento que o principal negócio do Turco não era o jogo e sim o contrabando.

Teve que se multiplicar a partir de então, porque, além da segurança das casas de jogo, precisava receber e despachar caminhões e lanchas que cruzavam todas as fronteiras do país, sem nunca perguntar o tipo de mercadoria que o Turco recebia e entregava, mas percebia muito bem do que se tratava.

Sabia que dessa maneira estava afundando cada vez mais em areias movediças, que o podiam levar de volta à prisão ou a receber um tiro pelas costas a qualquer momento. Mas tinha começado a ganhar bem, a comprar boa roupa, a comer melhor, e foi feliz na noite em que se animou a contratar uma prostituta num bar do Parque Concordia, levá-la para um hotelzinho dos arredores e constatar que tinha recuperado uma sexualidade que considerava extinta.

Como agora ganhava melhor, conseguiu alugar um apartamento na zona catorze, onde se construíam as melhores casas. E contratar um mordomo e uma cozinheira, e até comprar um Ford de segunda mão que estava quase novo. Não teve dificuldade com os papéis. Os amigos e os contatos do Turco, que pagava um bom dinheiro aos funcionários da administração, lhe providenciaram documentos com o nome de Esteban Ramos e a profissão de engenheiro industrial. Soube que havia atingido um novo patamar dentro da organização do Turco no dia em que este, depois de um almoço regado a muita cerveja, propôs mandá-lo a Bogotá e lhe explicou, com toda franqueza, que se tratava do preço da cocaína. O produtor colombiano queria aumentar de forma exagerada. Sua missão seria convencê-lo a reduzir porque, do contrário, ia perder o mercado guatemalteco.

Enrique não podia acreditar; ali, nas suas mãos, havia um passaporte com todos os carimbos necessários, uma fotografia e seu novo nome e profissão: Esteban Ramos, engenheiro industrial. Viajou, hospedou-se no Hotel Tequendama de Bogotá, teve palpitações por causa da altitude, conseguiu que o produtor concordasse com um preço razoável, voltou, e o Turco ficou muito contente com sua intervenção.

Às vezes, num restaurante, num bar ou num espetáculo, ou numa noite no Ciro's, a única boate da cidade antes da abertura do Casablanca, reconhecia algumas pessoas da sua vida anterior, isto é, de quando era militar, tinha ambições de poder e ainda não tinha passado pela cadeia. Nunca o reconheceram, e ele tampouco as cumprimentou. Não voltou a ver ninguém da sua família nem a saber dela. Por esse lado, estava tranquilo: já era outro.

Mas se preocupava com a violência que, fazia algum tempo, se espalhava e ia crescendo em toda a Guatemala. Havia guerrilhas no Petén e no Leste, atentados, sequestros, as chamadas "expropriações" de bancos, toques de recolher. E uma delinquência que frequentemente se disfarçava de política. Por outro lado, os golpes militares se sucediam um atrás do outro. A vida estava muito mais perigosa do que antes, para todo mundo. E isso tampouco era bom para os negócios.

XXV

Quando, em 18 de junho de 1954, as tropas do Exército Liberacionista de Castillo Armas cruzaram a fronteira de Honduras em três lugares, John Emil Peurifoy, o novo embaixador dos Estados Unidos nomeado pela administração de Eisenhower, estava na Guatemala havia sete meses. Sem exagero pode-se dizer que, com sua energia sempre em efervescência, não tinha deixado de trabalhar um único dia naquilo que o secretário de Estado John Foster Dulles, seu chefe, designara como sua missão: destruir o regime de Jacobo Árbenz.

John Emil Peurifoy tinha quarenta e seis anos, um físico de orangotango e muitas privações e esforços acumulados para chegar àquele posto. Ele nascera em 1907 em Walterboro, uma aldeia da Carolina do Sul, e, como seus pais morreram quando era muito novo, morou em casas de parentes e teve que fazer trabalhos muito modestos na adolescência para sobreviver. Sonhava ser militar e foi aceito em West Point, mas teve que deixar a escola pouco depois por motivos de saúde. Em Washington ganhou a vida como ascensorista. Em 1936 casou-se com Betty Jane Cox, e pouco depois começou a trabalhar com um cargo ínfimo no Departamento de Estado. Graças à sua tenacidade e à sua ambição, foi galgando posições desde muito baixo até, finalmente, ser nomeado embaixador na Grécia, quando as guerrilhas comunistas assolavam o país a ferro e fogo e estavam a ponto de derrubar a monarquia e tomar o poder. Ficou lá três anos.

Foi a sua época gloriosa. Misturando as ameaças com uma capacidade inaudita para a intriga e com um olfato geralmente certeiro, um espírito prático e uma coragem temerária, conseguiu montar uma junta militar, apoiada pela Coroa e equipada com armas e dinheiro dos Estados Unidos e da Grã-Bretanha, que derrotou as guerrilhas e instalou um regime autoritário e repressivo no país. Nessa época recebeu o apelido de Carniceiro da Grécia. John Foster Dulles e seu irmão Allen, o chefe da CIA, pensaram que um diplomata assim era o homem certo para representar na Guatemala o país que decidira acabar com o governo de Jacobo Árbenz por bem ou por mal. E, de fato, assim que chegou à Guatemala com o seu infalível chapeuzinho borsalino enfeitado com uma pena, sem se preocupar em verificar na prática se as acusações de que o regime de Árbenz tinha sido capturado pelo comunismo não eram exageradas e irreais — como se atrevera a sugerir o seu segundo na embaixada —, começou a trabalhar com ímpeto na demolição desse governo.

Desde o dia em que apresentou suas credenciais, no sólido e enorme Palácio do Governo da Cidade da Guatemala, o novo embaixador mostrou ao presidente Árbenz que, com ele no país, sua vida seria muito mais difícil. Assim que a cerimônia terminou, o Chefe do Governo levou o embaixador para uma saleta particular. E, antes de brindarem com as taças de champanhe que um garçom serviu, Peurifoy lhe entregou um papel com uma lista numerada de quarenta pessoas.

— O que é isto? — O presidente Árbenz era um homem alto e sólido, de maneiras elegantes, que se expressava com dificuldade em inglês; por isso, sempre tinha um intérprete à mão. Peurifoy também levava o seu.

— Quarenta comunistas membros do seu governo — respondeu o embaixador com uma brutalidade nada diplomática. — Peço-lhe, em nome dos Estados Unidos, que os demita imediatamente de seus cargos, porque são infiltrados e trabalham para uma potência estrangeira contra os interesses da Guatemala.

Árbenz, antes de responder, passou os olhos na lista de pessoas. Lá estavam, junto com esquerdistas declarados, alguns dos seus bons amigos e colaboradores. E muitos outros, que eram tão pouco comunistas como ele próprio. Que coisa estúpida! Sorrindo com amabilidade, dirigiu-se ao visitante:

— Assim começamos mal, embaixador. O senhor está muito mal informado. Esta lista só inclui os quatro deputados do Partido Guatemalteco do Trabalho, que se declara comunista, embora a maioria dos seus dirigentes e do seu punhadinho de militantes não saiba muito bem o que é isso. Os outros são tão anticomunistas quanto o senhor — fez uma pausa e, com a mesma afabilidade, acrescentou: — Esqueceu que a Guatemala é um país soberano e que o senhor é um simples embaixador, não um vice-rei ou um procônsul?

Peurifoy deu uma gargalhada, abrindo a boca de par em par e exalando uma nuvenzinha de saliva. Falava devagar, para facilitar o trabalho dos dois intérpretes. O embaixador era grande e forte, tinha uma pele muito branca e olhos escuros e agressivos; nas sobrancelhas espessas e nas costeletas havia alguns fios brancos precoces; o suor brilhava em sua testa. A partir de então, toda vez que o presidente Árbenz via o embaixador, este lhe dava a impressão de estar afogueado, quase a ponto de explodir.

— Achei que tinha que jogar limpo com o senhor desde o primeiro dia, presidente. Não diz que é uma fantasia ianque afirmar que seu governo está cheio de comunistas? Pois aqui está a prova de que não é bem assim.

— Pode-se saber que pessoa imaginativa confeccionou esta lista?

— A CIA — respondeu o embaixador, soltando outra gargalhada desafiante. E explicou: — É uma instituição muito eficiente, como os nazistas já constataram durante a guerra. E agora, graças ao senador McCarthy, está limpando a administração norte-americana, onde um bom número de comunas também tinha se infiltrado, tal como no seu governo. Não vai demiti-los, então?

— Pelo contrário, vou confirmá-los nos seus cargos — gracejou o presidente, levando a coisa na brincadeira. — Que a CIA os considere inimigos significa que eu posso confiar neles. Obrigado pela sua impertinência, embaixador.

— Já vi que nos entendemos às mil maravilhas, senhor presidente — disse-lhe o embaixador, sorrindo.

Naquela noite, na sua casa em Pomona, o presidente Árbenz disse a María Vilanova, sua mulher:

— Os Estados Unidos nos mandaram um chimpanzé como embaixador.

— Por que não mandariam? — respondeu ela. — Para os gringos nós não somos uma espécie de zoológico?

* * *

Essas primeiras ações militares do Exército Liberacionista nos dias 18 e 19 de junho de 1954 foram muito pouco animadoras para o coronel Carlos Castillo Armas. A tropa composta por cento e vinte e dois homens, que saíra da localidade hondurenha de Florida em direção a Zacapa, encontrou a pequena delegacia da Guarda Civil em Gualán reforçada por trinta soldados, sob o comando do subtenente César Augusto Silva Girón, um jovem oficial cheio de ímpeto e muito bem preparado para a ação. Ele mantinha os seus soldados em pé de guerra, emboscados nos morros circundantes, e de lá atacou subitamente os liberacionistas, obrigando-os a recuar após uma luta tenaz, deixando dezenas de mortos espalhados pelo chão, entre os quais o coronel Juan Chajón Chúa, que comandava a tropa, e muitos feridos. Só uns trinta rebeldes escaparam de ser abatidos ou capturados.

A força liberacionista dirigida pelo coronel Miguel Ángel Mendoza, em que estava o próprio Cara de Machado, saiu de Nueva Ocotepeque e cruzou a fronteira ao amanhecer, seguindo em direção a Esquipulas. Lá encontrou uma guarnição mais bem equipada do que esperava e, sobretudo, como a de Gualán, cheia de ânimo e disposta a lutar contra os invasores. O Exército Liberacionista se salvou de uma derrota humilhante graças aos aviões enviados da Nicarágua pelo coronel Brodfrost com toda urgência e, sobretudo, devido às proezas de Jerry Fred DeLarm, que soltara duas bombas de fragmentação sobre o quartel de Esquipulas, com tão boa pontaria ou sorte que uma delas explodiu e reduziu a escombros os dois canhões de uma artilharia que estava fazendo estragos entre os atacantes.

A coluna que saiu da localidade hondurenha de Macuelizo, a mais numerosa, de cento e noventa e oito soldados, se aproximou de Puerto Barrios por duas frentes, uma anfíbia, na escuna *Sesta,* enviada pelo Generalíssimo Trujillo e dirigida por Alberto Artiga, e outra terrestre. Pretendiam sufocar com um movimento de pinças a tropa concentrada na área militar do grande porto guatemalteco do Caribe. Mas foram recebidos, em ambas as frentes, com descargas cerradas de artilharia e uma intervenção muito ativa da população civil. Porque, além dos soldados, também participaram da defesa das instalações militares de Puerto Barrios muitas brigadas de trabalhadores portuários que tinham sido armados pelo sindicato e pelo governo nos dias anteriores. Foi o único caso em que as chamadas "milícias populares", que causaram tanto alarme à oposição apesar de sua existência apenas teórica, deram sinais de vida na Guatemala. Os liberacionistas tiveram que fugir, abandonando seus mortos e feridos no campo de batalha, os arredores do porto. A guarnição de Puerto Barrios estava bem equipada e os oficiais e soldados, apoiados por uma população aguerrida que lutou com espingardas de caça, paus, pedras e facas, derrotaram os atacantes depois de várias horas de combate, obrigando-os a fugir e capturando prisioneiros, alguns dos quais foram mais tarde executados pela multidão. Nessa primeira investida, foram só derrotas para o Exército Liberacionista.

Por outro lado, um pequeno grupo de invasores que partira de Santa Ana, em El Salvador, nem conseguiu chegar à fronteira guatemalteca; foi detido antes pelo exército salvadorenho, que apreendeu suas armas por não terem as devidas autorizações. Só dois dias depois, graças às frenéticas intervenções da embaixada dos Estados Unidos, os detidos foram libertados, mas receberam ordem de dirigir-se imediatamente para Honduras, porque o presidente salvadorenho, Óscar Osorio, não aceitava que os seguidores de Castillo Armas operassem contra o governo da Guatemala a partir do seu território.

Mas o pior para os rebeldes de Castillo Armas nos dois primeiros dias da invasão foi o fracasso de todas as tentativas da Aviação Liberacionista de entregar armamento aos grupos e comandos rebeldes que, segundo seus informantes, já estavam operando em território guatemalteco. Era pura propaganda. O coronel Brodforst enviou os aviões de carga Douglas C-124C na hora marcada, mas as equipes responsáveis por receber os equipamentos bélicos jogados de paraquedas, além de comida e remédios, não apareceram nos lugares combinados. Os pilotos norte-americanos sobrevoaram aquelas paragens e suas imediações durante muito tempo, até receberem a ordem de voltar para Manágua sem lançar sua carga ou de jogá-la no mar. Um quarto Douglas C-124C tinha se incorporado à frota depois que Allen Dulles, o chefe da CIA, autorizou sua aquisição e providenciou os fundos necessários. Essa frota foi crescendo nos dias seguintes até contar, na véspera da invasão, com seis aviões de carga C-47 (DC-3), seis F-47 Thunderbolt, um P-38 caça ligeiro de combate, um Cessna 180 e um Cessna 140, cujos pilotos, todos gringos, ganhavam dois mil dólares por mês mais um bônus a cada missão bem-sucedida.

Em todos os encontros seguintes, durante os quase oito meses que o embaixador Peurifoy permaneceu na Guatemala, o presidente Árbenz tentou explicar-lhe a verdadeira situação do país. Insistia que as reformas empreendidas por seu governo, inclusive a agrária, pretendiam apenas transformar a Guatemala numa democracia moderna e capitalista, como os Estados Unidos e as outras nações ocidentais. Por acaso foram criadas "granjas coletivas" no país? Por acaso tinham nacionalizado alguma empresa privada? As terras improdutivas que o governo nacionalizara e distribuíra para os camponeses pobres eram lotes individuais, destinados a desenvolver uma agricultura privada e capitalista. "Sim, ouça bem, senhor embaixador, ca-pi-ta-lis-ta", silabava o presidente, e o intérprete o imitava, silabando também a palavra. Se o governo queria cobrar impostos à United Fruit, como faz com todos os agricultores guatemaltecos, era para poder construir escolas, estradas e pontes em todo o país, pagar melhor aos professores, atrair funcionários competentes e financiar uma política pública que tirasse as comunidades indígenas, imensa maioria dos três milhões de guatemaltecos, da situação de isolamento e pobreza. O presidente Árbenz insistia, apesar de ter percebido rapidamente que o embaixador Peurifoy era um homem imunizado contra razões e argumentos. Nem ouvia. Limitava-se a repetir, como um boneco de ventríloquo, que o comunismo estava cada vez mais presente em todo o país. Não foi o que disse ninguém menos que o arcebispo, monsenhor Mariano Rossell y Arellano, em sua célebre carta pastoral? Não era o que provava a autorização concedida, ainda na época de Juan José Arévalo, para a abertura de sindicatos? Por acaso não grassava entre os camponeses e operários, por obra dos agitadores, um espírito de rebelião? Não estavam ocorrendo ocupações de terras e invasões de propriedades? Por acaso os empresários e ruralistas não se sentiam ameaçados? Muitos deles não tinham ido morar no exterior? Não era o que diziam diariamente os jornais e as rádios?

— Não existem sindicatos nos Estados Unidos? — replicava Árbenz. — Onde não há sindicatos livres e independentes é na Rússia, justamente.

Mas o embaixador não queria saber de nada e repetia, algumas vezes em tom sereno, outras ameaçador, que os Estados Unidos não iam permitir a existência de uma colônia soviética entre a Califórnia e o canal do Panamá. E, "sem que seja uma ameaça", era para isso que existiam os marines que já estavam cercando a Guatemala pelo Caribe e pelo Pacífico.

— O senhor sabe quantos cidadãos russos estão na Guatemala neste momento? — argumentava Árbenz. — Nenhum, embaixador. Pode me dizer como a União Soviética vai transformar a Guatemala numa colônia se não há um único cidadão soviético aqui no país?

Os protestos do presidente Árbenz contra a campanha de imprensa que, nascida nos Estados Unidos, se projetava pelo mundo inteiro também eram inúteis. Como era possível que órgãos prestigiosos como *The New York Times*, *The Washington Post*, *Time Magazine*, *Newsweek*, *Chicago Tribune* tivessem inventado semelhante fantasma: o comunismo na Guatemala!? Uma mentira da cabeça aos pés, caricaturando de forma indigna as suas reformas sociais que queriam, justamente, impedir que a pobreza, as injustiças e desigualdades sociais empurrassem os guatemaltecos na direção do comunismo. O diplomata se limitava a responder que a imprensa era livre nos Estados Unidos, um país democrático, e o governo não se metia com ela. Árbenz lhe explicou com todos os detalhes que a reforma agrária não havia nacionalizado nem um pedacinho de terra plantada pela Fruteira, quer dizer, a United Fruit, ou pelos latifundiários guatemaltecos. Só tinham sido afetadas as terras improdutivas, aquelas sem cultivar. E as terras nacionalizadas eram pagas aos donos pelo valor que eles mesmos haviam estabelecido em suas declarações de impostos.

O presidente sugeriu ao embaixador que, em vez de se reunir tanto com os militares exortando-os a dar um golpe contra o seu governo — o diplomata ouvia impávido esses detalhes —, percorresse o país e visse com seus próprios olhos como meio milhão de índios finalmente receberam terras e se tornaram proprietários — sim, senhor embaixador, pro-prie-tá-rios — que iriam prosperar e transformar a

Guatemala numa sociedade sem fome, sem exploradores, sem pobres, segundo o modelo dos Estados Unidos. O embaixador Peurifoy, com uma couraça de insensibilidade e obcecado com a sua missão, não saiu da Cidade da Guatemala nem uma vez. E, em todas as suas reuniões com o mandatário, limitava-se a repetir várias vezes a mesma pergunta:

— Por que o seu governo persegue uma empresa norte-americana como a United Fruit, senhor presidente?

— O senhor acha justo, embaixador, a Fruteira não ter pagado um centavo de impostos em toda sua história de mais de meio século na Guatemala? — respondia Árbenz. — Sim, escute bem: nunca, em toda a sua história. Nem um centavo. É verdade, antes ela subornava os ditadorezinhos, Estrada Cabrera, Ubico, que assinaram uns contratos isentando-a de pagar impostos. E como agora não pode fazer isso comigo, tem que pagar, como fazem todas as empresas nos Estados Unidos e nas outras democracias ocidentais. Por acaso as companhias não pagam impostos no seu país? E, diga-se de passagem, aqui pagam menos da metade que lá.

O presidente sabia que não adiantava. E, no fundo, também sabia que o embaixador Peurifoy não desistia dos seus esforços de subverter o Exército para que este se rebelasse contra o seu governo e desse um golpe de Estado. Tinha perguntado aos seus ministros se não era o caso de censurá-lo e expulsá-lo do país, mas o chanceler Guillermo Toriello se opôs, dizendo que isso agravaria a crise com os Estados Unidos e talvez servisse de pretexto para o desembarque dos marines na Guatemala. Esse desembarque era um tema generalizado e constante. Árbenz sabia que tal ideia causava pavor entre os oficiais do Exército guatemalteco, temerosos de que uma invasão pulverizaria as Forças Armadas. Pesquisas reservadas feitas pelo governo indicavam que, em caso de invasão ianque, entre a metade e três quartos do Exército guatemalteco, pelo menos, passariam para o lado do inimigo. Era esta a maior preocupação do mandatário. Até agora pudera controlar seus colegas militares, mas sabia muito bem que, no momento em que os marines pusessem os pés na Guatemala, haveria uma debandada maciça nas Forças Armadas. Nesses períodos de muita tensão às vezes sentia, como uma comichão em todo o corpo, a necessidade de um gole de uísque ou de rum. Mas nunca cedeu à tentação.

Quando Árbenz dizia a Peurifoy que era o maior anticomunista da Guatemala, via o embaixador sorrir com ironia. Quando lhe perguntava como podia ser satélite russo um país que, além de não hospedar um único cidadão russo, nunca tivera relações diplomáticas nem comerciais com a União Soviética e cuja Constituição proibia partidos políticos internacionais, o outro ouvia sem responder. Da mesma forma, embora às vezes com cara mais cética, quando ele afirmava que o Partido Guatemalteco do Trabalho, que se reconhecia como comunista, era uma organização ridiculamente pequena. Às vezes o embaixador Peurifoy replicava que o partido podia ter apenas quatro parlamentares mas controlava todos os sindicatos, o que era verdade e havia disseminado terror nas famílias dos ruralistas e empresários da Guatemala, muitos dos quais tiveram suas propriedades invadidas e foram obrigados a ir para o exterior. "Não há nada a fazer", pensava Árbenz. "Mandaram um imbecil."

Mas John Emil Peurifoy não era um imbecil. Fanático e racista, sem dúvida; e, também, um macartista de espírito obtuso, com assimilação intelectual muito lenta, como repetia dia e noite para quem quisesse ouvir a esposa de Árbenz, a senhora María Cristina Vilanova, desde o dia em que o conheceu. Mas era um homem eficiente, que investia às cegas para derrubar qualquer obstáculo e atingir os seus objetivos. Teve o atrevimento de tentar comprar o chefe do Exército, coronel Carlos Enrique Díaz (Arbencito Segundo), a quem um mensageiro da CIA ofereceu duzentos mil dólares, durante uma viagem que fez a Caracas, para que "colaborasse com os Estados Unidos". O coronel Díaz rejeitou a oferta, e quando voltou da Venezuela foi correndo contar a história ao presidente Árbenz. Confessou que levara um "susto terrível" em Caracas, pensando que sua mulher mandara segui-lo, pois tinha aproveitado para levar a amante naquela viagem.

O embaixador Peurifoy usava uma estratégia muito parecida com a que havia empregado na Grécia: convencer os chefes militares de que a política de Árbenz prejudicava não só o país, mas, principalmente, as Forças Armadas, primeira instituição que os comunistas iriam aniquilar e substituir por milícias populares dirigidas pelo partido, como tinham feito na Rússia e nas democracias populares de que se apossaram depois da Segunda Guerra Mundial. O embaixador não tomava a menor precaução nessas operações, de maneira que o presidente Árbenz e seu governo as conheciam em todos os detalhes. O presidente considerava que eram "provocações" que ele fazia para ser expulso do país, e assim os Estados Unidos teriam um pretexto para a invasão. Peurifoy convidava para visitar a embaixada os coronéis e majores com comando de tropas, a começar pelo coronel Díaz, chefe do Exército, e outros coronéis como Elfego H. Monzón, o coronel Rogelio Cruz Wer, chefe da Guarda Civil, o major Jaime Rosemberg, chefe da Polícia Judicial, ou se reunia com eles no Clube Militar ou em residências particulares — de fazendeiros e empresários horrorizados com as reformas, principalmente com o decreto 900, da reforma agrária, e alguns também por terem que pagar impostos pela primeira vez na vida. O embaixador avisava a esses militares que, se as coisas continuassem se agravando como já estava acontecendo, muito em breve os Estados Unidos não teriam outro remédio senão intervir. E eles estavam dispostos a enfrentar o exército mais poderoso do mundo? Por outro lado, sempre lembrava que, desde 1951, quando começaram a ser adotadas no país as medidas comunistas que Árbenz chamava de "sociais", os Estados Unidos foram obrigados a impor um embargo que impedia a Guatemala de comprar armas, munição e equipamentos militares em qualquer país ocidental, um boicote a que vários governos europeus aderiram, o que estava prejudicando enormemente as Forças Armadas. Eles não sabiam disso claramente? Não era motivo suficiente para entrarem em ação e derrubarem esse governo?

  Entretanto, no dia 18 de junho, quando as forças de Castillo Armas cruzaram a fronteira hondurenha, o embaixador viu que era muito negativa a reação de muitos dos militares com quem se reunia periodicamente. Eles consideravam "intolerável", um "ato de traição", que aquele militar sem prestígio, um pequeno mequetrefe, se levantasse contra o próprio país à frente de mercenários, boa parte dos quais estrangeiros. Esse prurido institucional dos oficiais levou Peurifoy a mudar de estratégia. E pedir ao Departamento de Estado e à CIA que o apoio dos Estados Unidos ao "traidor" Castillo Armas não fosse tão explícito e, melhor ainda, que Washington aceitasse, como ele sugeria desde o começo, as vantagens de um "golpe institucional".

Por outro lado, o embaixador Peurifoy conseguiu, graças aos seus esforços, que a embaixada tivesse informantes entre os oficiais guatemaltecos. E "muito mais baratos que os oficiais gregos", como informou aos seus superiores no Departamento de Estado. Nem todos eram tão escrupulosos como o coronel Díaz. O embaixador Peurifoy enviava informações diárias a Washington e se esforçava para subestimar as ações de Castillo Armas no exílio e defender sua convicção de que era preferível e mais rápido um levante das Forças Armadas para depor Árbenz. Argumentava que isso seria mais eficaz do que aquela invasão que demorava tanto que acabava justificando um certo ceticismo dos militares e da população civil.

Esse raciocínio foi confirmado nos dias 18 e 19 de junho de 1954, depois que a tropa (ou, melhor, a "corja", como dizia Peurifoy) de Castillo Armas cruzou a fronteira. A invasão seria um fracasso estrondoso sem a Aviação Liberacionista; foi ela que impediu o extermínio das forças que enfrentaram e foram derrotadas pelo exército em Gualán e Puerto Barrios, e salvou milagrosamente as que pretendiam ocupar Zacapa. O governo de Árbenz contava com uma Aviação Militar de caricatura, constituída apenas por cinco Beechcraft AT-11, um dos quais desertou no primeiro dia da invasão com o seu piloto, que fugiu para Honduras e se uniu à rebelião. Árbenz não se decidia a enviar para o combate os aviõezinhos restantes com receio de que os pilotos passassem para o lado do inimigo. A Aviação Liberacionista do coronel Brodforst tinha então os espaços à disposição.

Os pilotos gringos aproveitaram bem esse monopólio do ar. Foi principalmente em Chiquimula que fez mais estragos a aviação rebelde, encabeçada por Jerry Fred DeLarm. Este, picando de forma quase suicida sobre a guarnição, conseguiu lançar uma bomba de fragmentação no pátio do quartelzinho, destruindo o armamento da artilharia e provocando mortos e feridos o que levou o restante dos soldados ali acantonados a se render no dia 23 de junho, apesar da sua vitória inicial. As tropas liberacionistas ocuparam a guarnição. Isso foi um grande estímulo para os invasores, que, depois dos fracassos dos dois dias anteriores, já estavam a ponto de recuar para território hondurenho. A Rádio Liberação apresentou a tomada da guarnição de Esquipulas e de Chiquimula por Castillo Armas como o "princípio do fim" do governo de Árbenz.

Então o embaixador Peurifoy começou a mandar ofícios ao Departamento de Estado e à direção estratégica da invasão liberacionista (dirigida por dois funcionários da CIA, Robertson e Wisner) pedindo que bombardeassem a Cidade da Guatemala. Era indispensável que reinasse pânico na capital para o Exército se decidir a agir. Ele se baseava no que lhe disseram de forma muito explícita vários altos oficiais, entre eles o coronel Monzón e o próprio chefe do Exército, o coronel Díaz: "Tem que haver mortos civis. É preciso espalhar o pânico em meio à população civil. Só um incidente assim nos obrigaria a intervir contra Árbenz". Isto se confirmou quando o coronel Elfego H. Monzón foi à embaixada, escoltado pelos coronéis José Luis Cruz Salazar e Mauricio Dubois, para indicar de maneira específica que o bombardeio dos liberacionistas devia ter como alvo o Forte de Matamoros, situado em pleno centro da capital.

O ataque se deu no dia 25 de junho, quando começava a anoitecer. A Aviação Liberacionista já havia aumentado a essa altura. Os dois Thunderbolt, pilotados por Williams e DeLarm, antes de se dirigirem à capital sobrevoaram Chiquimula e Zacapa, destruindo primeiro um trem que levava tropas governamentais para reforçar essas guarnições e destroçando uma ponte, para dificultar o avanço dos sobreviventes que continuavam a pé.

Os dois aviões chegaram à capital às duas e vinte da tarde. O primeiro a sobrevoar o Forte de Matamoros foi Williams, mas a bomba de fragmentação de 275 libras que transportava ficou presa no mecanismo do avião. DeLarm, porém, que vinha atrás de Williams, conseguiu lançar uma bomba de 555 libras no paiol do forte, fazendo-o voar em pedaços. Houve uma sucessão de explosões e inúmeros mortos e feridos, tanto dentro como fora do quartel. Nos voos rasantes que fizeram metralhando os sobreviventes, os dois aviões receberam descargas de fuzilaria. Só então foram embora, não sem que antes Williams soltasse duas outras bombas sobre a cidade, menores que aquela que ficou presa no avião, uma das quais caiu no pátio de honra da Escola Militar. Dessa vez os oficiais, encabeçados pelo chefe do Exército, coronel Díaz (Arbencito Segundo), e o coronel Elfego H. Monzón, ficaram satisfeitos: havia muitos civis mortos e feridos, o pânico levara milhares de famílias para as estradas na tentativa de fugir de uma cidade em chamas, carregando embrulhos, berços, cachorros, com receio de uma nova invasão de pilotos e bombardeiros liberacionistas.

Vinte e quatro horas depois do bombardeio do Forte de Matamoros, quando a cidade ainda abalada pelo ataque, em estado de caos, com mortos e feridos ainda nas ruas e uma maré humana tentando fugir para o campo, o presidente Árbenz recebeu do chefe do Exército, coronel Carlos Enrique Díaz, um pedido urgente, "em nome das Forças Armadas que tenho a honra de presidir", de reunir-se com ele junto com o Estado-Maior da instituição "devido aos gravíssimos acontecimentos de ontem, isto é, o bombardeio do Forte de Matamoros e seus arredores pela aviação inimiga". Tanto Díaz como Monzón e vários outros membros do Estado-Maior eram ex-colegas da Escola Politécnica e amigos pessoais de Árbenz. Este, aliás, teve muita influência na chegada de Díaz à chefia do Exército. Mas, no momento em que recebeu a solicitação escrita naqueles termos, intuiu que o coronel Díaz não era mais a mesma pessoa que conhecia, seu amigo e companheiro desde jovem. Até dois dias antes, ele o informava diariamente de todas as pressões que Peurifoy fazia sobre os altos oficiais para darem um golpe. Será que o golpe já estava em marcha? Ele também afinal tinha sido comprado? Respondeu imediatamente a Díaz convocando, ele e o Estado-Maior, para uma reunião em seu gabinete presidencial naquela mesma tarde.

Depois disso chamou três civis, seus amigos e assessores, Carlos Manuel Pellecer, Víctor Manuel Gutiérrez, secretário-geral da Confederação de Sindicatos Operários e Camponeses, e José Manuel Fortuny, líder do Partido Guatemalteco do Trabalho (comunista), que haviam colaborado com ele na elaboração da Lei da Reforma Agrária e na sua aplicação depois de aprovada pelo Congresso. Este último, além disso, foi o encarregado da compra secreta de armas na Tchecoslováquia, em meados de 1954, que Árbenz realizou para aliviar o embargo que os Estados Unidos tinham imposto à Guatemala, que preocupava muito o Exército. Fortuny foi bem-sucedido na tarefa, e Árbenz introduziu as armas compradas no país em um barco sueco, o *Alfhem*, que chegou a Puerto Barrios sem ser detectado pelos Estados Unidos. Que melhor prova pode existir de que a União Soviética não tinha o menor interesse no que estava acontecendo na Guatemala, pensou Árbenz muitas vezes, que o fato de seu governo ter sido obrigado a pagar aquelas armas à vista, a um preço altíssimo e sem o menor desconto? A imprensa ianque fez um grande escândalo com essa compra de fuzis e bazucas que, aliás, o Exército nunca permitiu que servissem para armar as inexistentes milícias populares.

Sem fazer qualquer menção à mensagem de Díaz, Árbenz perguntou aos três como andava a formação das milícias. Eles lhe deram informações muito pessimistas, sobretudo Fortuny. Tudo estava muito lento; nem todos os sindicatos camponeses queriam que seus membros se alistassem; outros, embora dispostos a colaborar, encontravam muita resistência em seus próprios filiados. Tinham acabado de receber seus pequenos lotes de terra e queriam começar a trabalhar nelas o quanto antes em vez de entrar numa guerra e virar milicianos. Fortuny, muito amigo de Jacobo e María Árbenz desde antes das eleições, disse que o maior problema era, na verdade, que os militares encarregados de instruir os recrutas não queriam fazê-lo; temiam aquele "exército civil", que viam como uma ameaça para a sobrevivência do Exército de verdade. Ou, quem sabe, tinham recebido ordens superiores para sabotar a formação das milícias. Na capital só se apresentaram no Estádio da Cidade Olímpica algumas dezenas de voluntários, não os milhares que esperavam, e os oficiais encarregados de adestrá-los ficavam remanchando, não se apresentavam nos lugares indicados para o treinamento, arranjavam desculpas para não entregar os fuzis prometidos. Estava muito claro: o Exército guatemalteco não via com bons olhos a formação de milícias populares para defender a revolução. O embaixador Peurifoy tinha convencido os que ainda vacilavam de que aquelas "milícias", se fossem constituídas, iam acabar liquidando o Exército legítimo. Lutar, guerrear, era uma missão das Forças Armadas, não dos sindicatos nem dos camponeses. Por defender essa opinião, José Manuel Fortuny mais tarde seria acusado pelo Comitê Central do Partido Guatemalteco do Trabalho (do qual era secretário-geral) de "comportamento pessoal indigno do seu cargo" e de propor "políticas errôneas e pessimistas". Foi submetido a um "processo disciplinar" e afastado da direção do PGT.

Árbenz não comunicou aos três civis que teria uma reunião naquela tarde com o Estado-Maior. Mas os informes que recebeu dos três o deixaram muito pessimista. O que lhe disseram era uma coisa de que ele já desconfiava: o Exército resistia à formação das milícias. É possível que os oficiais encarregados de treiná-las tivessem recebido alguma ordem de cima para atrasar arranjando desculpas diversas, mas também é possível que eles mesmos tivessem decidido sabotar. Embora houvesse oficiais favoráveis às reformas sociais, o espírito de corpo prevalecia. O presidente sempre soube que o Exército jamais aceitaria um enfrentamento com os Estados Unidos. Por mais que os militares desprezassem Castillo Armas, a instituição descartava por completo uma guerra com os marines. E como não lhes dar razão?

Uns vinte chefes militares, alguns vindo de guarnições do interior, ocuparam o gabinete presidencial a partir das oito da noite. Estavam todos com uniforme de parada e condecorações no peito. O presidente deu a palavra imediatamente ao chefe do Exército.

Desde o início da exposição do coronel Carlos Enrique Díaz, prudente, assustadiço, intercalando o tempo todo em seu discurso um respeitoso "senhor presidente", Jacobo Árbenz viu o que o esperava. O importante era defender a Revolução de Outubro, as reformas, a Lei da Reforma Agrária, a entrega de terras aos camponeses. Era disso que se tratava. Claro, insistia Díaz, claro, senhor presidente. Eram reformas que o Exército entendia e apoiava. E, evidentemente, o Exército da Guatemala não podia tolerar aquela rebelião armada de um traidor como Castillo Armas, uma rebelião apoiada por mercenários estrangeiros e pela incompreensão e a hostilidade declaradas dos Estados Unidos. Essa rebelião, essa invasão a partir de Honduras que fora detida com galhardia em Gualán e em Puerto Barrios, era preciso derrotá-la. Sem a menor dúvida. Os oito mil soldados e oficiais do Exército guatemalteco não tinham hesitações quanto a isso. Mas, naturalmente, o Exército da Guatemala não teria como guerrear contra o país mais poderoso do mundo, os Estados Unidos. Por outro lado, a hostilidade dos Estados Unidos contra o "senhor presidente" ("contra a Guatemala", interrompeu Árbenz), sim, contra a Guatemala, retificou Díaz, havia prejudicado muito as Forças Armadas, com o embargo, a proibição de comprar armamentos, munição e peças de reposição, medida que anos antes os Estados Unidos tinham convencido quase todos os países ocidentais a adotarem também, deixando as Forças Armadas numa posição muito exposta, como se verificava agora, com a invasão de Castillo Armas e seu exército de antipatriotas, mercenários e traidores. E, evidentemente, os países da Europa Oriental não podiam substituir os Estados Unidos no fornecimento de armas, como se viu alguns meses antes com as armas compradas na Tchecoslováquia, que provocaram um escândalo internacional e quase serviram de pretexto para os marines invadirem a Guatemala. E tudo isso por causa de um armamento em grande parte imprestável, pois era antigo e sem peças de reposição!

Houve uma longa pausa durante a qual reinaram no gabinete um silêncio sepulcral e uma imobilidade absoluta de todos os presentes. "Lá vem", pensou Arbenz. E foi o que aconteceu.

— Por isso, senhor presidente, as altas autoridades militares, no anseio de proteger as conquistas da revolução e derrotar Castillo Armas o mais rápida e eficazmente possível, pedimos sua renúncia num gesto patriótico e generoso. O Exército assume o poder e se compromete a preservar as reformas sociais, em especial a reforma agrária. E a derrotar Castillo Armas e seus mercenários.

O coronel Carlos Enrique Díaz parou de falar, e houve outro silêncio prolongado. Afinal, o presidente Árbenz perguntou:

— Todos os oficiais aqui presentes apoiam as palavras do chefe do Exército?

— É um acordo a que se chegou por unanimidade, senhor presidente — respondeu o coronel Díaz. — Foi primeiro uma decisão unânime do Estado-Maior, e a ela se somaram todos os chefes de guarnições e regiões da Guatemala.

Outro silêncio elétrico se seguiu às suas palavras. Dessa vez, Jacobo Árbenz se levantou da cadeira e falou em pé, com uma voz muito firme:

— Eu não me aferro a este cargo para o qual fui escolhido, em eleições limpas, pela imensa maioria dos guatemaltecos. Isso me permitiu fazer reformas sociais e econômicas indispensáveis para corrigir as injustiças que os camponeses deste país sofriam havia muitos séculos. E se a minha renúncia serve para salvar essas reformas, não tenho qualquer motivo para continuar no cargo. Principalmente, se é para derrotar e punir o traidor Castillo Armas.

— Juramos pela nossa honra, senhor presidente — interrompeu o coronel Carlos Enrique Díaz, batendo os calcanhares.

— Que o chefe do Exército fique aqui comigo — disse o presidente. — Os outros oficiais podem voltar para os seus postos. O coronel Díaz vai lhes informar a minha decisão.

Os oficiais foram se retirando, um por um. Todos lhe bateram continência antes de sair.

Quando ficaram sozinhos, Árbenz perguntou a Díaz, que parecia muito pálido:

— Você acha que a minha renúncia vai aplacar os Estados Unidos?

— Os Estados Unidos, não sei — respondeu o coronel Díaz. — Mas aplaca o Exército, Jacobo, que esteve a ponto de se rebelar. Juro. Fiz verdadeiros milagres para impedir. O embaixador Peurifoy me garantiu que, se você renunciar, os Estados Unidos respeitarão as reformas, especialmente a agrária. Washington só quer tirar os comunistas do poder.

— Pediu que os fuzile?

— Por enquanto, que os mandemos para a cadeia. E que sejam afastados da administração pública imediatamente. Ele tem listas muito completas.

— O que vai acontecer com Castillo Armas?

— Este foi o osso mais duro de roer — disse o coronel Díaz. — Mas quanto a isso fui implacável, não cedi um milímetro. Nada com aquele traidor e subversivo. O embaixador Peurifoy me garantiu que, se o Exército assumir o poder, prender os comunistas e proscrever o Partido Guatemalteco do Trabalho, os Estados Unidos deixam Castillo Armas de mãos abanando. E eu lhe repeti até cansar que esse traidor tem que ser derrotado e julgado por atraiçoar seu uniforme e sua pátria.

— Está bem, Carlos — disse o presidente. — Tenho certeza de que está me dizendo a verdade. Só espero que você pelo menos salve as reformas sociais e econômicas que fizemos. E não permita a subida desse miserável ao poder.

— Eu juro, Jacobo — disse o chefe do Exército, batendo uma continência.
 Árbenz viu-o sair do gabinete, fechando a porta trás de si. Todo o seu corpo tremia. Teve que fechar os olhos e respirar fundo para se acalmar. Era justa a decisão que ia tomar? Seria, se o coronel Carlos Enrique Díaz e o Exército respeitassem o compromisso e não entrassem em conchavos com o traidor e seus bandos de mercenários. Mas não tinha certeza de que os militares seguiriam Díaz. Se todos os oficiais fossem mesmo leais, a invasão já teria sido detida e destruída apesar da aviação dos invasores, que continuava fazendo muitos estragos nas tropas governamentais. As últimas notícias falavam de uma matança terrível da população civil de Bananera feita pelos rebeldes. Seu temor era de que o movimento de oficiais dispostos a trair crescesse após a sua renúncia, e acabasse atropelando Carlos Enrique, em cuja palavra ele não deixara de confiar.
 Telefonou para Fortuny e lhe comunicou sua decisão de renunciar. Fortuny tentou dissuadi-lo, confuso e alarmado, mas se calou quando o presidente, subindo o tom de voz, disse que a decisão era definitiva e que sua renúncia era a única maneira de salvar, pelo menos em parte, a revolução e evitar que Castillo Armas tomasse o poder. E, por outro lado, única maneira também de evitar uma invasão ianque, que dizimaria a população civil. Antes de desligar lhe disse que, ao contrário do habitual, ele mesmo ia escrever o discurso com sua renúncia ao poder. E também que, como haveria uma caça às bruxas contra os comunistas reais e imaginários, tomasse as suas precauções sem perder tempo. E desligou.
 Mandou que a Rádio Nacional preparasse tudo para uma mensagem à nação que faria dentro de duas horas. Depois telefonou para o embaixador do México, Primo Villa Michel, com quem estivera em contato estreito nos últimos dias, e lhe disse que naquela noite, depois de ler seu discurso anunciando a renúncia, ele e sua família iriam se asilar na embaixada, se o governo do México aceitasse recebê-los. O embaixador lhe garantiu que sim e que poderia confirmar isso em menos de uma hora. O presidente telefonou então para a sua mulher e limitou-se a dizer quatro palavras: "Prepare as malas, María". Houve

um breve silêncio e, depois, María Cristina Vilanova respondeu: "Já estão prontas, amor. Quando será?". "Esta noite", disse ele.

    O presidente disse aos auxiliares que ninguém o interrompesse. Trancou a porta do gabinete para preparar sua maleta e destruir os papéis que não ia levar. Enquanto fazia isso, e depois de mais de três anos sem tomar uma gota de álcool, serviu-se meio copo de uísque. Bebeu num gole só, fechando os olhos.

XXVI

Tinha ido comprar um presente para a cozinheira, que fazia aniversário, num daqueles centros comerciais gigantescos que estavam abrindo no sul da Cidade da Guatemala, quando, ao sair, ouviu que o chamavam pelo seu nome de batismo: "Enrique?". Parou de repente, virou-se e viu uma mocinha de jeans e um casaco tipo militar, desses que estavam na moda entre as novas gerações. Tinha uma boina azul na cabeça, uns olhos bonitos e sorria para ele como se fossem conhecidos.
— O senhor é o tenente-coronel Enrique Trinidad Oliva, não é? — A moça deu um passo na sua direção, com a mão estendida, sempre sorrindo.
Ele ficou muito sério antes de lhe responder com aspereza:
— Você está enganada, não sei quem é essa pessoa — falou num tom muito ácido, e depois tentou consertar sorrindo também.
— Meu nome é Esteban Ramos. A seu dispor. Quem é a senhora?
— Então me confundi — disse a jovem, com outro sorriso.
— Mil desculpas.
Deu meia-volta e se foi, caminhando de forma elástica e arqueando um pouquinho os quadris.
Ele ficou imóvel, com o embrulho do presente nas mãos, paralisado pela surpresa e amaldiçoando-se por sua forma desastrada de reagir. Suas pernas estavam tremendo, as mãos, úmidas. Mentalmente se acusou de tudo. Tinha cometido três erros muito graves: parar quando ouviu o seu antigo nome, mostrar-se irritado quando negara ser o tenente-coronel Enrique Trinidad Oliva e tratar aquela jovem de você e de senhora na mesma frase. Deveria ter seguido em frente, sem parar, e a garota ia pensar que se confundira de pessoa. "Você se delatou, idiota", disse para si mesmo. Enquanto dirigia de volta para casa, sentiu uma espécie de vertigem e foi devorado por milhares de

perguntas: quem era aquela garota? Teria sido um encontro casual? Será que o estava seguindo? Era impossível que ela já o conhecesse de antes: não devia ter mais que dezessete ou dezoito anos, o que queria dizer que estava com uns onze ou doze quando ele fora preso. Não era possível que o tivesse na memória, ele havia mudado muitíssimo. Além do mais, não tinha a mais mínima lembrança daquela cara, desses olhos, daquela desenvoltura. Não, não o conhecia de antes, ela o estava seguindo, tentando confirmar a sua identidade. E conseguira, graças à própria estupidez. Podia ser da polícia? Difícil. Do Serviço de Inteligência Militar? Improvável. Parecia uma estudante da Universidade de San Carlos, de humanas ou direito, as faculdades radicais. Devia ser membro de algum grupo extremista, comunista, desses que faziam sequestros e explodiam bombas nos bancos e nas casas de generais. Só gente assim podia estar interessada em descobrir se o antigo chefe do Serviço de Inteligência do governo liberacionista de Castillo Armas ainda estava vivo e atuando na vida civil com um nome falso.

Nessa mesma tarde contou ao Turco o que havia acontecido. Ele não deu muita importância ao caso, mas disse que tinha como descobrir, por seus contatos no governo, se a polícia ou o Serviço de Inteligência estavam seguindo seus passos. Dois dias depois Ahmed Kurony lhe garantiu que não, seus informantes haviam sido categóricos: nem a polícia nem o Exército estavam interessados nele. Por isso mesmo não se podia descartar, se aquele encontro não foi casual, que algum dos grupinhos terroristas que pululavam no país estivesse seguindo as pegadas do antigo militar acusado de tantos horrores na época da revolução liberacionista.

A partir de então, Enrique passou a tomar suas precauções. Voltou a andar armado; tinha deixado de fazê-lo porque, com a insegurança urbana, os atentados terroristas e a delinquência comum, que tinha se multiplicado, agora havia patrulhas de policiais e militares parando as pessoas na rua para pedir documentos de identidade ou revistá-las. Desde esse dia em que se delatou, Enrique não saía mais sem levar na cintura o revólver que o próprio Turco lhe dera. E desde esse dia, onde quer que estivesse, sempre ficava em alerta. Tinha a sensação permanente de estar sendo seguido e observado. Procurava ficar pouco na rua, ir da sua casa às reuniões sem parar no caminho, evitar bares e restaurantes. Nunca mais voltou ao Ciro's nem ao Casablanca, nem mesmo na noite em que o Turco o convidou para assistir à apresentação da Tongolele, a famosa rumbeira, com sua mecha branca na longa cabeleira muito preta. E agora fazia suas visitas aos cassinos clandestinos do Turco acompanhado de Temístocles, o guarda-costas em quem mais confiava.

      Justamente durante um desses percursos noturnos habituais pelas salas de jogo, julgou ter a confirmação de que estava sendo seguido. Foi da forma mais boba. Tinha acabado de fazer sua ronda por um dos cassinos, que funcionava num salão escondido nos fundos de uma loja de antiguidades, na Passagem Rubio da cidade velha, quando sentiu um flash às suas costas. Enrique se virou, veloz, e mandou o guarda-costas deter imediatamente quem havia tirado aquela fotografia. Com a ajuda dos homens da entrada, o guarda-costas capturou um rapaz que evidentemente não era o fotógrafo, pois não havia câmera nenhuma entre os seus pertences. Era um agente de viagens que frequentava a casa de jogo fazia anos. O próprio Enrique teve que pedir-lhe desculpas. Mas, apesar dessa evidência, continuou achando que alguém havia tirado uma foto dele por trás, embora o guarda-costas e os seguranças negassem. Será que estava ficando louco? Que tinha visões? Não, não era paranoia, era faro. Ele ouvira mesmo o clique e vira o resplendor daquele flash. Provavelmente o fotógrafo fora mais rápido que os guardas. Dormia mal, tinha pesadelos e, durante o dia, era atormentado pela ideia de que toda aquela vida que conseguira reconstruir a partir do abismo da prisão ia desmoronar de repente como um castelo de cartas.

      Certa manhã, Tiburcio, o mordomo da casa, veio acordá-lo, com um dedo diante da boca para que permanecesse em silêncio. Ainda estava amanhecendo e havia pouca luz. Indicou que se levantasse e levou-o para uma janela, entreabrindo a cortina. Enrique viu um homem tirando fotos do seu apartamento e da portaria do edifício. Fazia isso de cara descoberta, e de diversos ângulos. Depois, não correu, foi andando devagar até a esquina onde estava à sua espera um automóvel que arrancou assim que ele entrou.

      Não havia mais dúvida. Eis a prova. Estava sendo seguido e podiam sequestrá-lo ou matá-lo a qualquer momento, hoje mesmo.

Não podiam ser criminosos comuns. Para que iriam sequestrá-lo, ele que não era milionário nem tinha condições de pagar um resgate? Nessa tarde falou com o Turco e lhe pediu que o tirasse do país por um tempo. Ahmed Kurony foi muito reticente, a princípio. Precisava mais dele aqui, na Guatemala. Tinha dado a ele muitas responsabilidades nos seus negócios. Provavelmente estava vendo coisas. Não era estranho que alguém tirasse fotos na rua bem cedo. Podia ser um turista, um desses loucos por fotografia procurando uma luz de alvorada para suas imagens. Mas como Enrique insistiu tanto, acabou lhe dizendo "O.k.". Iria mandá-lo para o México por algumas semanas, para ver se esquecia seus supostos perseguidores. Naquela cidade-colmeia ia poder se esconder e sentir-se seguro por um tempo.

XXVII

Embora quase todo o país tenha ouvido no rádio o discurso de renúncia do presidente Jacobo Árbenz, provavelmente as duas reações mais extremas foram a do embaixador Peurifoy, de alegria eufórica — essa renúncia não era a melhor demonstração de que sua estratégia de "golpe institucional" havia triunfado e permitiria acabar imediatamente com os comunistas? —, e a do coronel Castillo Armas, que, em Esquipulas, seu quartel-general, teve um dos seus acessos de fúria, com as cobras e lagartos de costume, que seus subordinados ouviram em silêncio.

O embaixador John Emil Peurifoy mandou rapidamente um relatório para o Departamento de Estado: a renúncia de Árbenz era uma prova de que o Exército inteiro já lhe dera as costas. A chegada das Forças Armadas ao poder iria facilitar a eliminação de todos os elementos subversivos entrincheirados na administração, o fechamento dos sindicatos combativos e o cancelamento instantâneo das políticas discriminatórias contra a United Fruit. Ele ia se reunir de imediato com o coronel Carlos Enrique Díaz, o novo presidente, para exigir a execução dessas medidas.

A mensagem do coronel Castillo Armas à CIA (quer dizer, ao senhor Frank Wisner, com cópia para o coronel Brodfrost) era muito diferente. Não estava nada contente com o que havia acontecido e considerava a renúncia do Mudo Árbenz uma chanchada para salvar os piores excessos da Revolução de Outubro, uma farsa a que se prestava aquele serviçal e cúmplice de Árbenz que era o chefe do Exército, o coronel Arbenzito Segundo. Prova disso é que deixara o ex-presidente proferir aquela mensagem pelo rádio insultando o Exército Liberacionista e a ele próprio, e acusando os Estados Unidos de planejar, apoiar e dirigir a invasão, ou seja, repetindo todas as calúnias comunistas.

Ele não se prestaria a esse conchavo político. Se os Estados Unidos fizessem a insensatez de apoiar o coronel Carlos Enrique Díaz, ele o denunciaria e voltaria imediatamente para Honduras. De lá informaria ao mundo que os comunistas guatemaltecos tinham vencido mais uma vez — agora apoiados por Washington! —, com a pantomima da renúncia de Árbenz para que tudo ficasse igual e os esquerdistas continuassem destruindo a Guatemala. Cara de Machado exortava a CIA (a Madrasta), o Departamento de Estado e o presidente Eisenhower a não se deixarem enganar pelo embaixador Peurifoy (o Caubói) e exigirem a renúncia imediata de Arbenzito Segundo. Ele jamais ia negociar com esse comunista, e continuaria à frente do Exército Liberacionista pelo tempo que fosse necessário. Finalmente, informava que muitos militares guatemaltecos, depois de ouvirem a notícia da renúncia de Árbenz, já tinham entrado em contato com ele oferecendo uma trégua e, alguns, seu apoio aberto à invasão.

As bravatas de Castillo Armas não eram todas falsas. Realmente, desde que se soube da renúncia de Árbenz pelo rádio, a confiança na revolução, à qual a maioria dos oficiais das Forças Armadas tinha se resignado mais por obediência que por convicção, veio abaixo. Os oficiais se sentiram livres para optar. E, sem dúvida, a opção da maioria foi pensar que, naquele período de desordem e incerteza que estava começando, era preferível aderir à invasão de Castillo Armas, que contava com o apoio dos Estados Unidos, a continuar apoiando uma revolução que mais cedo ou mais tarde incluiria entre suas vítimas, como afirmava o incansável embaixador Peurifoy, o exército guatemalteco. Por isso, o coronel Víctor M. León, que comandava as forças governamentais que defendiam Zacapa e que até então havia enfrentado com bravura os invasores, mandou um emissário a Castillo Armas na mesma noite em que Árbenz renunciou, pedindo-lhe uma trégua para abrir negociações de paz. Essa decisão, dizia, tinha o apoio de todos os oficiais sob o seu comando.

O embaixador Peurifoy não pôde comemorar o que já considerava uma vitória. Poucas horas depois de enviar o relatório, recebeu uma mensagem cifrada do seu chefe, John Foster Dulles, que, em termos severos, lhe dizia que não se podia aceitar de forma alguma que o coronel Carlos Enrique Díaz substituísse Árbenz na presidência:

existia claramente uma cumplicidade entre os dois, já que Díaz tinha permitido que o ex-mandatário fizesse aquele discurso de despedida insultando e caluniando os Estados Unidos e atacando Castillo Armas e os liberacionistas. O embaixador devia exigir que o coronel Díaz deixasse o cargo e que este fosse assumido por uma junta militar realmente independente, sem vínculos com Árbenz, que por sua vez devia ser pressionada, inclusive com ameaça de invasão militar, a negociar com o coronel Castillo Armas, que tinha se comprometido de forma categórica a acabar com todas as reformas comunistas.

O embaixador Peurifoy mudou de opinião e adotou na hora as ideias de John Foster Dulles. Imediatamente pediu ao coronel Díaz que o recebesse; havia uma mensagem de Washington que precisava lhe transmitir pessoalmente. O novo presidente marcou com ele às dez da manhã do dia seguinte (já era o amanhecer daquele dia interminável). Para ir à audiência, o embaixador Peurifoy pendurou debaixo do sovaco a grande cartucheira com o revólver pomposo que sempre levava nas negociações com os militares gregos, os quais, diga-se de passagem, lhe pareciam mais civilizados que estes índios fardados.

O encontro teve lugar no gabinete principal do Estado-Maior do Exército. O coronel Díaz estava reunido com outros dois oficiais, o coronel Elfego H. Monzón e o coronel Rogelio Cruz Wer, chefe da Guarda Civil, que o embaixador via pela primeira vez. Os três o receberam com expressões de júbilo: "Afinal conseguimos o que o senhor queria, embaixador, Árbenz renunciou e já começou a caça aos comunistas". E, realmente, depois de cumprimentá-lo, o coronel Díaz informou a Peurifoy que dera as ordens apropriadas para prender dirigentes sindicais, membros do Partido Guatemalteco do Trabalho e outros subversivos em todo o território nacional.

— Só que, infelizmente — acrescentou —, vários dirigentes do Partido Guatemalteco do Trabalho conseguiram pedir asilo ontem à noite à embaixada do México. O embaixador Primo Villa Michel, que é cúmplice deles, concedeu.

— A culpa é sua, coronel Díaz, por ter feito tão mal o seu trabalho — acusou-o Peurifoy, de forma agressiva, convencido de que se não o desmoralizasse desde o início estava perdido. Quando ouviram isso, a alegria desapareceu do rosto dos três.

— Não entendo o que o senhor quer dizer, embaixador — retrucou finalmente o coronel Díaz.

— Vai entender logo, coronel — respondeu Peurifoy, no mesmo tom enérgico e balançando o indicador na altura do rosto do oficial guatemalteco. — Nosso acordo não previa que Árbenz renunciasse com um discurso que toda a Guatemala ouviu, insultando os Estados Unidos, acusando-nos de conspirar contra as reformas sociais para defender os interesses da United Fruit, e também atacando Castillo Armas e o pessoal dele, que chamou de "corja de mercenários" que precisa ser derrotada, coisa que, pelo visto, o senhor se comprometeu a fazer.

Agora o coronel Díaz estava lívido. Peurifoy não o deixou retomar a palavra. Os outros dois oficiais ficaram calados e muito pálidos. O intérprete traduzia as palavras do embaixador muito rápido, imitando sua energia e seus gestos ameaçadores.

— Também não estava no nosso acordo — prosseguiu o diplomata — dar tempo a Árbenz para avisar a todos os comunistas do regime, permitindo que eles peçam asilo não só na embaixada do México, mas também nas da Colômbia, do Chile, da Argentina, do Brasil, da Venezuela etc. etc. Estão fazendo isso desde ontem à noite, sem que o exército ou a polícia tentem impedir. Não foi o que combinamos. Meu governo se sente ofendido e insultado pelo que aconteceu e vai tomar todas as providências cabíveis ao caso. Coronel Díaz, vou lhe dizer com toda a clareza. O senhor não é aceitável para os Estados Unidos como presidente da Guatemala. Não pode substituir Árbenz. Estou lhe dizendo isto oficialmente. Se não renunciar, haverá consequências. O senhor sabe perfeitamente qual é a situação do país. A frota naval dos Estados Unidos já cercou a Guatemala, tanto pelo Pacífico como pelo Caribe. Os marines estão prontos para desembarcar e fazer, em poucas horas, o trabalho que o senhor não fez. Não arraste seu país para um holocausto. Renuncie imediatamente a presidir a Junta de Governo e facilite uma solução pacífica para o impasse. Evite uma invasão e uma ocupação militar, o derramamento de sangue e os estragos terríveis que a Guatemala sofreria se isso vier a ocorrer.

Calou-se e esquadrinhou o rosto dos três coronéis. Estavam rígidos, em posição de alerta e mudos.

— Isto é um ultimato? — perguntou afinal o coronel Carlos Enrique Díaz. Sua voz tremia, e nos seus olhos havia um brilho de lágrimas.

— É. É sim — afirmou o embaixador sem hesitar. Mas logo em seguida abrandou os gestos e o tom de suas palavras. — Faça um ato de patriotismo, coronel. Renuncie e salve a Guatemala de uma invasão que deixaria atrás de si milhares de mortos e um país em ruínas. Não passe à história como o militar que permitiu, por orgulho, a aniquilação da sua pátria. Renuncie, e vamos todos apoiar uma junta militar de três ou quatro membros disposta a negociar um acordo com o coronel Castillo Armas que seja aceitável para o meu governo, permitindo que os Estados Unidos colaborem com a democratização e a reconstrução da Guatemala.

Apesar do silêncio e da palidez dos três coronéis, o embaixador Peurifoy viu que dessa vez também, tal como acontecera lá na Grécia, havia ganhado a parada. Respirou tranquilo. Os três coronéis, depois de se entreolharem, agora assentiam e se esforçavam para sorrir, embora seus sorrisos tivessem algo de macabro. Pediram que o embaixador se sentasse. Ofereceram-lhe café e água mineral e tiraram cigarros dos bolsos. Começaram a conversar enquanto fumavam, soltando fumaça no rosto uns dos outros, e uma hora depois tinham chegado a um acordo quanto aos membros da nova junta, ao país para onde enviariam o coronel Carlos Enrique Díaz como embaixador e ao texto anunciando aos guatemaltecos a nomeação da nova junta militar que, em nome da paz e da fraternidade, estaria disposta a negociar um acordo com o coronel Castillo Armas — sem vencedores nem vencidos — para inaugurar uma nova era de liberdade e de democracia na Guatemala.

Ao sair do Estado-Maior, o diplomata, assim que chegou à embaixada, telefonou para Washington informando minuciosamente o que havia ocorrido. Agora o problema seria, evidentemente, o coronel Carlos Castillo Armas. Este exigia a rendição imediata das Forças Armadas governamentais e queria entrar na Cidade da Guatemala à frente do Exército Liberacionista numa grande parada militar. "Temos que deixar de joelhos esse mequetrefe também", pensou Peurifoy. "O sucesso lhe subiu à cabeça." Estava exausto, mas, como sempre, as situações-limite despertavam nele uma efervescência eufórica, uma necessidade física de agir e de correr riscos.

Nos dias posteriores à renúncia do presidente Árbenz houve cinco juntas militares no poder, cada qual mais próxima dos Estados Unidos, graças às exigências e estratagemas que o embaixador Peurifoy empregava, e todas se pareciam umas às outras porque cada uma delas queria superar a anterior perseguindo, capturando, torturando e fuzilando mais comunistas. Os dirigentes do Partido Guatemalteco do Trabalho que não se asilaram em embaixadas conseguiram se esconder ou fugir para as montanhas ou para a selva, graças ao alerta que Árbenz deu a Fortuny; mas muitos outros não, principalmente dirigentes sindicais, professores, jovens estudantes e profissionais liberais mestiços que tinham se mobilizado — muitos deles despertando para a política pela primeira vez — a partir da Revolução de Outubro. Nunca se soube o número de vítimas, mas foram centenas, talvez milhares, gente comum, camponeses sem nome e sem história para os quais a distribuição das terras nacionalizadas foi como um presente caído do céu e que, quando derrogaram a Lei da Reforma Agrária e os obrigaram a devolver as terras que já consideravam propriedade sua, ficaram atônitos. Alguns se submeteram, mas outros as defenderam com unhas e dentes, expondo-se à tortura e à morte ou permanecendo longos anos num calabouço sem entender nada daquelas estranhas mudanças das quais a princípio eram beneficiários e dois ou três anos depois, vítimas.

A junta que menos durou — só umas poucas horas — era constituída pelos coronéis Carlos Enrique Díaz, José Ángel Sánchez e Elfego H. Monzón. Quando Castillo Armas proclamou que não a reconhecia e que não teria contato algum com ela, a junta perdeu toda a sua autoridade. Ele estava cheio de ímpeto porque, realmente, desde a renúncia de Árbenz vinha recebendo muitas adesões das tropas governamentais enviadas à fronteira hondurenha para combatê-lo e, sentindo-se cada vez mais seguro de si mesmo, se insubordinava mais contra os norte-americanos. Desde a noite em que Árbenz se asilara, Peurifoy não parou de pressionar, deixando pender sobre as cabeças dos militares a ameaça de uma invasão dos marines. Eles então cediam, passo a passo. A renúncia de Díaz não aplacou Castillo

Armas. Ele insistia em entrar na Cidade da Guatemala à frente das tropas liberacionistas, numa grande parada militar. Se não houvesse esse desfile, também não haveria negociação alguma com as tropas governamentais. Para o embaixador Peurifoy, foram dias sem comer e noites sem dormir, de discussões infinitas, acordos que duravam poucas horas ou alguns minutos, porque eram violentamente denunciados por um lado ou pelo outro, e exaustivas conversas com Washington para aperfeiçoar os acordos ou refazê-los de cabo a rabo.

Enquanto isso, soldados e policiais, com seus oficiais à cabeça, desatavam uma caça às bruxas sem precedentes na violenta história da Guatemala. Os sindicatos e os escritórios da reforma agrária abertos em todos os povoados eram fechados a tiros e levados para a cadeia todos os que estivessem em suas sedes, faziam-se listas baseadas em denúncias anônimas, e muitos presos, gente humilde e sem padrinhos, eram submetidos a torturas que, em muitos casos, provocavam sua morte, e por isso seus cadáveres eram enterrados ou queimados sem comunicação às famílias. Um pânico enorme se espalhou por todos os rincões da sociedade guatemalteca, especialmente entre os setores mais modestos, assim como excessos de violência que superavam todos os horrores do passado. Nos meses seguintes à subida de Castillo Armas ao poder, cerca de duzentos mil indígenas maias da Guatemala, apavorados com as matanças, conseguiram fugir para Chiapas, no México, e esse número — o único mais ou menos sério dentre os que circularam sobre a repressão naqueles dias terríveis — só é conhecido graças às informações fornecidas pelas autoridades mexicanas.

Outro aspecto que também não tinha precedentes na história das perseguições políticas na Guatemala desde o tempo da Inquisição foram as queimas de "documentos perniciosos e subversivos" que ocorriam nos quartéis e em praça pública. Panfletos, folhetos, jornais, revistas e livros — de autores misteriosamente selecionados como Victor Hugo e Dostoiévski — ardiam em fogueiras com crianças brincando em volta como na noite de São João.

As negociações finais entre os liberacionistas e as esparsas forças militares governamentais transcorreram em El Salvador, cujo presidente, Óscar Osorio, se oferecera (por iniciativa de Washington) para receber os dois oponentes. Sempre com sua pistola enorme cheia de balas debaixo do sovaco esquerdo, o embaixador Peurifoy estava presente, não como simples observador, mas como "testemunha envolvida" (distinção de que se gabava e que só ele mesmo entendia). Tinha sido encarregado pelo secretário de Estado de representar os Estados Unidos nas negociações, com a advertência, isso sim, de que devia fazer o que fosse necessário para que as exigências de Castillo Armas acabassem sendo aceitas. A Guatemala estava muito abalada por tudo o que havia acontecido nesses últimos dez anos e era importante para o governo de Eisenhower que estivesse à frente do país alguém que, tanto por suas convicções políticas como por seu temperamento, fosse um bom amigo de Washington e se mostrasse transigente com as companhias norte-americanas na América Central.

Embora os embaixadores dos Estados Unidos na Nicarágua, El Salvador e Honduras também estivessem presentes oferecendo seus bons ofícios, foi Peurifoy quem participou de forma mais ativa das negociações. Na verdade, ele as dirigiu, apoiando as posições de Castillo Armas em detrimento dos coronéis Elfego H. Monzón e Mauricio Dubois, que representavam o Exército da Guatemala. O acordo finalmente saiu. Foi estabelecida uma "junta temporária", formada pelos coronéis Castillo Armas, Monzón, José Luis Cruz Salazar, Mauricio Dubois e o major Enrique Trinidad Oliva. Ficou acordado que a junta se dissolveria quando tivessem substituído a Constituição por outra nova. Haveria um "desfile conjunto" no qual os liberacionistas e as Forças Armadas celebrariam o Dia da Vitória.

Castillo Armas tinha cumprimentado muito friamente o Caubói em El Salvador, mas no avião de volta à Guatemala foi mais cordial com ele e lhe agradeceu o seu apoio nas negociações. "O senhor vai ser recebido como um herói em seu país, coronel", pressagiou-lhe Peurifoy. Assim ocorreu. Mas o primeiro a descer do avião no aeroporto da Cidade da Guatemala não foi o líder rebelde, e sim o próprio embaixador americano. Durante a enorme manifestação — umas cento e trinta mil pessoas —, Castillo Armas obrigou Peurifoy a saudar o "povo guatemalteco", e o diplomata, convidado a falar, revelou uma timidez surpreendente naquele trator humano que ele era, limitando-se a brindar pelo futuro da Guatemala. Uma enorme massa humana, cansada da insegurança e da violência dos últimos tempos, se aglomerou no aeroporto e nas ruas da cidade para receber o coronel Castillo Armas, reconhecendo-o, a partir desse momento, como chefe indiscutível de todos os seus colegas e adversários no Exército. Seguindo instruções de Washington, o embaixador Peurifoy teve que negociar com os membros da junta escolhida em San Salvador para que renunciassem em favor de Castillo Armas. Não foi tão simples. O coronel Cruz Salazar pediu, em troca, a embaixada em Washington e uma alta soma em dinheiro. Da mesma forma o coronel Mauricio Dubois. Ambos receberam cem mil dólares pela renúncia. Não se sabe como foram recompensados os outros membros, mas todos eles também acabaram se retirando da junta em benefício do novo líder.

Assim, o chefe do Exército Liberacionista, depois de um apressado plebiscito no qual arrasou, tornou-se o novo presidente da república da Guatemala, com a missão de eliminar todas as medidas desestabilizadoras e antidemocráticas dos governos de Arévalo e Árbenz, em sua tentativa de transformar a Guatemala num satélite soviético. (Só depois daquele desfile multitudinário é que Cara de Machado foi saber dos incidentes protagonizados, durante o ato, pelos cadetes da Escola Politécnica trocando socos e pontapés com os pulguentos liberacionistas.)

Em 4 de Julho, dia dos Estados Unidos, o embaixador Peurifoy e sua esposa Betty Jane ofereceram uma recepção memorável para meio milhar de pessoas em sua residência na zona catorze, o bairro mais elegante da Guatemala, durante a qual houve hinos, brindes, abraços de felicitação e todo tipo de elogios ao herói da noite, que não era o coronel Castillo Armas e sim o embaixador Peurifoy.

Para o exausto diplomata ainda não havia chegado a hora de descanso. Depois dos festejos, o Departamento de Estado mandou-o colaborar estreitamente com a CIA, que, após a queda de Árbenz, teria que apagar todos os rastros da participação dos Estados Unidos na Operação PBSuccess. Era indispensável que não ficasse a menor pista, para impedir o avanço da campanha internacional dos comunistas e seus companheiros de viagem — e, misturados entre eles, nada menos que a França — que acusavam os Estados Unidos de invadirem um pequeno país soberano e derrubarem seu governo eleito democraticamente só para defender os privilégios de uma companhia multinacional, a United Fruit. E então, tirando forças do seu próprio cansaço, Peurifoy, sem fazer a barba, sem tomar banho nem trocar de camisa, teve que ajudar a mandar de volta para os Estados Unidos cerca de seiscentos homens que a CIA havia deslocado para Nicarágua, Guatemala, El Salvador, Panamá e Honduras a fim de preparar a invasão. Também foi preciso providenciar o desaparecimento dos vinte aviões que haviam formado a Aviação Liberacionista. Vários deles foram presenteados a Anastasio Somoza, como retribuição à ajuda que lhes dera cedendo espaços e autorizando os mercenários de Castillo Armas a receber treinamento militar em seu país, e outros ao próprio Castillo Armas, para servirem de base para a reconstituição da Aviação Militar da Guatemala.

Nos últimos dias antes de sua partida da Guatemala (o Departamento de Estado lhe havia explicado que uma pessoa envolvida como ele na queda de Árbenz deveria sair do país o quanto antes, e ele concordou) para assumir a embaixada dos Estados Unidos na Tailândia, Peurifoy e sua família não faziam outra coisa além de preparar seus pacotes e malas e de comparecer às muitas despedidas de fazendeiros e empresários guatemaltecos que lhes manifestavam a sua gratidão e afirmavam que iam sentir muito a falta deles. Peurifoy pensava que lá no Oriente afinal poderia ter um pouco de descanso.

Antes de partir para seu novo destino, conseguiu concretizar um desejo secreto: o embaixador do México lhe permitiu entrar naquela embaixada cheia de asilados aos quais o governo do presidente Castillo Armas negaceava, com todo tipo de pretextos, o visto para poderem viajar rumo ao exílio. Não pôde ver o ex-presidente Árbenz, que se negou a recebê-lo. Mas, em compensação, teve a satisfação de estar por alguns minutos com José Manuel Fortuny, ex-membro do partido de Árbenz e, depois, secretário-geral do Partido Guatemalteco do Trabalho. Conversaram um pouco, até que o dirigente guatemalteco reconheceu o embaixador e emudeceu. Continuava sendo amigo de Árbenz, confessou, tinha colaborado estreitamente com ele, sobretudo na elaboração e aplicação da Lei da Reforma Agrária. Peurifoy encontrou um homem derrotado, com o moral lá embaixo. Tinha perdido muitos quilos e falava sem vê-lo, com os olhos avermelhados devido à insônia e aos desvarios. Não respondeu a nenhuma outra pergunta, era como se não as entendesse nem as ouvisse. Em seu relatório para o Departamento de Estado, o embaixador Peurifoy explicou que esse antigo e perigoso adversário — um agente soviético, sem dúvida — atualmente era uma ruína, enterrado na neurose, talvez secretamente arrependido das suas maldades.

Diziam as más línguas que, quando o Departamento de Estado lhe informou que o seu novo destino seria a Tailândia, o embaixador Peurifoy perguntou, não se sabe se a sério ou de brincadeira: "Algum golpe de Estado em perspectiva?". À sua esposa, Betty Jane, e aos filhos, o embaixador prometeu que na Tailândia eles finalmente encontrariam a calma necessária para ter uma vida familiar de verdade. E de fato, mas não por muito tempo, o embaixador, sua esposa e seus filhos puderam desfrutar por alguns meses de uma vida sem sobressaltos políticos e, pelo menos ele, fazer uma boa ideia da tradição da massagem — uma técnica exímia ligada a crenças religiosas, práticas esportivas e sexuais, a paixão nacional dos tailandeses. Antes de completar um ano no seu novo destino, em 12 de agosto de 1955 o embaixador Peurifoy, em companhia de um de seus filhos, ia a muita velocidade em seu reluzente Thunderbird azul, como costumava fazer, quando bateu de frente, em cima de uma ponte num subúrbio de Bangkok, num caminhão que vinha em sentido contrário e que, talvez, avançou contra ele. O embaixador e seu filho morreram instantaneamente. O governo dos Estados Unidos mandou um avião repatriar os restos, e o Departamento de Estado não fez pressão para aprofundar a investigação sobre essa morte trágica e descobrir se não era resultado de um complô comunista para castigar uma pessoa que havia lutado com tanto sucesso contra a expansão da União Soviética. O governo dos Estados Unidos preferia que tudo aquilo fosse esquecido rapidamente, incomodado com a campanha internacional desencadeada contra Washington por sua participação na queda do governo de Árbenz, a favor de quem, pouco a pouco, estava começando uma campanha de resgate para reconhecer que ele não era comunista e sim um homem incauto e bem-intencionado, que só queria levar o progresso, a democracia e a justiça social ao seu país, mas fora mal aconselhado e seguira métodos errados.

A viúva de Peurifoy, Betty Jane, publicou um diário compilando muitos episódios das atividades diplomáticas do marido, que apresenta como um herói. O livro não circulou muito e mereceu poucas resenhas na imprensa. O governo dos Estados Unidos o ignorou totalmente.

Enquanto isso, na Guatemala, o presidente Castillo Armas, eleito como tal num plebiscito em que não teve adversários — seus colegas da junta militar já haviam renunciado antes a seu favor —, se esforçava para consertar todos os estragos da Revolução de Outubro. Aboliu sindicatos, federações, fundações, associações de camponeses e operários, fechou o Instituto Indigenista Nacional, devolveu aos fazendeiros e à Fruteira as "terras improdutivas" nacionalizadas, revogou a lei que obrigava as empresas e os latifúndios a pagarem impostos e lotou as prisões de sindicalistas, professores, jornalistas e estudantes acusados de "comunistas" e "subversivos". Houve cenas de violência no campo, onde, em alguns lugares, se cometeram assassinatos coletivos semelhantes ou piores que aqueles que tinham acontecido em Patzicía (San Juan Comalapa) no começo do governo de Arévalo, num embate feroz entre mestiços e maias kaqchikeles. O novo embaixador americano, mais prudente que Peurifoy, tentou, por orientação do Departamento de Estado, moderar um pouco o zelo anticomunista de Castillo Armas, o que provocou atritos, desavenças e pequenos choques entre os Estados Unidos e o homem que o governo de Eisenhower fizera tanto esforço para entronizar. Então começaram a correr boatos na Guatemala de que, talvez, os Estados Unidos tivessem se enganado escolhendo Cara de Machado como o novo porta-bandeira da liberdade na América Central e no mundo, porque era extremista demais e não despertava tantas simpatias nas Forças Armadas como se supunha.

XXVIII

Quando acordou ainda estava escuro. O relógio marcava quatro e meia da manhã. Ele só tinha dormido três horas e meia, pois na noite anterior ficara preparando a bagagem até uma da manhã. Ali, naquelas duas malas e uma pequena maleta de mão, estava tudo o que tinha no mundo. Dera à cozinheira e ao mordomo a roupa mais antiquada, muitas gravatas e sapatos, lenços, cuecas e peças ainda novas que não tinha mais onde meter. Tinha devolvido a casa aos proprietários, que chegariam ao meio-dia. Já haviam estado na véspera, dando uma última olhada no apartamento, e viram que ele o devolvia em melhores condições do que estava quando alugou, pois tinha mandado pintar e deixava os móveis que comprara.

Havia sacado todo o dinheiro do banco e comprado cheques de viagem, que poderia trocar por divisas no México. Antes de ir para o aeroporto e entrar no avião, ia passar pelo Banco Popular e fechar definitivamente a última conta, onde já havia muito pouco dinheiro.

Nesse momento, uma ideia o assustou. Muita gente já sabia que ele estava indo embora: a cozinheira, o mordomo, os funcionários dos bancos que o atenderam até então. Será que tinha cometido uma imprudência? Não seria melhor ir embora sem dizer nada a ninguém, desaparecer da noite para o dia? Dissipou imediatamente essas dúvidas. Eram apreensões absurdas. Tinha se perguntado se não seria melhor viajar por terra para o México em vez de fazê-lo de avião. Sim, talvez fosse melhor; mas provavelmente o velho Ford que tinha comprado de segunda mão e usado sem parar durante todos esses anos não sobreviveria às péssimas estradas, principalmente depois de se internar na selva em direção à fronteira de Tapachula, Chiapas. Ora, de qualquer jeito já era tarde para lamentar. Estava esperando a chegada a qualquer momento de Temístocles, o melhor dos seus guarda-costas; ele tinha se comprometido a vender o Ford e transferir-lhe para o México metade do que apurasse (a outra metade ficava de comissão para ele).

Que vida o esperava na capital mexicana? Não conhecia ninguém lá, mas sabia que pelo menos uma parte da sua antiga família estava no México fazia vários anos. Mas não queria vê-los, tinham morrido para ele desde antes de sair da cadeia. Ingratos. O Turco Ahmed Kurony era a sua única esperança. Tinha se comprometido a lhe arranjar uns serviços, e sabia que podia confiar nele. Foi graças ao Turco que conseguira sobreviver por todos esses anos e ter uma nova vida. Agora ia se adaptar, dar um jeito de seguir em frente. Morar lá significava não passar o dia todo olhando para trás, com medo de ser reconhecido por aqueles que queriam sequestrá-lo ou matá-lo. O importante, agora que tinha certeza de que estavam atrás dele, era evaporar, sumir, esquecer para sempre — ou pelo menos por alguns anos — a Guatemala. Tinha pensado muito nisso nos últimos dias e decidiu que, se viesse a acontecer, era melhor que o matassem. Se fosse sequestrado para pedirem resgate, estava perdido: ele não tinha como pagar, e ninguém pagaria por ele. Ia sofrer torturas atrozes e inúteis, pois no final terminariam matando-o de qualquer jeito. Quem? Um daqueles grupinhos revolucionários que haviam surgido na Guatemala nos últimos tempos? Mas esses militantes eram jovens demais, não podiam se lembrar das coisas que ele fazia como diretor de Segurança de Castillo Armas. Talvez algum filho ou parente das pessoas que estiveram nos calabouços, ou que perderam a vida nesses anos.

Vagamente lhe passaram pela cabeça sua ex-mulher e os dois filhos que teve com ela. Já deviam ser mexicanos os três, falando com todos aqueles modismos engraçados dos filmes. Se um dia os encontrasse na rua, provavelmente não os reconheceria nem eles tampouco a ele. Teria que arranjar uma mulher. Ficara muito só durante todo esse tempo, dedicado à difícil tarefa de sobreviver. Oxalá encontrasse uma mexicana bonita e carinhosa para reconstruir sua vida com ela, sentir o calor de uma família. Já estava farto da existência que vinha levando desde que saíra da prisão, sem mulher, sem amor, sem amigos, sem ninguém para mandar rezar uma missa pela sua alma se o matassem.

Por volta das cinco se levantou e foi ao banheiro tomar seu banho e fazer a barba. Fez tudo bem lentamente, deixando o tempo escoar. Depois de se vestir, preparou um café com leite e torrou o pão que a cozinheira lhe deixara já cortado em fatias. Quando acabou de tomar café, ligou o rádio para ouvir as notícias do dia. Mas, em vez de prestar atenção no informativo, começou a se lembrar das injustiças que cometeram contra ele. Não era uma pessoa de perder tempo com sentimentos de autopiedade, mas nos últimos dias, sobretudo desde que constatou que o seguiam, estava incorrendo nessa fraqueza. Todos tinham se portado muito mal com ele, principalmente Castillo Armas. Ele o havia ajudado, abrindo mão de participar daquela junta decidida nas conversas de San Salvador para lhe permitir chegar à presidência, mas Castillo Armas, em retribuição pelos seus serviços, só o marginalizou e menosprezou, dando-lhe aquela ridícula Direção de Segurança que não significava nem queria dizer nada. E também outros tantos oficiais, que estavam comprometidos com ele e depois lhe deram as costas e conchavaram com o comando do Exército para deixá-lo mofando na cadeia por nada menos que cinco anos. Sem permitir que fosse dar suas explicações a um juiz, ou a um tribunal, porque tinham medo de que começasse a falar e comprometesse a todos eles.

No México esqueceria toda aquela história. Cidade nova, trabalho novo, mulher nova, vida nova.

Desligou o rádio e ficou quieto, cochilando no sofá da saleta, até que às oito em ponto da manhã chegou Temístocles, seu guarda-costas. Era um rapaz jovem, sempre vestido da mesma forma: calça jeans, cinto grosso, camisa e um blusão preto bem largo, sob o qual levava dois revólveres escondidos. Tinha sido soldado, e assim aprendeu a atirar. Trabalhava com o Turco fazia alguns anos. Entre todos os seguranças da organização do Turco, Temístocles sempre lhe pareceu o mais hábil e o mais confiável. Ofereceu um café ao rapaz, mas este já havia tomado e ajudou-o a descer com as malas até o velho Ford, estacionado na porta do edifício onde residia até então.

Fechou o apartamento e jogou a chave para dentro pela abertura da correspondência, como havia combinado com os proprietários.

Foram àquela agência do Banco Popular. Ainda estava fechada, mas tinham tempo de sobra. Esperaram, conversando e fumando um cigarro, no carro estacionado a poucos metros da porta. O avião ia partir às onze da manhã, e chegar ao aeroporto uma hora antes era mais do que suficiente. Às oito e meia abriram as portas da agência.

Temístocles entrou com ele e ficou ao seu lado, com as mãos no blusão preto, enquanto passava pelo caixa e concluía a operação. Ali mesmo guardou o dinheiro em uma pasta. Depois saíram, entraram no carro e, quando estava com a chave na mão para ligar o motor, Enrique viu a garota. Sim, a mesma, a do shopping center, vestida mais ou menos como naquele dia, de jeans, camisa militar, uma boina azul. Estava a uns cinquenta metros de distância, encostada num poste, olhando para o automóvel. Parecia sorrir para ele.

Nervoso, descontrolado, ligou o motor. Nesse momento a bomba explodiu. As reportagens da tarde no rádio e os jornais do dia seguinte, naquele final de março de 1963, pouco antes do golpe que derrubou o general Miguel Ydígoras Fuentes e levou Enrique Peralta Azurdia ao governo, informaram sobre um atentado terrorista com dois mortos e vários feridos no centro da capital. Muito tempo depois, uma matéria de dois jornalistas do *El Imparcial* informou ao grande público que uma das vítimas fatais daquele atentado, o suposto "Esteban Ramos, engenheiro industrial", era, na verdade, o antigo diretor de Segurança, o tenente-coronel Enrique Trinidad Oliva, expulso do Exército por violações aos direitos humanos e por ter algum envolvimento no magnicídio que tirara a vida do presidente Carlos Castillo Armas.

Houve muitas especulações na imprensa sobre sua vida clandestina durante todo aquele tempo, e ele foi acusado de muitas coisas — por exemplo, de pertencer a um grupo de extrema direita chamado La Mano Blanca, que estava preparando um golpe —, mas não de ter trabalhado como contrabandista e homem de confiança de um batoteiro.

XXIX

Quando Efrén García Ardiles tomou conhecimento por intermédio de Símula que Arturo Borrero Lamas estava agonizando, hesitou por uns instantes. Mas finalmente se decidiu. E pediu à antiga babá de Marta que perguntasse ao ex-amigo se podia ir visitá-lo. Para sua surpresa, Arturo respondeu que sim. E até marcou o dia e a hora da visita: sábado às cinco da tarde. Efrén lembrou que era nesse dia que, antes, os amigos de Borrero Lamas se reuniam na sua casa para jogar aquele jogo de cartas já extinto no resto do mundo, o *rocambor*. Não tinham passado tantos anos desde então, e, no entanto, como a Guatemala tinha mudado nesse tempo. E a sua vida também. Como será que encontraria Arturo?

    Estava pior do que ele tinha imaginado. De cama, e com o quarto transformado em hospital, remédios por todos os lados, uma enfermeira permanente que, por discrição, se retirou do recinto quando ele entrou, e mergulhado na penumbra, de cortinas fechadas porque a luz incomodava o doente. Havia no ar um cheiro de remédios e de doença que o fez lembrar a sua velha profissão que tinha deixado de exercer. As antigas empregadas, Patrocínio e Juana, continuavam lá. Arturo estava muito magro, abatido, e pareciam cansadas sua voz e a mirada dos seus olhos fundos. Falava baixinho, com grandes pausas, quase sem mexer os lábios, como se estivesse fazendo grande esforço.

    Não apertaram as mãos, mas Efrén lhe deu uns tapinhas no ombro, perguntando:

— Como está se sentindo?

— Você sabe muito bem que estou morrendo — respondeu Arturo, secamente. — Se não fosse isso, não o receberia aqui. Mas na hora da morte, um cristão tem que deixar de lado os seus rancores. Então sente-se. Estou contente de vê-lo, Efrén.

— Eu também, Arturo. Como você está? — perguntou de novo.

Seu ex-amigo estava coberto com uma manta e uma colcha: teria calafrios? Mas Efrén estava sentindo muito calor. Nas paredes havia quadros antigos, retratos e, atrás da cama, uma cruz com um Cristo agonizante. O rosto do doente, exangue, revelava que ele não se expunha à luz do sol havia muito tempo.

— Bem, não sei se você sabe que não exerço mais a medicina, Arturo. Fui despedido do Hospital General San Juan de Dios e todas as portas foram se fechando. No tempo de Castillo Armas, tive que fechar meu consultório por falta de pacientes. Agora dou aulas num colégio particular. De biologia, química e física. E, sabe, descobri que até gosto de lecionar.

— Deve estar passando fome, então — sussurrou o doente. — Ser professor na Guatemala significa viver como um mendigo, ou quase isso.

— Bem, não é tão grave — disse Efrén, dando de ombros. — Ganha-se menos que como médico, claro. Mas quando minha mãe morreu vendi a casa. Com esse dinheirinho completo o mês.

— Ou seja, nós dois vamos acabar bastante fodidos — roncou o paciente. — E ainda nem chegamos aos sessenta anos. Que dupla de fracassados!

Para ouvi-lo, Efrén tinha que se agachar um pouco e se aproximar da cama do doente. Houve uma pausa demorada, e afinal ele teve coragem de dizer:

— Não me pergunta pelo seu neto, Arturo?

— Não tenho nenhum neto — respondeu este na mesma hora. — Como iria perguntar por alguém que não existe?

— Já fez onze anos e é mais esperto que um esquilo — disse Efrén, como se não tivesse escutado. — Simpático, curioso, risonho. Tem um apelido que Símula lhe deu: Trencito. Tira notas boas no colégio e pratica todos os esportes, mas todos bastante mal. Felizmente. Eu me afeiçoei muito a ele. Faço as vezes de pai e de mãe, claro. Conto histórias para ele, e também leio. Apesar de ser tão novo, já devora os livros, que lê fascinado, com os olhos bem abertos. E me faz muitas perguntas, que às vezes tenho dificuldade para responder. Se ele se parece com alguém, é com você.

Símula entrou no quarto trazendo uma limonada para Efrén. Perguntou a Arturo se precisava de alguma coisa, e ele negou com a cabeça. A antiga empregada não trabalhava mais na casa desde que fora servir à Miss Guatemala; mas de vez em quando vinha ajudar Patrocínio e Juana e visitar Arturo, principalmente desde que descobriram o câncer. "Vou preparar a comida do Trencito", disse no ouvido de Efrén, antes de sair do quarto. No começo ele não gostava do apelido, mas, como não havia maneira de fazer a velha empregada chamar o menino pelo nome, se acostumou.

— Câncer de pâncreas — disse de chofre o doente, com um pequeno sobressalto. — É o pior. Descobriram tarde demais, quando já havia metástase. As dores são horríveis, por isso eu fico sedado a maior parte do tempo. O padre Ulloa, o jesuíta, meu amigo, você deve se lembrar dele, não me deixa apressar as coisas. Diz que seria suicídio, quer que eu aguente até o final. Eu lhe respondo que isso é puro sadismo da Igreja. Ele me fala de Deus e dos mistérios infinitos da doutrina cristã. Até agora lhe dei ouvidos, mas não sei se vou continuar obedecendo por muito tempo. O que acha disso?

— Eu não acredito mais em Deus, Arturo.

— Virou ateu, então. Primeiro comunista, agora ateu. É óbvio que você não tem mais jeito, Efrén.

— Ateu, não, só agnóstico. É o que sou agora: um homem perplexo. Não acredito nem desacredito. Um cara confuso, se você preferir. E vou lhe dizer mais uma coisa: lembra como nós, na juventude, nos angustiávamos tanto pensando na morte, no que vem depois? Pois também mudei nisso. Pode parecer mentira, mas não me importa mais se existe ou não existe vida no outro mundo.

— Você me matou antes que o câncer me matasse, Efrén — disse o doente, interrompendo-o. Ergueu-se um pouco, olhando-o fixamente nos olhos. — Mas não guardo rancor de você. Sabe desde quando? Desde que soube que Martita virou amante de Castillo Armas. Foi pior que descobrir que você a engravidou.

Efrén não sabia o que dizer. Arturo havia apoiado de novo a cabeça no travesseiro e estava de olhos fechados. Sua palidez tinha aumentado. As paredes da velha casa colonial deviam ser de pedras muito grossas, porque não se ouviam os sons da rua.

— Sim, muito pior — insistiu o doente, sem abrir os olhos, suspirando fundo. — Uma filha minha, virar puta de um coronelzinho de meia-tigela. E ainda por cima, bastardo. Sabe o que é isso?

Dessa vez Efrén tampouco disse uma palavra. Estava arrasado, nunca imaginou que Arturo tocaria naquele assunto, e com tanto desembaraço.

— Há até boatos de que ela pode ter participado do assassinato de Castillo Armas — Borrero Lamas parecia ter engasgado; mas a seguir sua voz se suavizou muito. — Diga-me, Efrén, pela nossa velha amizade. Essa ideia me atormenta desde que começou a circular. Você acha que é possível? Ela pode estar envolvida no magnicídio?

— Não sei, Arturo — Efrén estava muito incomodado. Tinha pensado muito no assunto, que também, em certas noites, o atormentava como um pesadelo. — É difícil acreditar, para todos os que a conheceram. Mas tenho a impressão de que a Marta que você e eu lembramos não é a mesma que a de agora. Há conjeturas de todo tipo, algumas fantásticas, sobre esse assassinato. Como tantos outros na história da Guatemala, o mais provável é que nunca se esclareça coisa nenhuma a respeito. Sabe a que conclusão cheguei depois de tudo o que me aconteceu, Arturo, depois de todas as coisas que acontecem neste país? A uma ideia muito pobre do ser humano. É como se houvesse um monstro no fundo de todos nós. Um monstro que só espera o momento propício para sair à luz do dia e fazer estragos. Claro que resisto muito a imaginar que Marta possa estar envolvida numa coisa tão horrível. Como ela, pela sua situação, era odiada por muita gente, que assim queria cair nas graças de Odilia, a mulher de Castillo Armas, pode ser uma calúnia que nasceu nesses círculos. Ou também uma forma de desviar a atenção dos verdadeiros culpados. Enfim, não sei. Desculpe, mas não posso dar uma resposta.

Fez-se uma longa pausa. Um inseto tinha começado a zumbir no quarto, uma vespa que aparecia e desaparecia conforme se aproximava ou se afastava da luz do abajur.

— Sabe de uma coisa? — perguntou Efrén. — Aquele *rocambor* que nós jogávamos todos os sábados, aqui nesta casa, de onde você tirou? É um jogo que ninguém conhece, que ninguém joga mais. Eu sempre quis lhe fazer essa pergunta.

— Meu pai jogava com os amigos, e eu gostava de manter as tradições — respondeu Arturo. — Era muito bonito. Mas todas as coisas boas estão desaparecendo, pelo visto. O *rocambor* também. Mas me diga uma coisa. Você continua com aquelas suas ideias políticas desatinadas? Ainda é comunista? Sei que foi preso quando Castillo Armas venceu. E que depois virou um pária.

— Você está errado, eu nunca fui comunista — disse Efrén. — Não sei de onde nasceu esse disparate, que arruinou a minha vida. Mas agora já não me importo muito. Minhas ideias não devem ter mudado grande coisa. É verdade que tive muitas expectativas com Arévalo e principalmente com Árbenz. Mas olhe como acabou tudo isso. Com mais matanças e exílios. Os Estados Unidos liquidaram essas expectativas e agora voltamos ao de sempre: uma ditadura atrás da outra. Você acha bom ter o general Ydígoras Fuentes como presidente?

— A doença me tornou pessimista — o doente se esquivou da resposta. — A única certeza que tenho é a de que os Estados Unidos vão continuar decidindo tudo por nós. Mas talvez a alternativa fosse pior. Isto é, se fosse Moscou em vez de Washington quem manda na nossa vida. Quando nos deixam livres, nós fazemos ainda pior. Parece até que seria menos ruim continuar sendo escravos.

Riu por um instante, um riso cavernoso.

— Quer dizer, para você é preferível sermos escravos que esquerdistas. Você também não mudou nada, Arturo. — Efrén deu de ombros. — No fundo acha, como muitos outros guatemaltecos, que o mais conveniente para este país é o que nós temos: um Ydígoras Fuentes. Assassino e ladrão. Não é que você tenha ficado tão pessimista. Mas continua escolhendo o pior.

— No fundo, se quer saber a verdade, eu estou pouco ligando para a política, Efrén — disse o doente. — Só queria lhe fazer uma provocação. Era uma das minhas grandes diversões antigamente, lembra? Para você reagir e me dar uma daquelas aulas de ideologia que gostava de ministrar para nós aos sábados.

Parecia esboçar outro risinho, mas ficou calado. Houve outro longo silêncio, durante o qual Efrén bebeu sua limonada em golinhos pequenos. Teria feito bem em vir aqui? Esta casa o deixava triste, lembrando o princípio do seu fim. Seria a última vez que veria Arturo. Não se podia dizer que os dois tinham voltado à amizade. Suas ideias políticas continuavam sendo irreconciliáveis. E ainda por cima, lá no fundo, a história da Miss Guatemala, que impediria para sempre que o fizessem. Já ia se levantar e se despedir, quando ouviu outra vez a voz de Arturo:

— Deixei esta casa para uma obra de caridade. Dirigida pelo padre Ulloa. Também deixei uma renda para financiá-la. Crianças abandonadas, mães solteiras, velhos morando na rua, essas coisas. O sítio de Chichicastenango, de tão ingratas lembranças para você e para mim, deixei para umas freirinhas de caridade. Já está tudo acertado para que, depois da minha morte, levem Marta para o melhor asilo da Guatemala. Lá vão cuidar dela até o final. Se é que morre algum dia. Porque, por enquanto, está enterrando todo mundo.

De quem Arturo estava falando? Ah, da Marta mãe. Efrén se lembrou da mãe de Miss Guatemala, que, embora lunática, ainda estava viva, sem tomar conhecimento de coisa nenhuma. "Melhor para ela", pensou.

— Depois de todas essas doações com certeza você vai para o céu, Arturo — gracejou.

— Espero que sim — respondeu Arturo, seguindo a brincadeira. Mas quase que de imediato se entristeceu. — O problema é que nem tenho muita certeza de que o céu existe, Efrén.

Este não fez mais nenhum comentário. Claro que se lembrava muito bem do padre Ulloa. Por acaso não foi ele quem o casou com Martita? Olhou o relógio; já era quase hora do jantar do jovem Efrén. Hoje Símula ia preparar a comida, e como sempre faria questão de vê-lo comer, contando-lhe coisas do seu avô e da sua mãe, assuntos em que nunca tocava com ele. Trencito era mesmo esperto, muito curioso. Um garoto saudável e normal, com os grandes olhos misteriosos de Marta. Não se lembrava de ter uma mãe, porque esta o abandonou antes de fazer cinco anos. O que seria dele no futuro? Arturo poderia ter-lhe deixado alguma coisa, uma pequena renda para que estudasse e pudesse ter uma carreira. Efrén não ia poder deixar-lhe nada, porque vivia com a conta certa. Essa era atualmente a angústia da sua vida.

Não morrer antes que seu filho tivesse um futuro garantido; poder educá-lo e prepará-lo para seguir o seu caminho. Não tinha parentes próximos que pudessem cuidar do filho se ele sofresse um acidente ou uma doença mortal, como a de Arturo. Não havia outra saída, tinha que viver e chegar à velhice. Lembrou que tanto Arturo como ele, quando eram jovens, despertavam muitas expectativas em suas respectivas famílias. "Os dois vão chegar muito longe", costumava profetizar sua mãe. "Você se enganou, mamãe. Não chegamos a lugar algum. Arturo vai morrer amargurado e frustrado, e eu nunca mais vou me reerguer, nem este país permitiria." Refletiu melhor e chegou à conclusão de que esses pensamentos eram paralisantes e estúpidos. Melhor se livrar deles. Ir jantar com Trencito. E conversar um pouco com Símula se ainda estiver por lá.

Então se levantou e saiu na ponta dos pés para não acordar Arturo, que tinha adormecido. Patrocínio e Juana o acompanharam até a porta e ele as abraçou.

XXX

Tinha dormido na sede do Serviço de Inteligência Militar (SIM), um prédio muito bem vigiado na esquina da avenida México com a rua 30 de Marzo, em Ciudad Trujillo, porque temia que em sua casa o matassem. No SIM, embora alguns funcionários tivessem fugido, os seguranças, informantes, inspetores e seus colaboradores mais próximos não sabiam o que fazer nem para onde ir. Pelo menos por enquanto, o regime podia contar com eles.

    Mas ele mesmo, com quem podia contar? Não sabia, e era o que mais o angustiava e tirava o seu sono, apesar do comprimido de Nembutal que tomava toda noite. A partir do assassinato do Chefe, em 30 de maio de 1961, sua vida havia caído num abismo de ansiedade e incerteza. No dia anterior o general Ramfis Trujillo lhe mandara dizer por terceiros que era inútil continuar lhe pedindo uma entrevista pessoal, porque não tinha intenção de recebê-lo. E, quase ao mesmo tempo, o presidente da república, *don* Joaquín Balaguer, convocou-o ao seu gabinete, no Palácio Nacional, às dez da manhã. O que seria?

    Às seis da madrugada se levantou do catre instalado ao lado da escrivaninha, tomou um banho, se vestiu e foi tomar café na cantina, onde os garçons e os poucos comensais o receberam com perguntas mudas nos olhos: o que estava acontecendo na República Dominicana? Como seria depois do assassinato do Chefe? Ele também não sabia. Desde aquele momento nefasto, só tinha um pensamento: encontrar os assassinos. O serviço estava feito. Só dois, Luis Amiama Tió e Antonio Imbert, dos que tinham emboscado o Chefe na saída da estrada de Ciudad Trujillo para San Cristóbal, continuavam escondidos. E com a perseguição que se desencadeou depois, sem dúvida Imbert e Amiama Tió também cairiam em breve e iriam se juntar a seus cúmplices nas celas ou na cova. A única certeza que tinha, pensou, era que Ramfis faria todos eles pagarem caro pelo crime. Segundo os informes que recebeu, ele estava fora de si, meio louco, por causa do assassinato do pai. Na noite seguinte à sua chegada de Paris, num avião fretado da Air France, levou os cadetes do último ano da Escola Militar à Cuarenta e ordenou que cada um deles escolhesse um dos "comunistas" que estavam nessa prisão e o matasse pessoalmente com um tiro na cabeça. Por que agora se negava a recebê-lo? Sabia que o filho mais velho de Trujillo nunca tivera simpatia por ele. Por quê? Talvez por ciúmes, já que o Chefe sempre lhe demonstrava mais carinho que aos próprios filhos. Abbes García se enterneceu imaginando que Trujillo, talvez, chegou a amá-lo mais que a Ramfis e Radhamés.

Depois de um café da manhã parco, voltou para o seu gabinete onde já estavam, sobre a escrivaninha, os jornais do dia. Não os leu, apenas folheou, só parando em certos títulos. Tampouco sabiam muita coisa sobre o futuro da República Dominicana, só diziam que os Estados Unidos e, é claro, Betancourt, Figueres, Muñoz Marín e sabe-se lá quantos outros dirigentes latino-americanos pediram que a democracia voltasse ao país antes de suspender o embargo. Também não sabiam grande coisa sobre o futuro; como todo mundo, estavam desconcertados, assustados, cegos quanto ao que os dominicanos podiam esperar depois que aqueles canalhas assassinaram seu líder, o amo supremo, o Generalíssimo que tinha transformado essa republiqueta anacrônica num país sólido, próspero e com o melhor Exército de todo o Caribe neste ano de 1961. Ingratos! Malditos! Miseráveis! Filhos da puta! Pelo menos Ramfis faria esses bandidos pagarem caro, caríssimo, pelo crime que cometeram.

Às nove e meia da manhã pôs a gravata, o chapéu, os óculos escuros — não estava de farda, foi à paisana — e saiu. O carro e o chofer estavam na porta à sua espera, na mesma esquina entre a avenida México e rua 30 de Marzo, conforme as instruções que dera na noite anterior. Enquanto o veículo seguia para o Palácio Nacional pelas já movimentadas ruas de Ciudad Trujillo (será que trocariam o nome da capital agora que o Generalíssimo morreu? Com certeza), pensou que tinha feito bem mandando Zita, sua nova mulher, para o México. Uma decisão oportuna. Que esperasse lá até que as coisas ficassem mais claras.

No Palácio Nacional, embora os oficiais e soldados da Segurança o tivessem reconhecido, fizeram-no passar pela humilhação de ter que abrir a maleta, mexeram em seus papéis e lhe revistaram até o paletó e a calça. Quantas mudanças! Antes, quando chegava ao Palácio era recebido com sorrisos de adulação e nunca o revistavam.

Na sala de espera do gabinete do doutor Joaquín Balaguer (presidente fantoche até o dia do assassinato do Chefe, que agora se julgava presidente de verdade) passou por nova humilhação: teve que esperar uma hora até ser recebido pelo Chefe de Estado.

O presidente, geralmente tão educado, não se levantou para cumprimentá-lo, e, quando ele se aproximou da sua mesa, ofereceu-lhe uma mão fria e murmurou um bom-dia quase inaudível. Terminou de ler uns papéis e se levantou, guiando-o em direção a umas poltronas em que lhe indicou com um gesto que se sentasse. Era um homem baixinho, de cabelo grisalho, com uns olhos perdidos atrás das lentes grossas dos seus óculos, sempre vestido com simplicidade. Mas Abbes García sabia muito bem que, por trás dessa aparência benigna, havia uma inteligência ardilosa e uma ambição descomunal.

— Como estão as coisas, presidente? — perguntou finalmente, para quebrar aquele silêncio que o deixava nervoso.

— O senhor deveria saber melhor do que eu, coronel — disse o presidente, com um meio sorriso que atravessou seu rosto como uma exalação. — Dizem que é o homem mais bem informado do país.

— Não quero tomar seu tempo, Excelência — respondeu Abbes García, após uma pausa. — Diga-me para que me chamou. Vai me despedir?

— Nada disso — respondeu Balaguer, com o mesmo sorrisinho efêmero. — Pelo contrário, vou lhe oferecer um cargo mais tranquilo e seguro do que o atual.

Nesse instante entrou pedindo desculpas no gabinete um auxiliar para dizer ao presidente que a senhora María Martínez de Trujillo, a viúva do Chefe, o chamava com urgência ao telefone.

— Diga a ela que retorno a ligação em poucos minutos — respondeu o doutor Balaguer. Quando o assistente saiu, virou-se para Abbes García, agora com a cara muito séria. Seu tom de voz também tinha mudado: — Está vendo, coronel, não tenho um minuto para nada. Por isso não vamos perder mais tempo. A questão é muito simples. Depois do magnicídio, tudo mudou na República Dominicana. E não vou mentir. O senhor sabe muito bem que é o homem mais odiado neste país. E no exterior também. Injustamente, sem dúvida, é acusado das piores barbaridades. Crimes, torturas, sequestros, desaparecimentos, todos os horrores que se possam imaginar. E, sem dúvida, também sabe que, se quisermos salvar alguma coisa do muito que Trujillo fez por nós, o senhor não pode continuar no governo.

Calou-se, esperando algum comentário de Abbes García, mas, como este o ouvia em silêncio, prosseguiu:

— Eu lhe ofereço um posto diplomático. O consulado dominicano no Japão.

— No Japão? — Abbes García deu um pulinho na poltrona. E ironizou: — Não podia ser mais longe?

— Não há nenhum consulado mais longe da República Dominicana — respondeu com seriedade o presidente Balaguer. — O senhor tem que partir amanhã mesmo, ao meio-dia, via Canadá. Seu passaporte diplomático já está preparado, e a passagem também. Vai recebê-los ao sair deste gabinete.

Abbes García sentiu que ia afundar no assento. Ficou ainda mais pálido, sua cabeça crepitava como um vulcão. Sair do país? Ir para o Japão? Levou alguns segundos para dizer alguma coisa:

— O general Ramfis Trujillo está informado desta sua decisão, Excelência? — balbuciou.

— Custei a convencê-lo, coronel — disse, com a vozinha um pouco melosa que usava para pronunciar seus belos discursos. — O general Ramfis queria mandar prendê-lo. Ele acha que o senhor falhou no seu trabalho. Que com outro diretor no SIM o Generalíssimo ainda estaria vivo. Acredite que não foi fácil conseguir mandá-lo para o estrangeiro com um posto diplomático. Tudo isso foi obra minha. De maneira que deveria me agradecer.

E agora riu de verdade, mas só por alguns segundos.

— Posso ficar pelo menos uns dias mais, para arrumar minhas coisas? — perguntou Abbes García, sabendo perfeitamente qual seria a resposta.

— Não pode ficar nem uma hora a mais do que lhe disse — disse o doutor Balaguer, sublinhando cada sílaba. — O general Ramfis poderia se arrepender e mudar de ideia. E lhe desejo boa sorte no seu novo destino, senhor Abbes García. Ia chamá-lo outra vez de coronel, mas esqueci que não é mais. O general Ramfis o expulsou do Exército. Imagino que está informado.

Levantou-se e, sem lhe estender a mão, voltou para a sua mesa, à qual se sentou e continuou lendo uns papéis como se o outro não estivesse mais lá. Abbes García se encaminhou para a porta e saiu sem despedir-se. Sentiu suas pernas tremerem e pensou que podia desmaiar ali fazendo um papel ridículo. Andou devagarzinho para a saída, e, num corredor, um assistente lhe entregou uma pasta murmurando que lá estavam sua nomeação, seu passaporte diplomático e sua passagem para Tóquio, via Canadá.

Mandou o chofer levá-lo para casa e não se surpreendeu ao ver que não estavam mais na porta os policiais que até dois dias antes a vigiavam. Olhou desolado os armários cheios de ternos e de vestidos de Zita, as gravatas e as cuecas, os sapatos e as meias. Antes de encher uma mala com algumas roupas, tirou do cofre, oculto num closet, todos os dólares e pesos que guardava lá. Contou: eram 2348 no total. Serviriam para a viagem. Com a mala arrumada, foi conferir sua mesa de trabalho no escritório e, exceto as contas de banco, queimou todos os papéis, blocos e cadernos com anotações de trabalho e políticas. Isso levou um bom tempo. Depois voltou para o carro, que continuava esperando. O motorista lhe perguntou: "Vai viajar, coronel?". Ele respondeu: "Sim, por uns dias, um problema urgente". Pensava que provavelmente nunca mais veria aquela casa e que talvez tivesse esquecido de pôr na mala ou queimar algo importante. Depois foi ao Banco de Reservas, onde tinha duas contas em pesos dominicanos, e fechou as duas, mas lhe disseram que não podiam trocar os pesos por dólares porque, devido à incerteza e às oscilações constantes no valor do peso, desde o magnicídio estavam suspensas todas as transações em moeda estrangeira. O diretor do Banco de Reservas, que o recebeu em sua sala, lhe disse em voz baixa: "Se tiver urgência procure os cambistas de rua na cidade colonial, mas não o aconselho, vão cotar os dólares a um preço muito alto.

Com a incerteza, todo mundo começou a comprar dólares, pode imaginar...".

Abbes García descartou imediatamente a ideia. Se era verdade o que o presidente Balaguer lhe dissera, e Ramfis achava mesmo que ele, por sua ineficiência, era o culpado pelo assassinato do Chefe, o filho mais velho de Trujillo podia mudar de ideia a qualquer momento e mandar assassiná-lo. Era melhor ficar com esses pesos na carteira; tentaria trocá-los no estrangeiro, se ainda valessem alguma coisa...

Já eram mais de cinco da tarde quando voltou ao Serviço de Inteligência Militar. Sim, os guardas na porta do edifício ainda batiam continência para ele. Seria verdade que Ramfis o expulsara do Exército? Em seu gabinete rasgou e queimou todos os documentos, anotações e cartas relacionadas com o serviço; só salvou um punhado de papéis pessoais que meteu na maleta de mão. Olhou as paredes semivazias, exceto pelo retrato de Trujillo: o olhar severo, a expressão decidida, o peito cheio de condecorações. Ficou com os olhos rasos d'água.

Depois pediu que lhe trouxessem dois sanduíches, um de presunto e outro de queijo, e uma cerveja bem gelada. Comeu e bebeu perguntando-se se devia telefonar para Zita, no México, para informá-la da viagem, ou se era preferível fazê-lo amanhã, quando chegasse ao Canadá. Decidiu adiar para o dia seguinte. Quando estava terminando a sua única refeição do dia, entraram no gabinete seis colaboradores seus — três civis, um guarda e dois militares. Estavam confusos e assustados, e Lances Falcón, um homenzinho de bigodinho grisalho e óculos escuros que era contador, lhe perguntou, em nome do grupo, o que ia acontecer com eles. Estavam desconcertados, sem saber nada sobre a sua situação, morrendo de medo. Era verdade que ele estava indo para o exterior?

Abbes García os ouviu sem levantar-se da cadeira e resolveu dizer a verdade:

— É verdade que vou embora. Não por minha própria vontade. Balaguer me demitiu. E me mandou para o fim do mundo com um posto diplomático. Tóquio, muito longe. Quanto ao Serviço de Inteligência Militar, não sei de nada. Mas é impossível que desapareça, a sobrevivência de qualquer governo depende dele, seja quem for o presidente. Como Balaguer e Ramfis dividiram o poder, o civil para Balaguer e o militar para Ramfis, certamente Ramfis vai ser o responsável pelo SIM. Foi ótimo trabalhar com vocês. Agradeço muito pela sua ajuda. Eu sei como este trabalho é sacrificante e heroico. Trujillo os admirava, tinha muito afeto por vocês. Agora as ratazanas, aproveitando o caos, saem das suas tocas e nos acusam de crimes monstruosos. Receio que haja represálias contra vocês. Por isso, se me pedirem um conselho, dou este: sumam! Escondam-se. Não deixem que os transformem em bodes expiatórios. Salvem-se.

Então se levantou e apertou a mão de cada um. Viu que alguns estavam com lágrimas nos olhos. Todos saíram do seu gabinete mais confusos, atemorizados e angustiados do que quando entraram. Abbes García não tinha dúvida de que os seis iriam se esconder imediatamente.

Quando se viu sozinho, pensou que talvez fosse imprudente passar a noite lá. Se Ramfis quisesse prendê-lo ou matá-lo, iria procurá-lo no SIM, claro. Decidiu ir para um hotel. Desceu, e o carro e o motorista continuavam à sua espera na rua. Mandou que o levasse ao Hotel Jaragua. Lá, deu-lhe trezentos pesos, apertou sua mão e lhe desejou boa sorte.

— O que eu faço com o carro, coronel? — perguntou o motorista, desconcertado.

Abbes García pensou um instante, deu de ombros e murmurou: "O que você quiser".

O gerente do Jaragua, que o conhecia, aceitou lhe dar uma suíte, que ele pagou adiantado em dinheiro, sem registrá-lo no livro de hóspedes, e um carro para levá-lo discretamente na manhã seguinte ao aeroporto. Tomou um demorado banho de espuma e sais e foi se deitar. Apesar do sonífero habitual, custou muito a dormir. Tentou pensar em rachas de mulheres que tinha lambido, para ver se conseguia se excitar, mas foi em vão. Como todas as noites, desde 30 de maio, voltava à sua mente o rosto do Chefe assassinado e ele sentia calafrios, e uma terrível solidão, pensando que tinham crivado de balas o Generalíssimo Trujillo, que nunca mais o veria e nunca mais ouviria sua voz. E a terrível injustiça que Ramfis cometia responsabilizando-o por essa morte por não o ter protegido, quando ele, fazia mais de dez anos, vivia exclusivamente pelo e para o Chefe, atendendo a todos os seus caprichos, manchando as mãos de sangue para servi-lo, livrando-o dos seus inimigos aqui e no exterior, arriscando a vida e a liberdade. De injustiças assim era feito o seu destino.

Teve um sono entrecortado e cheio de sobressaltos que durou poucas horas. Levantou-se e pediu o café da manhã, antes de fazer a barba. Depois, já vestido, tomou o táxi que o administrador do Jaragua tinha chamado. No aeroporto, uma nuvem de jornalistas, fotógrafos e câmeras o esperava, mas ele se negou a fazer qualquer declaração e, felizmente, foi levado para a sala de autoridades, onde aguardou a partida do avião.

Sua última fotografia que aparece nas biografias, artigos de imprensa e livros de história (embora tenha vivido vários ou muitos anos mais) foi tirada naquela manhã, andando para a escada do avião que o levou para o Canadá. Nela aparece de chapéu, um pouco menos gordo e inchado que nas anteriores, vestido à paisana, com uma gravata escura e um jaquetão ajustado de três botões, dois dos quais abotoados, uma volumosa maleta na mão e umas chocantes meias brancas que confirmavam a opinião do Generalíssimo Trujillo de que o chefe do SIM não sabia se vestir com um mínimo de elegância. Seu rosto aparece contraído numa careta incômoda, e seu olhar é fugidio, angustiado, como se adivinhasse que nunca mais voltaria a pôr os pés no seu país. Era 10 de junho de 1961, onze dias depois do assassinato de Trujillo.

Adormeceu pouco depois da decolagem e acordou, atordoado, quando faltava uma hora e pouco para chegar a Toronto. Verificou sua passagem para Tóquio e viu que tinha umas seis horas de intervalo até a saída do voo de Toronto para lá. Iria diretamente para o Japão? Claro que não. Antes tinha que telefonar para a sua mulher no México, para o seu banqueiro na Suíça, e certificar-se pessoalmente de que sua conta secreta continuava em Genebra sem ameaças visíveis. Fechou os olhos e ficou pensando em como sua vida estava incerta desde que assassinaram o Chefe. Lembrou-o com gratidão e carinho: Trujillo tinha confiado nele, dando-lhe as missões mais delicadas, e ele sempre correspondeu. Manchou as mãos de sangue por causa do Chefe, mas fez isso com gosto, por amor àquela figura sobre-humana. E Trujillo o recompensou largamente. Ele não esquecia a sua generosidade ilimitada. Era graças a Trujillo que tinha essas economias na Suíça, ele mesmo o autorizou a abrir a conta. Não a teriam detectado? Não, ninguém além do Chefe sabia que existia, nem mesmo Zita. Só Trujillo, e agora ele estava morto. Era impossível que Ramfis soubesse. Quanto havia exatamente lá? Não se lembrava. Mais de um milhão de dólares, em todo caso. Poderia viver um bom tempo com esse dinheiro.

Em Toronto, assim que desceu do avião foi à Pan American Airways e trocou a passagem para Tóquio por outra Toronto-Genebra-Paris-Tóquio e teve que pagar mais de três mil dólares à vista. Havia três horas de espera até seu voo para Genebra. Ligou então para o México e, em vez de dar uma surpresa a Zita, foi ela quem o surpreendeu dizendo que naquela manhã fora publicada na imprensa mexicana uma foto dele saindo do aeroporto de Ciudad Trujillo, mas ninguém sabia o seu destino. "Estão nos mandando para o Japão como diplomatas." "Japão?", alarmou-se ela. "E o que vamos fazer lá?" "Não vamos ficar muito tempo. O importante é que estamos vivos, o que já é muito, do jeito que estão as coisas na República Dominicana." Zita ficou calada, como sempre fazia em situações difíceis: confiava nele e tinha certeza de que o marido resolveria todos os problemas. Ele pensou: "É uma boa mulher". Pena que fizesse tanta questão de ter filhos.

Depois telefonou para o seu banqueiro na Suíça e teve a sorte de ele próprio ter atendido. Pediu que lhe reservasse um hotel em Genebra e marcou uma visita ao seu escritório dois dias depois. Quando desligou, respirou aliviado: o banqueiro, que falava um espanhol muito puro, lhe disse que a sua conta tinha agora um milhão trezentos e vinte e sete mil dólares e cinquenta e seis centavos. O que queria dizer que ninguém tinha feito nada para tentar embargar seu dinheiro: este descansava tranquilo, rendendo juros, naquela cidadela suíça. Pela primeira vez desde o assassinato do Chefe, sentiu-se contente.

Quando, doze horas depois, chegou a Genebra e se hospedou no mesmo hotelinho em frente ao lago onde estivera três anos antes, quando viera abrir a conta que depois alimentou com transferências regulares, encheu a banheira e, como na véspera, tomou um banho prolongado com espumas e sais. Durante o banho, sentindo um agradável bem-estar físico, tentou imaginar sua vida no futuro. Sabia perfeitamente que aquele consulado no Japão não ia durar muito. Inevitavelmente, acontecesse o que acontecesse na República Dominicana, ele não seria mais chamado para nada. Continuaria sendo "o homem mais odiado", a quem atribuiriam todos os crimes, os desaparecimentos, as torturas, as prisões que ocorreram e que não ocorreram, os que ele tinha cometido e os que inventariam. Por isso precisava organizar seu futuro em outro país, aceitar a ideia de viver desterrado para sempre. De repente percebeu que estava soluçando. Dos seus olhos tinham começado a descer umas lágrimas que chegavam até a boca e deixavam uma umidade salgada nos lábios. Por que estava chorando? Por causa do Chefe. Não ia haver outro Trujillo em sua vida. Um homem admirável, inteligente, astuto e enérgico que, conforme lhe disse um dia, tinha comido mais de mil mulheres na vida, "pela frente e por trás". Um homem para quem não havia obstáculos que não pudessem ser superados. Tinha sido providencial. Foi quase um milagre ter escrito aquela carta pedindo a Trujillo uma bolsa para fazer os cursos policiais no México. Ele lhe dera um poder com o qual nunca tinha sonhado. Não se dizia que era, depois do Chefe, o homem mais temido na República Dominicana? Sim, realmente existiam um antes e um depois do dia em que se animou a pedir aquela ajuda a Trujillo. Fosse lá o que viesse a acontecer com ele, foi uma sorte trabalhar para o Chefe, com o Chefe, a serviço do Chefe. Aqueles miseráveis Balaguer e Ramfis, dois traidores. Vender-se aos americanos quando o cadáver do Chefe ainda estava quente!

 A conversa com o banqueiro o deixou mais tranquilo. Sua conta ia continuar lá, secreta, totalmente protegida, mas não conseguiu trocar o dinheiro dominicano que trazia consigo, porque o peso dominicano também tinha deixado de ser cotado nos mercados de divisas devido à instabilidade política. O banqueiro o aconselhou a que os guardasse num cofre do banco até as coisas mudarem. Assim fez, e saiu com um maço de cinquenta mil dólares e vinte mil francos franceses, para gastar em Paris.

 Na capital francesa se hospedou no Hotel Georges V, numa suíte, e contratou um carro com motorista a quem pediu nessa mesma noite que o levasse a um bordel. Nunca tinha lambido a racha de uma puta francesa, e essa perspectiva o deixava excitado. O motorista levou-o a um barzinho em Pigalle onde, explicou, podia escolher uma mulher e depois levá-la a um dos hoteizinhos das redondezas. Fez isso, e terminou a noite na cama com uma argelina que arranhava um pouco de espanhol e lhe cobrou o dobro do combinado porque, explicou, lhe pagavam para chupar e não para ser chupada, coisa a que não estava habituada. Mas a noite acabou mal para ele porque, embora tenha conseguido uma ereção rápida, não chegou a ejacular. Era a primeira vez que isso lhe acontecia, e tentou se acalmar pensando que a tensão nervosa em que vivia desde que assassinaram o Chefe era a causa do fracasso, não que estivesse ficando impotente.

No dia seguinte decidira ir ao Louvre — era a sua segunda visita a Paris, e na primeira não tinha visitado museu algum —, mas quando subiu no carro que alugou perguntou ao motorista se conhecia um templo ou monastério rosa-cruz em Paris. O homem olhou-o desconcertado: "Rosa-cruz?, rosa-cruz?". Então lhe disse que o levasse àquele cais no Sena onde se tomam os barquinhos que percorrem o rio nos dois sentidos, num passeio que mostrava as pontes e monumentos de Paris vistos da água. Durou duas horas esse passeio, e ele conseguiu se distrair um pouco. Depois mandou o motorista levá-lo para almoçar no melhor restaurante que conhecia. Mas, num sinal da Rue de Rivoli, de repente divisou um rosto feminino que lhe pareceu conhecido. Cucha! Cuchita Antesana! Sua namoradinha de mil anos atrás. Disse ao motorista que desse uma volta e viesse buscá-lo no mesmo lugar. Desceu do carro e se apressou para alcançar aquela mulher que lhe recordou um amor da juventude. Incrivelmente, era ela mesma. Com uns quinze anos a mais, mas ela mesma. Cucha olhava para ele surpresa, desconcertada, maravilhada. Johnny! É você? Aqui em Paris? Cucha morava na cidade fazia seis meses e estudava francês na Alliance Française do Boulevard Raspail. Estava livre para almoçar? Sim, estava. Foram ao La Coupole, no Boulevard Montparnasse. O mais incrível é que Abbes não a via desde que os dois namoraram, quando ela tinha acabado de sair do colégio e ele era um jovem jornalista de turfe e tinha um programinha numa rádio onde lhe pagavam quatro reales.

Cuchita, vendo-o tirar o lenço vermelho do bolso, perguntou se continuava sendo rosa-cruz. "Bem, mais ou menos", respondeu ele, brincando. "Você também não sabe se existe algum templo rosa-

-cruz em Paris, não é?" Ela não tivera nenhum outro caso depois da ruptura com Johnny. Após a morte dos pais, com a herança que eles deixaram, passou um ano nos Estados Unidos aprendendo inglês. E agora ia ficar mais um ano na França. E ele, o que fazia agora, depois do assassinato do Generalíssimo Trujillo?

— Vou passar um tempo fora da República Dominicana — respondeu. E começou a fantasiar: — Trabalhando para que todos os governos de direita que existem na América Latina se unam, colaborem entre si e trabalhem juntos. Para que não aconteça com eles o que está acontecendo agora no nosso desventurado país. Que caiu no caos da democracia, vendendo-se aos Estados Unidos, coisa que, mais cedo ou mais tarde, só traz benefícios para os comunistas. Eles sabem muito bem pescar em águas turvas. Vão acabar se apoderando da República Dominicana e transformando o país numa democracia popular, quer dizer, num satélite soviético.

À medida que falava foi se convencendo de que esse invento podia ser realidade. Por que não? Por acaso todos os ditadores latino-americanos não estavam sob a ameaça de ter a mesma sorte que o Chefe? Era preciso uni-los, convencê-los a intercambiar informações, desenvolver estratégias para esmagar todas as conspirações "democráticas" que não passavam de cavalos de Troia dos comunistas. E quem estava mais capacitado que ele para ser o elo entre todos esses governos e defendê-los dos seus inimigos, os mesmos que agora estavam governando a República Dominicana com o beneplácito de Washington?

Quando deixou Cuchita em seu pequeno hotel no Quartier Latin, estava convencido de que ele seria, para todos os governos de direita do Caribe, da América Central e do Sul, o mesmo que tinha sido para o regime de Trujillo: o homem forte, o inspirador, a cadeia de solidariedade, o vigia.

Durante o resto da tarde, enquanto comprava roupa, sapatos e gravatas nas boas lojas de La Madeleine e dos Champs-Élysées, continuou divagando sobre essa trajetória futura com a qual quis fascinar sua namoradinha da adolescência.

De noite voltou àquele bar de Pigalle e, em vez da argelina da véspera, levou para o hotel uma africana, que não fez objeções ao que ele pediu. Tinha uma racha avermelhada e fedorenta que o excitou imediatamente, e enquanto a lambia teve a satisfação de ejacular na cama. Ainda bem, ainda bem, seu pau ainda funcionava.

Dois dias depois estava em Tóquio, aonde Zita já havia chegado. Na embaixada — pequenina — o encarregado de negócios lhe informou que não poderiam lhe dar uma sala, pois não havia espaço disponível. O ministério lhes informara que o posto seria apenas "formal". Abbes García não lhe perguntou o que queria dizer "formal", exatamente. Imaginava muito bem.

XXXI

Crispín Carrasquilla era filho de um funcionário da Estrada de Ferro e desde que se entende por gente sonhava ser militar. Seu pai incentivava esse sonho, mas a mãe, por seu lado, preferia que fosse engenheiro ou médico. Tinha nascido numa aldeia de Huehuetenango, San Pedro Nécta, perto da fronteira com o México. Passou boa parte da infância mudando-se de um lugar para outro porque a Estrada de Ferro trocava seu pai de destino com certa frequência. Até que finalmente o estabilizaram na Estação Central, em plena Cidade da Guatemala, onde Crispín pôde frequentar um colégio público melhor que as escolinhas provincianas em que cursara o primeiro grau.

Não era muito estudioso, mas sim bom esportista. E fazia muita natação desde bem novo, quase menino, porque lhe disseram que esse esporte ajudava a crescer; ele receava que a sua baixa estatura fosse um empecilho para entrar na Escola Politécnica, que exigia uma altura mínima aos candidatos. Ficou muito angustiado com o problema, porque lhe faltavam alguns milímetros para atingi-la. Certamente o dia mais feliz de sua vida foi quando soube que tinha passado para a Escola Militar, não entre os primeiros, mas tampouco entre os últimos. Seus três primeiros anos como cadete também transcorreram assim: nem excelente nem péssimo aluno, sempre no nível intermediário, com um desempenho apenas suficiente nos estudos, mas, isso sim, muito esforçado nas manobras militares e nos exercícios físicos. Era um bom rapaz, simples, um pouco ingênuo, de amizade fácil, que se dava bem com todo mundo, tanto com os colegas como com os superiores, nada rebelde, prestativo, que não se incomodava em absoluto com os rigores da disciplina — gostava mais de obedecer que de mandar — e de quem seus colegas tinham excelente conceito, embora nem sempre lhe demonstrassem muito respeito.

Mas sua personalidade um tanto imprecisa mudou quando, no final do governo de Jacobo Árbenz, durante a guerra, um dos sulfatos — como os habitantes da cidade chamavam os aviões liberacionistas de Castillo Armas, porque, diziam, sua presença soltava o intestino dos cidadãos desprotegidos — soltou uma bomba no pátio de honra da Escola Politécnica. Não causou mortes, mas deixou vários feridos, alguns graves, entre os quais Cristóbal Fomento, o Galo Montês. Crispín Carrasquilla estava saindo de uma aula de física e viu, desconcertado, a bomba explodir num dos tetos do pátio de honra, fazendo-o voar em pedaços, e uma chuva de pedras e destroços se espalhar em todas as direções, quebrando os vidros próximos e jogando-o no chão aos trambolhões. Enquanto se levantava e constatava que estava ileso, ouviu os gritos de dor dos feridos e viu correndo ao seu lado, todos sujos de poeira e alguns sangrando, cadetes, oficiais e pessoal de serviço. Depois de alguns minutos o desconcerto e o caos passaram, e toda a Escola se mobilizou para levar os feridos — entre os quais se encontrava seu amigo Galo Montês — à enfermaria, que, felizmente, não havia sofrido muitos danos.

Até então Crispín nunca tinha se interessado por política. Tinha ouvido falar da Revolução de Outubro, que acabou com a ditadura militar do general Jorge Ubico Castañeda, e da junta presidida pelo coronel Ponce Vaides sem dar muita importância a essas coisas — era um menino em idade escolar —, e também da eleição de Juan José Arévalo à presidência e a do seu sucessor, o coronel Jacobo Árbenz, na época em que entrou na Politécnica. Ele via tudo aquilo como uma coisa longínqua, problemas que não lhe concerniam. Também era essa, mais ou menos, a atitude dos outros cadetes em relação à política. Ele tampouco participava das discussões que surgiam às vezes no seu meio quando o coronel Castillo Armas se rebelou em Honduras acusando o governo de Árbenz de ser comunista. Mas essa neutralidade — ou melhor, indiferença — em relação à política desapareceu quando os sulfatos começaram a sobrevoar a cidade da Guatemala jogando panfletos de propaganda ou bombas que causavam estragos, vítimas, pânico. Sobretudo a partir do dia em que aquele sulfato bombardeou a Escola Militar. Ver pilotos gringos alvejando guatemaltecos, atacando fortes militares como o de Matamoros ou o de San José de Buena Vista, e a própria Escola Politécnica, abalou seu amor-próprio e sua ideia de patriotismo: fez dele outra pessoa. Crispín achou que aquilo era um crime contra o país, algo que ninguém que amasse a Guatemala e tivesse um pouco de dignidade podia aceitar, muito menos um cadete em formação para ser um futuro oficial do Exército.

A partir de então passou a participar de todas as discussões políticas que surgiam na Escola, e às vezes ele mesmo as provocava. Nem os cadetes nem os oficiais tinham uma posição única; estavam divididos em relação ao governo de Árbenz e suas reformas, especialmente a agrária; mas, de modo geral, tanto os oficiais como os cadetes eram muito severos com Castillo Armas por ter quebrado a unidade das Forças Armadas e atacado seu próprio país com apoio e financiamento dos Estados Unidos.

Crispín ficou muito abalado ao saber que um dos feridos, quando a bomba caiu no pátio de honra da Escola Militar, era o seu amigo e colega de turma Cristóbal Fomento, também conhecido como Galo Montês. Era um rapaz que gostava muito de animais e vivia falando de espécies exóticas, desconhecidas na Guatemala. Um belo dia apareceu com uma revista cheia de fotografias de uma espécie de galinho que era conhecido na Espanha como galo montês; estava tão empolgado com aquelas imagens que a partir de então os outros cadetes o apelidaram assim. Quando Crispín foi visitá-lo no Hospital Militar, para onde foi transferido da enfermaria da Escola, encontrou seu colega mais triste que a noite. Os médicos não puderam salvar seu olho; e, embora ficar caolho não fosse algo tão terrível, era incompatível com a carreira militar. O Galo Montês teria que sair da Escola e arranjar outra profissão. A prolongada conversa entre os dois amigos foi dolorosa, e em determinado momento Crispín viu lágrimas escorrendo pelas bochechas de Cristóbal enquanto lhe dizia que ia se dedicar talvez à agricultura, porque um tio lhe propusera trabalhar com ele, lá pelas bandas de Alta Verapaz, onde tinha uma pequena chácara e plantava café.

Desde que caiu aquela bomba no pátio de honra, todos os cadetes começaram a falar muito de política, não foi só Crispín. E aconteceu uma coisa surpreendente com ele: mudou de personalidade. Tornou-se um líder que seus colegas ouviam na cavalariça, nos recreios ou à noite, depois do toque de silêncio, quando, na escuridão de seus beliches, trocavam ideias. Inflamado, vociferando contra os "traidores da Pátria" que, obedecendo aos ianques, se sublevaram contra o seu próprio Exército para derrubar o presidente Árbenz, como se a Guatemala fosse uma colônia e não um país independente. Suas ideias eram confusas, evidentemente, mais emoções que razões, e nelas se misturavam o amor à terra natal, aos compatriotas, ao Exército, coisas que para ele tinham uma aura sagrada, e sua cólera e seu rancor contra aqueles que, movidos por interesses políticos, estavam dispostos a atacar o próprio país, como esse Exército Liberacionista composto por mercenários, muitos deles estrangeiros, que estava bombardeando a Cidade da Guatemala com aviões pilotados por ianques, como aquele sulfato que soltara a bomba na Escola Militar.

Quando, no começo de julho de 1954, os cadetes foram informados de que teriam que comparecer todos ao aeroporto de La Aurora para receber Castillo Armas, que retornava de El Salvador junto com o embaixador ianque John E. Peurifoy e os chefes militares com os quais os liberacionistas haviam assinado um tratado de paz e constituído uma junta para governar o país, da qual o próprio coronel Castillo Armas era membro, Crispín Carrasquilla propôs aos seus colegas que declarassem greve.

Nesse mesmo dia foi convocado pelo diretor da Escola Militar, o coronel Eufemio Mendoza:

— Em vez de chamá-lo aqui à minha sala, eu deveria ter mandado você direto para uma cela — disse-lhe o coronel, de cara amarrada e com uma voz que misturava cólera e surpresa. — Ficou maluco, Carrasquilla? Greve numa instituição militar? Você não sabe que isso é rebelião? Que pode ser expulso da Escola e ir para a cadeia por uma barbaridade dessas?

O coronel Eufemio Mendoza não era má pessoa. Fazia muitos exercícios e mantinha um porte de atleta. Usava um bigodinho que ficava coçando o tempo todo. Ele também estava furioso com o bombardeio da Escola Militar, e entendia que os cadetes ficassem escandalizados. Mas o Exército não podia existir sem disciplina e respeito às hierarquias. O diretor lembrou ao cadete Carrasquilla, que o escutava em posição de sentido, sem piscar, que no Exército as ordens têm que ser obedecidas sem hesitação nem comentários, caso contrário a instituição não funcionaria nem teria condições de cumprir sua missão, a defesa da soberania nacional, isto é, da Pátria.

O sermão foi prolongado e, no final, o coronel, amolecendo, disse que entendia que houvesse um sentimento de dor e de cólera entre os cadetes. Isso era humano. Mas, no Exército, as ordens dos superiores são cumpridas, gostem ou não gostem os de menor hierarquia. E a ordem era meridianamente clara: os cadetes iriam em formação ao aeroporto de La Aurora para receber os chefes militares, Castillo Armas e os liberacionistas que haviam assinado a paz em San Salvador.

— Eu também não gosto — confessou de repente o coronel Mendoza, baixando muito a voz até transformá-la num sussurro, com um olhar cúmplice dirigido ao cadete. — Mas lá estarei, à frente da companhia da Escola, cumprindo as ordens que recebi. E você também estará lá, na formação, com seu uniforme de gala e seu fuzil bem limpo e lubrificado, se decidir se arrepender agora mesmo dessa ideia estúpida de propor que os cadetes declarem greve contra uma ordem superior.

Afinal Crispín lhe pediu desculpas e reconheceu que o coronel Mendoza tinha razão; ele havia agido de forma irresponsável, nessa mesma tarde faria uma autocrítica ante os seus colegas.

Os cadetes, junto com muitos outros batalhões do Exército e a polícia, foram ao aeroporto de La Aurora receber Castillo Armas e seu séquito. Na enorme manifestação que se realizou — festejando, mais que o acordo entre o Exército e os liberacionistas, o fim da guerra, da insegurança, da incerteza e do medo —, poucos perceberam que tudo isso poderia ter sido frustrado por um incidente que estivera prestes a eclodir entre os cadetes da Escola Militar e o pelotão de milicianos e soldados liberacionistas que também se dirigiam à pista de aterrissagem para receber os viajantes. Na enorme concentração de gente, a coisa passou despercebida pela maioria. Os jornais e as rádios, agora deslumbrados com Castillo Armas, não disseram uma palavra sobre os incidentes, que só foram conhecidos graças ao testemunho de quem os viveu.

Era um dos primeiros contingentes liberacionistas que chegaram à capital. Tinham sido colocados bem ao lado da companhia de cadetes da Escola Militar, com seus uniformes sujos, rasgados, vestidos com desleixo, um magote de indivíduos indisciplinados, armados de qualquer jeito, alguns com rifles, outros com simples espingardas, outros ainda com revólveres e pistolas, e suas bandeirinhas e viseiras ou gorros chinfrins. E, ainda por cima, se permitiam achincalhar e provocar os cadetes que, impecáveis em seus uniformes limpos e bem passados, ouviam rígidos, em suas seções bem formadas, as gozações e insultos daquela turma em que havia, junto com guatemaltecos autênticos, outros centro-americanos que só estavam lá pelo dinheiro. E ainda por cima se atreviam a debochar e dizer coisas ofensivas dos futuros oficiais do Exército da Guatemala.

Os alferes ou tenentes que estavam à frente das seções de cadetes os contiveram quando eles iam responder às provocações e insultos dos liberacionistas, mas só até certo ponto, pois, quando foram abertas as portas do avião que veio de San Salvador e apareceu na escada o embaixador John Emil Peurifoy e logo a seguir Castillo Armas, a multidão ficou fora de controle e ultrapassou as barreiras para se aproximar dos recém-chegados. Houve confusão, anarquia, e vários cadetes, além de um ou outro oficial e suboficial, aproveitaram para se defrontar, trocar pontapés, cabeçadas e socos com os liberacionistas que os xingavam de "arbenzistas". O próprio Crispín, que até então nunca fora de se meter com ninguém, também entrou na briga; agora, com sua nova personalidade, quando a confusão começou foi um dos primeiros a romper fileiras e avançar com a coronha do fuzil erguida para derrubar os mercenários xingando ao mesmo tempo os que estivessem por perto.

Tudo isso contribuiu para agravar a tensão e a animosidade entre a Escola Militar e os liberacionistas. Nessa mesma noite, que a Politécnica tinha autorizado os alunos a passar com suas famílias, houve outro incidente muito violento com um grupo de cadetes no Cinema Capitol, situado na sexta avenida da zona um. Quando saíram da sessão, toparam com meia dúzia de invasores que os estavam esperando para agredi-los. Na briga descomunal em que aquilo terminou, dois cadetes do último ano sofreram ferimentos e foram atendidos num posto de saúde. Crispín não estava lá, mas lhe contaram todos os detalhes; não se falava de outra coisa na Escola Militar.

E desse modo foi surgindo entre os cadetes — a iniciativa nasceu de vários ao mesmo tempo — a ideia de tomar as devidas satisfações com os liberacionistas concentrados nas dependências do Hospital Roosevelt, ainda no meio da construção. Falavam do assunto em voz baixa, de forma confusa — fariam aquilo como uma operação militar ou uma guerrinha de guerrilhas? —, quando outro episódio ainda mais violento veio acirrar os ânimos dos cadetes e, dessa vez, de alguns oficiais também.

Foi no bordel do bairro de Gerona gerenciado pela senhora Miriam Ritcher, a gringa que se fazia passar por francesa (na verdade tinha nascido em Havana) e pintava o cabelo de um louro resplandecente. Três cadetes que estavam bebendo no bar foram cercados por um grupo de liberacionistas; armou-se uma confusão, houve xingamentos, quebradeira de garrafas e copos, e, embora os cadetes tenham se defendido bastante bem, seus adversários conseguiram pedir reforços ao Hospital Roosevelt. Quando tudo parecia ter sossegado, irromperam no prostíbulo seis liberacionistas portando metralhadoras. Apontando as armas, os recém-chegados submeteram os três cadetes a humilhações sem fim. Tiraram suas roupas, obrigaram-nos a dançar nus, a cantar e se fazer de veados, cuspindo e urinando em cima deles.

Mas a última gota foi o que aconteceu em 2 de agosto de 1954, durante o chamado Desfile da Vitória. Embora tenha sido concebido como uma cerimônia militar em que os soldados do Exército marchariam juntamente com as brigadas liberacionistas para demonstrar a unidade das duas forças militares, o presidente Carlos Castillo Armas só homenageou em seu discurso as forças anticomunistas, e todas as condecorações e reconhecimentos foram para os vencedores da guerra. O público numeroso se permitiu até mesmo vaiar e xingar as seções de cadetes durante o desfile.

Nessa mesma noite os cadetes da Escola Militar, apoiados por vários oficiais jovens, atacaram o Hospital Roosevelt, quartel-general dos liberacionistas. Haviam determinado, por decisão unânime, que os cadetes do último ano, prestes a se formar, não participariam da ação para não prejudicar suas carreiras. Mas dois deles exigiram fazer parte da expedição, e os outros os aceitaram. De comum acordo, decidiram (com aquiescência dos próprios) trancar o diretor, coronel Eufemio

Mendoza, e os oficiais que não quiseram participar do ataque na sala da Direção, enquanto os cadetes e oficiais voluntários preparavam as armas, colocavam os capacetes e partiam de ônibus para o Hospital Roosevelt, onde já havia um grupo de homens explorando a área e espionando as atividades dos liberacionistas. Crispín Carrasquilla exercia uma liderança inequívoca, e naquela noite foi visto, de certa forma, dirigindo as ações. Até o pequeno grupo de oficiais ouvia as suas opiniões, e as discutia e geralmente acatava. Por exemplo, foi dele a ideia de perguntar aos cadetes dos primeiros anos, um por um, se queriam participar livremente no ataque. Todos responderam que sim.

    Às quatro e meia da madrugada começou o combate. Os atacantes tiveram o efeito surpresa a seu favor; os liberacionistas não os esperavam, e ficaram desconcertados quando, de repente, sob uma garoa suave naquele amanhecer escuro, começaram a receber descargas de fuzilaria, fogo de bazuca e tiros de canhão. Crispín tinha ocupado um lugar de vanguarda, no flanco direito de uma das duas colunas que atacaram em pinça o edifício do Hospital Roosevelt. Quase que de imediato começaram a cair feridos e mortos em volta de Crispín, que, aturdido com o fragor do tiroteio e os gritos e gemidos que escutava, tinha dificuldade para ser ouvido por seus companheiros mais próximos. Em meio à fadiga, à confusão e ao tiroteio ensurdecedor, sentiu que tinha alcançado aquilo com que sempre sonhara. Nem tinha consciência, enquanto liderava um ataque à porta principal do Hospital Roosevelt, dos tiros que recebia no corpo.

    Os liberacionistas, surpreendidos e abalados pelo ataque dos cadetes, não demoraram muito a reagir. Durante boa parte da manhã, enquanto amanhecia, a garoa parava, o sol saía e iluminava aquele canto extremo da Cidade da Guatemala, por alguns momentos o tiroteio se interrompia e depois renascia com mais força, enquanto as famílias do bairro fugiam das suas casas carregando crianças, malas e trouxas com as coisas indispensáveis, aterradas ao ver aquilo acontecer justamente quando achavam que a paz finalmente havia chegado ao país.

    Ao meio-dia os cadetes receberam uma bateria de morteiros, enviada pela base militar de La Aurora. Mas, pouco depois, ouviram os motores e viram planando sobre suas cabeças um dos sulfatos americanos que vinham da Nicarágua para ajudar os liberacionistas.

Soube-se depois que era pilotado pelo doidivanas Jerry Fred DeLarm. Este, porém, não pôde fazer muitos danos aos cadetes porque, forçado a se reabastecer de combustível, aterrissou no aeroporto de La Aurora. Lá a guarnição militar o deteve e, alegando não ter instruções das autoridades a respeito, impediu-o de levantar voo de novo. Quando finalmente o fez, as ações militares tinham parado, graças a uma trégua obtida por mediação do arcebispo Rossell y Arellano e do embaixador John Emil Peurifoy. Os dois haviam sido inimigos declarados do presidente Árbenz e aplaudiram a insurreição de Castillo Armas desde o primeiro momento; por isso, os cadetes, principalmente Crispín, desconfiavam de sua imparcialidade. Mas os oficiais insistiram que deviam aceitar a mediação de ambos. E o próprio arcebispo — muito magro, quase esquelético, com suas mãos compridas disparando bênçãos ao redor e nos olhos uma expressão de contrição e beatitude — lhes garantiu que seria absolutamente neutro; sua missão era somente impedir que continuasse correndo sangue e assegurar um acordo honroso entre os combatentes. E prometia — jurava pela sua santa mãezinha, que estava no céu ouvindo — que nesse acordo não haveria vencedores nem vencidos.

Enquanto essa trégua era discutida, o alferes Ramiro Llanos se aproximou de Crispín e este viu que o oficial o olhava com cara alarmada. Queria levá-lo para a enfermaria, instalada numa padaria dos arredores.

— Enfermaria? Para quê? — perguntou Crispín. Nesse momento percebeu que estava encharcado de sangue. Não sentira dor alguma durante as várias horas de tiroteio, só agora descobria que tinha feridas no ombro esquerdo e no peito.

O alferes Llanos segurou-o pelos braços — Crispín entendeu que estava prestes a desmaiar — e chamou outros dois cadetes. Deviam ser do primeiro ano, porque seus capacetes pareciam grandes e os rostos estavam cheios de poeira e de suor; ajudaram a carregar Crispín. Este descobriu que não estava mais com o fuzil nas mãos e que via tudo através de uma névoa. Tinham surgido os rostos do seu pai e da sua mãe, e ali estavam os dois, olhando para ele com carinho, admiração e tristeza; gostaria de dizer-lhes algo bonito e carinhoso, mas não tinha forças para falar. Quando entraram na padaria transformada em posto de primeiros socorros, Crispín não via mais nada, mas ainda entrava em seus ouvidos um rumor de vozes que quase não distinguia, porque iam se afastando de forma inexorável.

 Por isso Crispín não viu nem soube das negociações pelas quais o ardiloso arcebispo da Guatemala, monsenhor Mariano Rossell y Arellano, conseguiu levar uma comissão de cadetes ao Palácio do Governo. Foram recebidos pelo presidente Castillo Armas em pessoa. Os cadetes explicaram ao mandatário que não podiam continuar sofrendo humilhações como as que os liberacionistas tinham perpetrado nos últimos dias. E exigiram que estes, como tinham perdido o combate, reconhecessem a derrota e saíssem do Hospital Roosevelt de braços para o alto e entregassem suas armas às autoridades. De cara amarrada, Castillo Armas aceitou. Crispín não viu os liberacionistas saindo do edifício inacabado do Hospital Roosevelt de braços para cima, nem os viu entregar seus fuzis, carabinas, revólveres e morteiros aos cadetes.

 O acordo prometia três coisas que jamais se cumpriram: os derrotados entregariam as armas ao governo e voltariam para suas aldeias ou países; os cadetes rebeldes não sofreriam qualquer punição por suas ações daquele dia, estas não figurariam em suas folhas de serviço, e todos voltariam à Escola Militar para continuar seus estudos com absoluta normalidade; os oficiais e suboficiais que os apoiaram continuariam no Exército sem sofrer qualquer represália, e os acontecimentos tampouco apareceriam em sua ficha militar.

 Como Crispín Carrasquilla morreu nessa mesma tarde, antes que pudesse ser transferido para algum hospital, não soube que aquele acordo, como ele e outros cadetes temiam, era um papel sem a menor serventia desde aquele primeiro dia. Apesar da vitória dos cadetes nesse enfrentamento, os liberacionistas acabaram sendo os verdadeiros vencedores da disputa, que no futuro quase não apareceria na imprensa nem nos livros de história, sendo considerada um fato sem relevância. A Escola Militar foi imediatamente fechada por alguns meses, enquanto era reorganizada. Todos os oficiais e suboficiais que haviam apoiado os rebeldes foram expulsos do Exército sem direito a pensão. Quanto aos cadetes, só seis deles, que tinham parentes militares com certa influência no governo de Castillo Armas, conseguiram continuar seus estudos em escolas ou academias militares de países amigos, como a Nicarágua de Somoza ou a Venezuela de Pérez Jiménez; os outros foram afastados da instituição e sua matrícula negada quando a Escola Politécnica reabriu, com outro diretor e outro grupo de oficiais.

Não muito tempo depois, o presidente Castillo Armas concedeu, numa cerimônia realizada na catedral, a máxima condecoração pública ao arcebispo Rossell y Arellano, chamando-o, num discurso também escrito por Mario Efraín Nájera Farfán, de "um exímio patriota, um herói, um santo".

Os pais de Crispín Carrasquilla tentaram em vão recuperar o cadáver do filho. As autoridades militares informaram que tinha sido enterrado, com outras vítimas daquela intentona revolucionária, numa fossa comum e num local secreto, para que no futuro não se transformasse num ponto de peregrinação comunista.

XXXII

Estava suando copiosamente. Não era o calor, porque da cama via as pás do ventilador girando velozes sobre a sua cabeça e sentia o ventinho no rosto. Era o medo. Nunca antes tinha sentido um medo assim, pelo menos que lembrasse, nem mesmo quando soube que tinham assassinado o Chefe e entendeu que com esse assassinato, provavelmente, sua sorte ia acabar e teria que viver no futuro ao deus-dará. Talvez tivesse que fugir para o estrangeiro. Mas aquilo era tristeza, raiva, solidão; não medo. Medo era o que sentia agora, um medo que molhava sua camisa e sua cueca de suor frio, e fazia seus dentes baterem. Às vezes tinha crises de calafrios que o deixavam paralisado, precisando se controlar, com grande esforço, para não cair no choro e pedir socorro em altos brados. Socorro a quem? A Deus? Por acaso acreditava em Deus? Ao Irmão Cristóbal, então?

Estava amanhecendo; viu uma luzinha azul no horizonte que iria crescendo e lhe mostraria o quintal da sua casa em Pétionville, com suas árvores frutíferas, seus jacarandás e trepadeiras. Depois as galinhas começariam a cacarejar e os cachorros, a latir. Com o dia e a luz, o medo ia diminuir e ele teria que dominá-lo totalmente antes de ir para a embaixada dominicana, onde tinha audiência às onze da manhã. Dessa vez o embaixador se dignaria a recebê-lo ou teria que conversar de novo com aquele cônsul de terno cinturado, óculos de coruja e vozinha esganiçada? Será que já havia uma resposta de Balaguer? Pensou com um pouco de vergonha que nunca havia imaginado que um dia, movido pelo medo, iria recorrer a esse maldito homenzinho, o presidente Joaquín Balaguer, para salvar sua vida, a de Zita, sua mulher, e das duas filhas pequenas dos dois. Será que Balaguer lhe responderia pessoalmente? Faria esse gesto de magnanimidade, "perdoando-o" e repatriando toda a sua família? Balaguer podia ser traidor, mas era um intelectual, tinha senso histórico, queria passar para a posteridade; talvez isso o levasse a salvar de uma morte atroz o "homem mais odiado da República Dominicana", como lhe disse na última conversa que tiveram em Ciudad Trujillo, no dia em que o obrigou a sair da sua terra com aquela história de consulado no Japão.

"Que conversa fiada!", pensou. Aquilo era uma mentira iníqua. Lembrou os dias horríveis que passou em Tóquio. Não lhe deram sequer uma sala de trabalho. Morava com Zita num hotel que custava os olhos da cara, e o auxílio-moradia que lhe cabia como novo diplomata nunca chegou, assim como nunca chegou o seu primeiro salário. Poucas semanas depois, o próprio encarregado de negócios lhe comunicou que, "por razões orçamentárias", sua nomeação tinha sido cancelada e, por isso, as autoridades japonesas lhe davam duas semanas para ele e sua esposa deixarem o país, já que não tinham mais nada a fazer. Tiveram que voltar a Paris, onde ficaram cerca de um ano. Lá Zita deu à luz a primeira das meninas, e lá gastaram boa parte daquele milhão e tanto de dólares que ele guardava no banco suíço. Parecia muito dinheiro, mas isso é quando não se saca nada e vai rendendo juros; quando se vive sem ter renda alguma, essa quantia derrete feito manteiga.

O que Abbes García fez nesses anos de exílio? Conspirou. Escreveu cartas e telefonou para todos os militares e policiais dominicanos que conhecia e considerava amigos, tentando atraí-los para uma conspiração contra Balaguer. Todos diziam que sim, e depois não levantavam um dedo. E todos queriam passagens para ir conversar com ele na Europa ou no Canadá, isso sim. Nunca saiu nada sério de todas essas intrigas. Um dia Abbes García viu que nada daria certo se Ramfis Trujillo não estivesse envolvido na coisa. Então passou pela humilhação de lhe escrever; para sua surpresa, o próprio Ramfis, que a essa altura morava na Espanha, respondeu e depois viajou a Paris para conversar com ele. Estava cordial e comunicativo. Seu ódio a Balaguer era tão imenso quanto o de Abbes García. Afinal percebeu que ele também — o filho mais velho de Trujillo, ninguém menos! — havia sido manipulado por aquela raposa astuta e inescrupulosa que era Balaguer. Ramfis tinha tanta fome de poder, tanta vontade de ser o amo daquele paiseco ingrato com o seu pai e sua família, que durante alguns meses Abbes García se empenhou a fundo numa conspiração que, dessa vez, com o filho do Chefe envolvido, parecia séria. Mas essa também se esvaziou antes de tomar corpo, pois os militares comprometidos recuaram dizendo que o golpe de Estado não teria sucesso se não contasse com o apoio dos Estados Unidos. Acabaram se afastando. A partir de então, Abbes García passou a conspirar somente na imaginação. E a tentar gastar menos, porque em dois anos aquele milhão e tanto de dólares se reduzira à metade, e ele sabia que nunca mais ia conseguir trabalho. Só entendia de tortura, de bombas, de espionar e de matar. Quem iria contratá-lo na Europa para esses negócios?

Quando resolveram se mudar para o Canadá, em 1964, Zita estava grávida da sua segunda filha. Ele quis que fizesse um aborto, mas ela se recusou e afinal conseguiu o que queria. A vida em Toronto era menos cara que em Paris, mas só lhe deram visto de residência por seis meses e, quando pediu uma prorrogação, negaram alegando que o dinheiro de que dispunha não era suficiente para sustentar por mais um semestre a sua permanência no país.

Foi nessas circunstâncias que, da forma mais inesperada, Abbes García recebeu a oferta de se mudar para o Haiti, como assessor do presidente François Duvalier para assuntos de segurança.

Ele tinha conhecido em Toronto, na casa de uns amigos, um haitiano que falava muito bem espanhol porque vivera antes na República Dominicana. O homem o reconheceu na hora: "O senhor, por aqui? E o que pode estar fazendo em Toronto o coronel Johnny Abbes García?". "Negócios", respondeu este, tentando se desvencilhar. O haitiano se chamava François Delony e, segundo lhe disseram, era jornalista. Na verdade, trabalhava para Papa Doc, o amo indiscutível do Haiti desde 1957. Delony lhe pediu o seu telefone e, poucos dias depois, ligou convidando-o para almoçar num restaurante de peixes. Lá fez-lhe uma proposta que o deixou desconcertado:

— Investiguei muito a seu respeito, senhor Abbes García. Sei que o presidente Balaguer o expulsou do país e desde então o senhor está rodando pelo mundo; virou uma espécie de pária. Está interessado em uma proposta séria? Mudar-se para Porto Príncipe e trabalhar para o governo haitiano?

Abbes García ficou tão surpreso que levou alguns segundos para responder.

— Está falando sério? — disse afinal. — Posso lhe perguntar se isto é uma proposta do presidente François Duvalier?

— Dele mesmo, em pessoa — confirmou Delony. — Está interessado? Seu cargo seria de assessor do presidente para assuntos de segurança.

Aceitou imediatamente, antes até de saber seu salário nem quais eram as condições de trabalho. "Fui muito imbecil", pensou. Já era de dia, as galinhas tinham começado a cacarejar, os cachorros a latir e as três empregadas a se mexer e fazer barulho na cozinha.

Uma semana depois, ele, Zita e as duas meninas estavam em Port-au-Prince, hospedados no Hotel Les Ambassadeurs. Aqueles primeiros dias tinham sido os melhores, lembrou Abbes García. O calor, o sol radiante, o cheiro do mar, a vegetação luxuriosa e o merengue o faziam sentir-se no Caribe. Parecia que toda aquela massa de gente de repente ia começar a falar no doce espanhol dominicano. Mas aqueles negros e mulatos falavam *créole* e francês, e ele não entendia uma palavra. Dois dias depois o levaram à presença do presidente Duvalier, em seu gabinete no Palácio do Governo. Era a primeira vez que o via, e também seria a última. Tratava-se de um homem enigmático, médico de profissão, mas principalmente, diziam, bruxo. Os haitianos atribuíam o seu poder à *santería* que praticava e que fascinava e aterrorizava ao mesmo tempo o seu povo inteiro. Era alto, magro, bem-vestido, de idade indefinível. Duvalier o recebeu amavelmente, com o seu terno escuro e seus sapatos brilhantes, e falou com ele num espanhol muito bem falado. Agradeceu-lhe por vir colaborar com seu governo na área de segurança, pois sabia, disse, que ele era "um especialista". Falou muito positivamente do Generalíssimo Trujillo e acrescentou que por sorte também se dava muito bem com o presidente Balaguer. E aqui se permitiu uma brincadeira também um pouco enigmática.

— Agora, quando souber que o senhor está aqui colaborando com meu governo, o presidente Balaguer vai ficar um pouco nervoso, não acha?

Um sorriso passou velozmente por seu rosto escuro, e por um instante seus olhos profundos brilharam atrás das lentes grossas dos óculos. Depois lhe explicou que seu ministro do Interior entraria em contato com ele para tratar de todas as questões práticas. Levantou-se, estendeu a mão e adeus.

Abbes García não voltou a estar com ele nos dois anos seguintes que passou no Haiti, só o via de longe, em cerimônias oficiais. Pediu audiência pelo menos uma dúzia de vezes, mas, segundo o ministro do Interior, o chefe de Estado sempre estava ocupadíssimo e sem tempo para recebê-lo. Talvez tenha sido esta uma das razões pelas quais Abbes García cometeu a estupidez de começar a conspirar com o genro do presidente Duvalier, o coronel Max Dominique, marido de Marie-Denise, Dedé, a filha de Papa Doc. Ao pensar em Dedé, Abbes García sentiu uma pequena comichão no pênis. Isso já lhe havia acontecido nas poucas vezes em que vira essa mulher alta e altiva, dona de um corpo tão bonito, de um olhar tão frio e duro que traduzia bem o temperamento implacável e tirânico que lhe atribuíam, muito semelhante ao do pai, diziam. Como Abbes García gostaria de lamber a racha daquela deusa de ébano e de gelo. A lembrança do coronel Max Dominique fez Abbes García pensar na sua própria situação. Foi invadido por um terror gelado outra vez e começou a tremer da cabeça aos pés.

Ele conheceu Max Dominique na Academia Militar de Pétionville, onde dava aulas sobre questões de segurança. O coronel era um oficial muito invejado por seu parentesco político com Papa Doc e foi cordial com o recém-chegado, convidando-o um dia para jantar em sua casa. Foi lá que Abbes García conheceu aquela mulher de pernas belas e longas, Dedé, a dona da casa, que inflamou de tal forma o assessor de segurança que este, depois do jantar, teve que ir correndo para um bordel vagabundo, no centro da capital, onde desafogou suas ânsias entre as pernas de uma prostituta com quem só se entendia por sinais. Assim começou sua relação com o coronel Max Dominique. Pouco a pouco, de maneira encoberta, foi se incorporando — "estupidamente", pensou de novo — a uma conspiração, encabeçada por ninguém menos que o genro do presidente François Duvalier, para impedir que, depois da morte deste, assumisse o poder o irmão menor de Dedé, Jean-Claude, apelidado de Baby Doc, que Papa Doc tinha designado como seu herdeiro. Uma conspiração estranha e absurda sobre a qual, nas muitas reuniões que Abbes García presenciou, os militares que rodeavam Max Dominique falavam de forma espectral, sem fixar datas, sem nada preciso em relação a lugares nem armamentos nem ramificações políticas, como se tudo estivesse ainda em estado gasoso, pré-natal. Até que de repente começou a se espalhar a notícia, graças ao boca a boca, sem que saísse uma linha nos jornais nem se mencionasse nada nos noticiários do rádio, de que o governo de Papa Doc tinha mandado fuzilar dezenove oficiais do Exército por participarem de uma intentona golpista.

Quando Abbes García se acalmou um pouco, levantou-se e foi tomar um banho. Ficou um bom tempo debaixo de um jato de água que não chegava a estar fria, apenas morna. Depois escovou os dentes e fez a barba com cuidado. E por fim se vestiu, escolhendo o melhor terno que tinha e uma camisa social. Se o embaixador dominicano o recebesse, teria que impressioná-lo bem. Enquanto tomava seu café da manhã — deixou o prato de frutas intacto, disse que não queria ovos e se limitou a tomar uma xícara de café com uma fatia pequena de pão preto — pensava obsessivamente na embaixada dominicana e em Balaguer. Como quase não comia nada nestes últimos dias, tinha pedido às empregadas que fizessem mais furos no seu cinto. Ainda eram sete da manhã, e começou a folhear os jornais que uma delas deixara na mesa.

A imprensa também não dizia uma palavra sobre a conspiração debelada, muito menos sobre o fuzilamento dos dezenove militares envolvidos, tampouco sobre a nomeação do coronel Max Dominique como novo embaixador na Espanha, ou sobre sua viagem a Madri, no dia anterior, com a esposa Marie-Denise, para assumir o novo cargo.

Por que o presidente Duvalier perdoou o chefe da conspiração, nomeando-o embaixador na Espanha, em vez de mandar fuzilá-lo como fez com os oficiais do Exército que conspiraram com ele? Pelo amor que tinha por sua filha Marie-Denise, sem a menor dúvida. Será que Papa Doc sabia que foi ela, Dedé, quem meteu na cabeça do marido a ideia de uma conspiração para liquidá-lo e substituí-lo? Tinha que saber. François Duvalier sabia de tudo, e não podia ignorar que Dedé estava ressentida e magoada — todo o Haiti comentava — por ele ter escolhido seu filho menor, e não ela, para sucedê-lo no poder. E, apesar de tudo, o bruxo perdoou essa filha feroz e agora a mandava com o marido para a Espanha como embaixadores, logo depois de mandar fuzilar e enterrar às escondidas os militares implicados na conspiração.

Por que Duvalier ainda não mandara fuzilá-lo? Será que lhe preparava um castigo especial, enriquecido com as torturas que ele próprio ensinava havia dois anos aos *tonton macoutes* na Academia Militar de Pétionville? A tremedeira subiu de novo por seu corpo, dos pés até a cabeça, e o fez bater os dentes. Estava transpirando de novo, o suor já tinha molhado a camisa limpa e a calça. Precisava controlar os nervos, não era bom que o embaixador dominicano o visse naquele estado, porque informaria imediatamente ao presidente Balaguer. E que satisfação teria este ao saber que Abbes García estava apavorado com os castigos que Duvalier lhe preparava por conspirar com seu genro e sua filha!

Às oito da manhã entrou no quarto onde Zita dormia com as meninas. Sua mulher já estava acordada, tomando o desjejum que uma das empregadas lhe trouxera na cama: uma xícara de chá, um prato de abacaxi e mamão, umas torradas com manteiga e geleia. Que tranquila e serena parecia: será que ela sabia o risco que estavam correndo? Sem dúvida, mas tinha uma fé cega nele e o considerava capaz de solucionar todos os problemas. Coitada!

— Por que as meninas não estão de pé? — perguntou ele, em vez de lhe dar bom-dia. — Não vão ao colégio?

— Você mesmo disse que não fossem — recordou-lhe Zita. — Esqueceu? Não está ficando com arteriosclerose, espero.

— Sim, é mesmo — reconheceu ele. — Enquanto as coisas não ficarem mais claras, é melhor as meninas não saírem da casa. Nem você.

Ela fez que sim. Ele sentiu inveja: podiam morrer a qualquer momento de uma morte atroz, e ela comia suas frutas como se fosse um dia qualquer, igual aos outros. Sentiu compaixão por sua própria mulher. Ao longo de todas as reuniões que fizeram na casa de Dedé e Max Dominique, ela nunca teve preocupações. Quando soube que François Duvalier mandara fuzilar os dezenove oficiais envolvidos na conspiração, ficou muda, não fez o menor comentário. Será que o considerava um super-homem capaz de sair tranquilamente da monstruosa confusão em que estavam metidos? Até agora, de um jeito ou de outro, ele de fato sempre conseguira escapar das situações mais difíceis; mas Abbes García tinha o pressentimento de que dessa vez não havia mais portas por onde fugir do azar. Lembrou-se vagamente do Irmão Cristóbal, lá no México, contando a história dos rosa-cruzes, e teve saudades da calma e da paz que sentia ouvindo aquelas prédicas.

— Você vai à embaixada? Acha que vão nos repatriar? — perguntou ela, como se fosse um fato consumado.

— Claro — disse ele. — Espero que Balaguer entenda que lhe fiz uma grande concessão pedindo esse favor a ele.

— E se disser que não? — perguntou ela, com uma ligeira inflexão na voz.

— Veremos — disse ele, dando de ombros. — Não saia daqui. Da embaixada venho direto para casa lhe contar o que aconteceu.

Saiu, e o motorista não estava lá. Mau sinal; tinha lhe pedido na noite anterior que estivesse ali bem cedo. Teria fugido? Recebera uma ordem de não vir? Pegou então as chaves da caminhonete e ele mesmo foi dirigindo. Avançava devagar, evitando os pedestres que, com uma irresponsabilidade total, cruzavam e descruzavam na frente da caminhonete como se fosse esta, e não eles, que devia evitar um acidente. Meia hora depois estava estacionado em frente à representação dominicana, no centro de Port-au-Prince. Faltavam alguns minutos para as onze, aguardou dentro do carro, com o ar condicionado ligado. Quando viu no relógio que eram onze horas, desligou o motor, saiu e foi bater na porta da embaixada. Quem abriu foi a mesma moreninha que o recebera três dias antes.

— O senhor cônsul está à sua espera — disse-lhe a moça, muito gentil, sorrindo. — Entre, por favor.

Quer dizer, o embaixador tampouco ia recebê-lo dessa vez. Ela então o guiou até o mesmo escritório da visita anterior. O cônsul estava com o mesmo terno cinza muito justo, que ficava apertado e parecia dificultar sua respiração. Sorriu-lhe com o mesmo risinho forçado e os mesmos olhinhos faiscantes de que ele se lembrava com nitidez.

— Alguma notícia, senhor cônsul? — Abbes García foi direto ao assunto.

— Infelizmente não, coronel — respondeu o cônsul, enquanto lhe indicava com a mão que se sentasse. — Ainda não há resposta.

Abbes García sentiu o rosto molhado de suor; seu coração batia com força no peito.

— Eu queria falar com o embaixador — balbuciou, e em sua voz havia algo de implorante. — Só vou precisar de dez, cinco minutos. Por favor, senhor cônsul. É um assunto muito sério. Tenho que explicar tudo a ele.

— O embaixador não está, coronel — disse o cônsul. — Quer dizer, não está no Haiti. Foi chamado para consultas, está em Santo Domingo.

Abbes García sabia que o cônsul estava mentindo. Tinha certeza de que se abrisse a porta do gabinete com um pontapé ele estaria lá, assustado, atrás da escrivaninha, dando-lhe explicações que também seriam outras mentiras.

— O senhor não entende a minha situação — prosseguiu, falando com dificuldade. — Minha vida, a vida da minha esposa e das minhas duas filhas estão em perigo. Expliquei isso na carta que enviei ao presidente Balaguer. Se nos matarem, haverá um grande escândalo internacional. Um escândalo que pode ter consequências políticas gravíssimas para o governo dele. Não compreende?

— Compreendo muito bem, coronel, juro que sim — afirmou o cônsul, balançando a cabeça. — Nós explicamos o problema em todos os detalhes à chancelaria dominicana. Eles devem estar estudando o seu caso. Assim que chegar a resposta, eu mesmo o avisarei.

— O senhor não entende, ou então está mentindo — disse Abbes García, sem conseguir se conter. — Acha que há tempo para isso? Podem nos matar hoje mesmo, esta tarde mesmo. As leis me protegem. Nós somos dominicanos. Temos o direito de ser repatriados imediatamente.

O cônsul se levantou da escrivaninha e foi sentar-se ao seu lado. Parecia estar ansioso para dizer algo, mas não se atrevia. Seus olhinhos assustados olhavam para a direita e para a esquerda. Quando falou, foi numa voz tão baixa que parecia estar sussurrando.

— Aceite um conselho, coronel. Peça asilo, não espere mais. Na embaixada do México, por exemplo. Estou falando como amigo, não como cônsul. Não haverá nenhuma resposta à sua carta ao presidente Balaguer. Eu sei. Ponho o meu cargo em risco dizendo-lhe isto, coronel. E só o faço por piedade cristã, porque entendo muito bem sua situação e a da sua família. Não espere mais.

Abbes García tentou se levantar, mas o tremor tinha recomeçado e afinal deixou-se cair novamente na poltrona. Tinha sentido aquele conselho? Talvez sim. Mas anos atrás ele havia sido expulso do México como indesejável. A Argentina, então. Ou o Brasil. Ou o Paraguai. Mesmo com as pernas tremendo muito, conseguiu se levantar na segunda vez que tentou. Sem se despedir do cônsul, andando como um autômato, dirigiu-se para a porta de saída. Tampouco respondeu à despedida da moreninha. Ficou sentado na caminhonete, sem ligar o motor, até a tremedeira amainar. Sim, era isso mesmo, tentar se asilar na embaixada de algum país latino-americano que não fosse o México. O Brasil, sim, o Brasil. Ou o Paraguai. Haveria embaixadas desses países em Port-au-Prince? Ia ver no catálogo telefônico. Aquele filho da puta do Balaguer recebeu sua carta e não queria responder. Para não deixar pistas. Queria que Papa Doc o matasse, claro. Talvez o presidente Duvalier o tivesse consultado. "O que faço com ele, senhor presidente?" E aquela raposa que nunca se comprometia com nada teria respondido: "Fica inteiramente ao seu ilustre critério, Excelência". Devia ter pavor da ideia de vê-lo voltar à República Dominicana e mobilizar os muitos partidários que o Chefe ainda tinha, e não só dentro do Exército. Queria que Papa Doc fizesse o trabalho sujo e acabasse com ele.

Ao passar pela Academia Militar de Pétionville, lembrou o trabalho que vinha realizando lá naqueles últimos dois anos, as palestras incríveis sobre segurança que dava para os cadetes, os casos especiais que contava aos oficiais e àqueles corpos auxiliares de ex-presidiários e delinquentes fichados conhecidos como *tonton macoutes*. Falava devagar, baseado em anotações, e um intérprete depois traduzia para o *créole*. Aquilo servia para alguma coisa? Pelo menos os oficiais, os cadetes e os auxiliares pareciam interessados. Faziam muitas perguntas sobre como obrigar um preso a falar. Graças ao medo, explicava ele mil vezes. Têm que sentir muito medo. Medo de ser castrados. De ser queimados vivos. De furarem seus olhos. De rasgarem seu cu com um pedaço de pau ou uma garrafa.

Causar pânico, terror, como o que ele sentia nesse instante. Tinha até mandado comprar uma cadeira elétrica parecida com a que ele instalara na Cuarenta, lá em Ciudad Trujillo, como a que o general Ramfis tinha na Academia de Aviação. Com uma diferença: a cadeira elétrica de Pétionville nunca funcionou como devia. Não tinha graduação da energia e eletrocutava os prisioneiros imediatamente, em vez de ir assando pouco a pouco até falarem. Esta, que custou tão caro, os carbonizava na hora. Riu, desanimado, e lembrou como seus alunos riram quando lhes contou que durante os interrogatórios em Ciudad Trujillo, enquanto os prisioneiros berravam ou imploravam, ele gostava de recitar poeminhas sentimentais de Amado Nervo ou cantarolar canções de Agustín Lara.

Tinha sido uma loucura conspirar com o coronel Max Dominique. Uma loucura estúpida, infeliz, que provavelmente acabaria com ele sentado naquela cadeira elétrica da Academia Militar de Pétionville que, em vez de ir chacoalhando os prisioneiros aos poucos, os eletrocutava na primeira descarga. Tudo aquilo havia sido um erro garrafal, a começar pela vinda ao Haiti, um paiseco onde tudo acaba mal. Por que Papa Doc ainda não o tinha matado como fizera com os oficiais que fuzilou? Que torturas havia planejado para ele? Certamente, em conluio com seu amigo Balaguer. Quando entrou na sua casa em Pétionville, Abbes García estava com a calça, a camisa, o paletó e até a gravata encharcados de suor.

Encontrou Zita na sala com as meninas, lendo uma história. Ao vê-lo naquele estado, empalideceu. Ele balançou a cabeça, negando.

— Quem me recebeu não foi o embaixador, foi o mesmo subalterno da outra vez — sua voz estava falhando, e pensou que se começasse a chorar sua mulher ficaria apavorada, e as duas meninas também. Fazendo um esforço sobre-humano, conseguiu se controlar. E explicou lentamente, percebendo que sua voz denunciava todo o medo que sentia: — Não há resposta de Balaguer à minha carta. Vamos ter que nos asilar. Vou ligar agora para a embaixada do Brasil. Traga o catálogo telefônico, por favor.

Enquanto Zita foi buscá-lo, as duas meninas ficaram sentadas, quietinhas, no sofá. As duas se pareciam com a mãe, não com ele. Estavam muito bem vestidas, com uns aventais azuis e sapatinhos brancos. Sua imobilidade e seriedade eram como uma espécie de premonição de que estava ocorrendo algo grave, que era melhor não perguntar ao pai o que podia acontecer.

Quando Abbes García viu Zita voltar para a sala, percebeu que não estava com o catálogo na mão, e já ia reclamar quando a palidez de sua mulher e seu olhar aterrorizado o contiveram. Ela era alta e robusta, mas tinha emagrecido muito nos últimos dias. Com o braço erguido, apontava para a janela. "O que foi", murmurou ele enquanto dava uns passos em direção à vidraça que se abria para o quintal e a rua. As caminhonetes tinham acabado de estacionar em frente à porta. Eram três e, agora, uma quarta estacionava junto a elas. Os homens, com os macacões, as camisetas e as boinas pretas que eram o uniforme dos *tonton macoutes,* estavam pulando dos veículos. Calculou pelo menos uns vinte. Estavam com porretes e facas nas mãos, e tinha certeza — embora não visse — de que havia pistolas e revólveres nos seus cinturões pretos. Ficaram enfileirados em frente à cerca, sem entrar, esperando uma ordem. "Já estão aqui", pensou. Não sabia o que fazer, o que dizer.

— O que está esperando, Johnny? — exclamou Zita às suas costas. Quando se virou, viu sua mulher abraçando as duas meninas, que tinham começado a chorar agarradas à mãe. — Faça alguma coisa, Johnny.

"Meu revólver", pensou e correu para o quarto pensando em tirá-lo da gaveta da mesinha, onde ficava trancado à chave. Ia matar Zita, as meninas, e depois se mataria. Mas, no quarto, olhou pela janela e os *tonton macoutes* (quantos daqueles tinham sido seus alunos na Academia Militar de Pétionville?) continuavam ali, formados em frente à grade e à porta de acesso ao quintal. Por que não entravam de uma vez? Sim, é agora. Um deles destroçou a portinha de madeira com um pontapé e os outros, se atropelando, invadiram o quintal e seguiram em pelotão para os galinheiros sem ligar para os latidos dos dois cachorros que foram ao seu encontro. Acreditando e ao mesmo tempo não acreditando no que via, Abbes García, com o revólver na mão, viu os *tonton macoutes* ocuparem o quintal, pisotearem as flores e a horta, e abaterem os dois cachorros a pauladas e facadas, e depois se encarniçarem chutando e pisoteando os cadáveres.

Correu para a sala, e quando entrou viu que as três empregadas da casa também estavam lá, abraçadas, de olhos fixos na janela. Zita nem sequer tentava acalmar as meninas que se aferravam a ela gritando, porque não tirava os olhos, hipnotizada, do que estava acontecendo lá fora. Os invasores, depois de liquidarem os dois cachorros, agora estavam matando as galinhas. Voavam penas pelo ar, e o estrondo de cocoricós e de berros e exclamações dos atacantes era ensurdecedor.

— Mataram os cachorros e as galinhas — ouviu Zita dizer. — Agora é a nossa vez.

As três empregadas, de joelhos, começaram a rezar e chorar ao mesmo tempo. Aquela matança não terminava nunca, nem a gritaria. Abbes García mandou absurdamente as três empregadas fecharem a porta à chave, mas elas não ouviram ou não tinham mais forças para obedecer.

Quando viu a porta de entrada da casa ceder e surgirem as primeiras caras negras com os olhos vítreos ("Estão drogados", ainda chegou a pensar), levantou o revólver e atirou. Mas, em vez de tiro, ouviu o golpe seco do percussor no carregador vazio. Tinha esquecido de pôr as balas e ia morrer sem se defender, sem matar nem ao menos um daqueles negros asquerosos que, parecendo seguir instruções muito precisas, em vez de se dirigirem a ele ou a Zita ou às meninas, batiam com os porretes e esfaqueavam as empregadas, gritando coisas incompreensíveis, na certa insultos, maldições. Ele abraçou Zita e as meninas que, com as cabeças incrustadas em seu peito, somente tremiam, já sem forças para chorar.

Os *tonton macoutes* agora estavam pulando, numa espécie de dança, em cima dos cadáveres das três empregadas, ou o que restava deles. Abbes García chegou a ver que tinham sangue nas mãos, nos rostos, nas roupas, nos porretes, e tudo aquilo, mais que uma matança, parecia uma festa bárbara, primitiva, um ritual. Nunca, nem em seus piores pesadelos, tinha imaginado que ia morrer assim, massacrado por uma horda enlouquecida de negros que, embora tivessem revólveres, prefeririam os porretes e as facas, como em eras remotas, no tempo das cavernas e das selvas pré-históricas.

Nem Johnny Abbes García, nem Zita, nem as meninas viram o final de tudo aquilo, mas uma testemunha viu, a evangelista Dorothy

Sanders. Era uma vizinha, com quem eles só tinham trocado gestos de saudação apesar de morarem na mesma rua. Depois ela contaria, ainda tomando calmantes e decidida a voltar o mais cedo possível para os Estados Unidos, abrindo mão do seu trabalho missionário, que, depois de fazer aquela terrível matança, os negros derramaram umas latas de querosene e atearam fogo na casa. Ela viu tudo desaparecer num monte de cinzas e os assassinos e piromaníacos voltarem para suas caminhonetes e irem embora, certamente convencidos de terem realizado um trabalho muito bem-feito.

Depois

Ela mora entre Washington DC e a Virginia, não muito distante de Langley, onde fica, e isso pode ser mera coincidência, a sede da CIA, num condomínio residencial em que só se entra após ser identificado numa portaria gradeada. Com grandes árvores espalhadas por todos os lados, o lugar parece um remanso de tranquilidade, sobretudo nessa tarde de primavera, com o céu limpo e um sol suave dourando a folhagem e colorindo as flores do bairro. Passarinhos invisíveis piam em toda parte e vez por outra uns pássaros grandes, possivelmente gaivotas vindas da costa, cruzam o céu azul. As casas são espaçosas, com jardins amplos e carros de luxo nas garagens; numa delas, um rancho com cavalariças, se vê uma amazona novinha montando um pônei com os cabelos soltos balançando ao vento. Mas a residência de Marta Borrero Parra é pequena, e a mais original e excêntrica que vi na minha vida. Uma casa que, por fora e por dentro, reflete como um espelho a personalidade e os gostos da dona.

Soledad Álvarez, minha velha amiga dominicana que é, também, uma poeta magnífica, e Tony Raful, poeta, jornalista e historiador dominicano, fizeram acrobacias dialéticas de todo tipo ao longo de meses para me conseguir essa entrevista, e os dois avisaram que nessa tarde eu teria mais de uma surpresa. Ele já esteve antes aqui e é um bom amigo de Marta, a expatriada guatemalteca, se é que ela alguma vez teve amigos de verdade. A casa é decorada por fora, em seus quatro lados, com todo tipo de plantas, ervas e trepadeiras que, tal como as flores que entulham o interior da casa e criando uma selva indecifrável, também devem ser de plástico. No meio dessa vegetação artificial se veem bichinhos de papelão, madeira ou pelúcia escalando as paredes pintadas de escarlate e o teto de telhas reluzentes. E também muitas buganvílias malva e cor-de-rosa que, estas sim, parecem autênticas.

Assim que entro, a algazarra escandalosa dos pássaros me deixa desconcertado. Estão em gaiolas, e suas vozes vão amenizar toda a minha conversa de pelo menos duas horas com a ex-Miss Guatemala (coisa que ela nunca foi). Confesso que estou um pouco nervoso. Passei dois anos imaginando essa mulher, inventando-a, atribuindo a ela todo tipo de aventuras, desfigurando-a para que ninguém — nem ela mesma — a reconheça na história que eu fantasio. E esperava muitas coisas, menos esse viveiro barulhento e gigantesco. Há canários africanos, torcazes, papagaios, cacatuas, araras e várias outras espécies não identificáveis por mim. Uma espécie de "horror ao vazio" fez com que tudo ali fosse ocupado, não há espaços livres. Não se pode andar pela casa de Marta sem derrubar algum objeto entre as dezenas ou centenas de vasos com plantas grandes e pequenas amontoados em toda parte. As estátuas, bustos e figuras religiosas — budas, cristos, virgens e santos — se alternam com múmias e túmulos egípcios, fotos, quadros e homenagens a ditadores latino-americanos como o Generalíssimo Trujillo ou Carlos Castillo Armas. Este último foi o "grande amor da sua vida", como me confessará pouco depois, e dedicou a ele uma parede inteira com uma fotografia gigante e uma vela votiva em sua homenagem flamejando dia e noite, e que também deve ser de plástico, como a vertiginosa quantidade de flores — rosas, gladíolos, cravos, mimosas, orquídeas, tulipas, gerânios —, brinquedos e suvenires dos lugares do mundo onde Marta Borrero Parra alguma vez pôs os pés. A julgar pelo que vejo, deve ter dado a volta ao mundo várias vezes.

Nossa conversa será um pouco parecida com aquela incrível casa: anárquica, original, confusa, surpreendente. Segundo todos os depoimentos que rastreei em livros, jornais e biografias, de pessoas que a conheceram em diversas etapas de sua vida aventureira, ela foi muito bonita, uma mulher inquietante, com um olhar verde-cinzento que parecia trepanar seus interlocutores e sempre os deixava desconcertados e perturbados. Agora deve ter mais de oitenta anos — não cometo a imprudência de lhe perguntar —, e o tempo a deve ter encolhido e arredondado um pouco, mas, mesmo assim, apesar da idade, ainda emana dela algo que evoca a velha glória, a sedução que exercia, as lendas que gerou, os homens que a amaram e os que ela amou. Ela vem me receber com um quimono preto cheio de dobras e pregas, esmeradamente maquiada, com brincos e colares, pestanas muito compridas e as unhas das mãos pintadas de verde-selvagem. Está usando umas vistosas sandálias de veludo verde-limão. Deve ter feito algumas plásticas, pois tem um rosto muito liso, no qual continuam brilhando com arrogância e certo mistério aqueles olhos que no passado impressionavam tanto as pessoas que a conheceram, principalmente os homens.

Logo que nos sentamos em uma pequena clareira daquela selva inextricável, ela me diz que sabe que eu "odeio sementes de frutas" (o que é verdade) e também que minha canção favorita, desde pequeno, é "Alma, coração e vida", uma valsinha peruana que estava na moda quando cheguei a Piura em 1946, com dez anos de idade, e lá a ouvi pela primeira vez, cantada por um guarda-civil que tomava conta da prefeitura onde nós morávamos (meu avô era o prefeito). Quando lhe pergunto como está a par desses detalhes tão pessoais e exatos da minha vida, ela sorri e responde laconicamente, como teria dito a Símula do meu romance: "Tenho poderes". Sua voz é lenta e calorosa, com um sotaque centro-americano que o tempo, o exílio e suas viagens não conseguiram apagar por completo. Mas são principalmente seus olhos, entre cinzentos e verdes, e sua forma de olhar intensa, atrevida, perfurante, o que mais me impressiona.

Quase sem transição, começa a me contar que teve dez maridos e que enterrou todos eles. Fala com suavidade e sem arrogância, com pausas, ritmo e música, procurando as palavras adequadas. Depois diz que, quando ainda era menina, foi estuprada por um comunista guatemalteco que era médico e que, a partir de então, se tornou uma anticomunista apaixonada e militante. Isso eu já sabia. Mas ela me surpreende dizendo que o grande amor da sua vida foi o coronel guatemalteco e presidente da república Carlos Castillo Armas, um "cavalheiro fino e delicado" que tentou se divorciar da sua mulher, Odilia Palomo, para se casar com ela, mas não conseguiu "porque antes, e talvez justamente para impedir isso, foi assassinado".

Fala devagar, pronunciando todas as sílabas, sem esperar respostas nem comentários em relação ao que está dizendo, e até me dá a impressão de que vez por outra esquece que eu também estou ali.

Das suas relações com o coronel dominicano Johnny Abbes García, chefe de Segurança do Generalíssimo Trujillo, um assassino, torturador e responsável por várias mortes e tentativas de crimes no estrangeiro — entre estas o fracassado assassinato do presidente Rómulo Betancourt em Caracas e, segundo Tony Raful, o bem-sucedido de Castillo Armas na Guatemala —, Martita fala com muita precaução, de um jeito escorregadio. Trata-se, segundo ela, de "outro cavalheiro cabal", com maneiras refinadas, e tão gentil que quando os dois comiam juntos fazia questão de cortar em pedaços pequenos seu empanado ou o bife. Ele adorava a mãe, sempre tinha sua foto na carteira; numa noite em que ela estava com febre, Marta o viu ajoelhado ao pé da cama, massageando-lhe os pés. Um filho amar tanto a sua mãe é sempre uma boa credencial para um ser humano, não é mesmo? Ele tinha as suas manias, como qualquer pessoa, e a principal era ficar procurando rosa-cruzes pelo mundo afora; aqui deve ter encontrado muitos, porque neste país tem um bocado. Abbes García era muito apaixonado por ela e a enchia de atenções e presentes o tempo todo, primeiro na Guatemala, quando se conheceram, e depois na então chamada Ciudad Trujillo, onde ela passou alguns anos da juventude exercendo a profissão de jornalista política. Ali Abbes costumava levá-la ao cassino, e numa das vezes lhe deu trezentos dólares para apostar na roleta dizendo que ficasse com os lucros. Mas, pelo que afirma agora, nunca flertou nem dormiu com ele.

Quando lhe recordo que, no entanto, correm muitos boatos segundo os quais ela teve um filho com o esbirro trujillista, que alguns dizem ter conhecido pessoalmente e que teria morrido muito jovem na República Dominicana, Marta replica, sem se alterar em absoluto: "Fantasias birutas das pessoas, sem o menor fundamento".

Também não é muito explícita quando me relata um fato amplamente documentado em reportagens da imprensa e livros de história: como Abbes García fez para tirá-la da Guatemala na própria noite do assassinato de Castillo Armas, em 26 de julho de 1957, quando os amigos e companheiros dele, os liberacionistas e, principalmente, um dos prováveis assassinos, o tenente-coronel Enrique Trinidad Oliva, a estavam perseguindo sob a acusação — para despistar — de ser cúmplice na morte do seu chefe:

— Coisas que aconteceram e que o vento e a memória já levaram para longe — exclama sem se alterar, e depois, sorrindo, dá de ombros e conclui, fingindo indiferença: — Para que ressuscitá-las?

E esboça um sorriso amplo e misterioso, que deve ter sido uma das armas mais fascinantes da sua juventude.

— É verdade que o pistoleiro cubano Carlos Gacel Castro tirou a senhora da Cidade da Guatemala naquela mesma noite do magnicídio e a levou de carro para San Salvador? — pergunto. — Que no dia seguinte Abbes García transladou-a num avião particular de San Salvador à República Dominicana? Todos os livros de história afirmam isso. É verdade, ou também são fantasias birutas do pessoal?

— Eu sou mesmo tão famosa que estou até nos livros de história? — sorri ela, zombeteira. Volta a dar de ombros, e o faz com graça e brejeirice. — Porque, nesse caso, deve haver seguramente alguma dose de verdade em tudo isso. Não esqueça que estou velha, não posso me lembrar de tudo o que já vivi. Os velhos têm falhas de memória, a gente esquece as coisas.

E então solta uma pequena gargalhada que desmente o que diz, levando a mão à boca.

Marta parece saudável e vigorosa apesar da idade, mas se movimenta com certa dificuldade, apoiada numa bengala. Às vezes tenho a impressão de que as fronteiras entre a realidade e a ficção se eclipsam em sua cabeça sem que ela perceba e, outras vezes, de que ela mesma administra sabiamente essas confusões. E também de que sabe muito mais coisas do que me conta, e que em determinados momentos desvaria, mas por sua própria vontade. Como quando me diz que acredita em extraterrestres e que sabe que eles existem, mas não quer me dar mais detalhes para que eu não pense que está louca, coisa que, acrescenta com um sorrisinho travesso que revela seus dentes perfeitos, "muita gente anda dizendo por aí".

Afinal tomo coragem para tocar no assunto principal, o que me trouxe até aqui, aquilo que ela é a única pessoa a sustentar, em suas declarações, artigos de imprensa, entrevistas e naquele *mare magnum* autobiográfico on-line que atualiza diariamente:

— A senhora afirma que não é verdade que Abbes García morreu no Haiti junto com Zita, sua segunda mulher, e as duas filhinhas dos dois, assassinados pelos *tonton macoutes* de Papa Doc, que também mataram as empregadas, os cachorros e as galinhas e depois queimaram a casa. Foi o que o presidente Balaguer relatou em sua autobiografia (*Memórias de um cortesão da "Era de Trujillo"*) e uma missionária evangelista norte-americana, a senhora Dorothy Sanders, confirmou à polícia. Ela era vizinha dos Abbes García em Pétionville e foi testemunha dos acontecimentos.

Martita agora me escuta muito séria. Pensa um pouco e depois me diz, com seu jeito vagaroso e uma tranquilidade que nada pode perturbar:

— Isso é uma ficção montada pela CIA para livrar Johnny de perseguições e poder trazê-lo anonimamente para os Estados Unidos. Eu disse a pura verdade. Johnny morou aqui usando um nome falso, depois de fazer uma cirurgia plástica que mudou seu rosto, mas não a voz. E continua aqui até hoje.

— Se estivesse vivo, Abbes García teria atualmente mais de oitenta anos — interrompo. — Talvez quase noventa.

— Ah, é? — surpreende-se ela. — Eu pensava que eram mais.

— De onde a senhora tirou essa história, dona Marta? — insisto. — Viu alguma vez Abbes García em pessoa, aqui nos Estados Unidos?

Tampouco se perturba nesse momento. E me examina de alto a baixo, como que questionando mentalmente se valia a pena perder tempo tentando me convencer de uma coisa na qual ninguém acredita mas, ela sabe, é uma verdade sólida como uma casa.

Suspira e, depois de uma longa pausa, durante a qual o cacarejo e a algazarra dos pássaros parecem aumentar, volta a falar:

— Só o vi uma vez, há muitos anos. Mas nós conversamos pelo telefone com bastante frequência. Sempre me liga, de cabines telefônicas, naturalmente. Não sei seu número nem seu paradeiro. Nova York, Califórnia, Texas, quem sabe. Ele se protege muito, como é normal. Fez muitos inimigos quando estava na política, o senhor sabe disso. Mas, agora, o pior seria aguentar os jornalistas, sobretudo esses da imprensa marrom, que vivem de escândalos.

Numa noite de inverno, há muitos anos, ela tinha ouvido batidas na porta da sua casa, esta mesma casa onde estamos agora.

Receosa, foi abrir e se deparou com um homem escondido debaixo de um casacão e um cachecol que lhe chegava até os pés. Mas identificou imediatamente a voz dele quando o ouviu dizer: "Não me reconhece, Martita?". Desconcertada e surpresa, como é natural, mandou-o entrar nesta mesma sala, onde havia menos pássaros na época. Conversaram durante várias horas, até o amanhecer, tomando xícaras de chá, revivendo as aventuras dos tempos passados. Ele lhe confessou que Martita era a única pessoa, dentre todos os seus velhos conhecidos, a quem revelou estar vivo.

Faz uma longa pausa e recita em inglês um verso de Stephen Spender que me surpreende muito ouvir em sua boca: "E partiu ao amanhecer, sozinho, como partem os heróis". (Eu nunca imaginaria que fosse leitora de tão boa poesia.) Antes de se despedir, ele lhe pediu que guardasse o seu segredo. Ela o fez, por muitos anos. Agora não valia mais a pena tomar tantas precauções; todos os possíveis delitos de que o acusavam já haviam prescrito e quase todos os seus inimigos já estavam mortos e enterrados. Aliás, por acaso alguém ainda se lembrava de Abbes García? "Só o senhor, *don* Mario, pelo visto."

Nunca mais o viu, mas ela tem certeza de que continua vivo e vai telefonar de novo a qualquer momento. Ou talvez bata na sua porta numa noite dessas, como na outra vez. Martita lhe contará a nossa conversa e que estou escrevendo um romance cheio de mentiras e invencionices sobre a vida deles. Será que no final vou casar os dois, como nas histórias românticas? Ri por um bom tempo do gracejo, de ótimo humor, fixando em mim seu olhar verde-cinzento.

Marta Borrero Parra mora com uma governanta que é peruana, de Huancayo, uma mulher desenvolta e discreta que, depois de servir uns refrigerantes, desapareceu. Só volta a entrar na sala para lhe dar remédios com um pouquinho de água e quando a dona da casa a chama para pedir alguma coisa; na verdade não parece uma empregada, parece mais sua secretária e companheira de viagem, uma boa amiga.

Marta de repente se esquece da política e me diz, com um ar nostálgico, que agora vive muito bem, cercada por estas lembranças — sua mão revoa pelo ar, mostrando as flores e objetos ao redor — que são testemunhos de suas andanças pelo vasto mundo.

Reprimo a pergunta que me vem aos lábios: "Trabalha ainda para a CIA?". Ela continua dando "suas fugidinhas de vez em quando", mas agora viaja muito pouco, por motivos óbvios. Mas, graças à televisão e aos programas de viagens, ainda percorre o mundo toda noite, durante uma hora pelo menos, antes de ir para a cama. Alguns desses documentários são magníficos. Na véspera viu um sobre o reino do Butão, que é pura montanha, e o seu rei gordo e inexpressivo, um totem vivo. Evoca com frequência a Guatemala, a terra natal, com suas florestas, seus vulcões, as vestes multicoloridas dos indígenas e as feirinhas das aldeias nos dias de sábado, apesar de não pôr os pés no país há mais de meio século. Mas se lamenta por nunca ter visto um quetzal, aquele passarinho que é o emblema nacional, vivo, voando. Só em desenhos e fotografias. Na última vez em que esteve lá, durante uma campanha eleitoral, ficou triste vendo a situação da sua pobre Guatemala. Os comunistas incendiavam o país, com guerrilhas nas montanhas e terroristas nas cidades detonando bombas, matando e sequestrando as pessoas decentes. Felizmente o Exército continuava lá, firme, enfrentando-os. O que seria da pobre América Latina se não fossem os exércitos! Por isso, presta homenagens a eles diariamente no seu blog. O continente inteiro teria seguido o exemplo de Cuba se não fossem esses valentes soldados, tão mal pagos e tão caluniados pelos comunistas. "Fico com lágrimas nos olhos pensando neles", sussurra. E passa o lenço no rosto fazendo um gesto teatral.

 Ela está sentada ao lado de uma grande foto em que aparece abraçada com os três Bush, os dois que foram presidentes dos Estados Unidos e Jeb, ex-governador da Flórida. E me diz que foi militante ativa do Partido Republicano, é filiada a ele, e também ao Partido Ortodoxo dos exilados cubanos, e ainda hoje trabalha para os republicanos entre os votantes latinos em todas as campanhas eleitorais dos Estados Unidos, sua segunda pátria, que ama tanto como a Guatemala. Agora ela está muito contente, não só porque Donald Trump se encontra na Casa Branca fazendo o que tem que ser feito, mas também porque uns bônus da China que ela, não entendi muito bem, comprou ou herdou finalmente foram reconhecidos pelo governo de Beijing. Por isso, se tudo der certo, em breve ficará milionária. Não vai poder aproveitar muito, devido à idade e aos problemas de saúde que tem, mas pretende deixar esse dinheiro para um fundo destinado às organizações anticomunistas de todo o mundo.

Não há dúvida de que devem ser verdade muitas das coisas que Tony Raful, que a conhece a fundo e pesquisou o seu passado, me disse sobre ela. Também não há dúvida de que, desde muito jovem, Marta foi uma mulher de fibra, audaz, valente, destemida, capaz de enfrentar qualquer pessoa e qualquer imprevisto. E, também, uma senhora calejada pela vida e intrépida, que sobreviveu a coisas terríveis. O próprio Tony conta, nas primeiras páginas de *La rapsodia del crimen. Trujillo versus Castillo Armas* (Santo Domingo, Grijalbo, 2017), que o então presidente fantoche da República Dominicana, Héctor Bienvenido Trujillo (apelidado de "Negro" e irmão do Generalíssimo), um dia convocou-a ao seu gabinete em Ciudad Trujillo, onde estava asilada graças a Johnny Abbes, e tentou suborná-la para dormir com ele: assinou um cheque e lhe disse: "Escreva a quantia que quiser", sem imaginar que a guatemalteca, indignada, iria pular em sua direção gritando "Eu não sou prostituta!", arranhando-o e quase arrancando sua orelha com uma dentada, até que os homens da guarda vieram livrá-lo daquela ferinha.

Pergunto a ela se essa história é verdade. Marta confirma, jubilosa como uma colegial, e murmura, morrendo de rir:

— Ainda sinto na boca o gostinho daquela orelha que mordi como um buldogue. Foi um milagre não ter arrancado!

Mas se esquiva quando lhe pergunto como foi que a CIA conseguiu tirá-la de Ciudad Trujillo antes que o Negro ou o próprio *don* Rafael Leonidas, seu ilustre irmão, a matassem:

— Nem lembro mais como foi. Passou tanto tempo!

Na época, diz, mudando de assunto, ela era "uma mulher muito atraente. Se não acredita, dê uma olhada nestas paredes".

Aponta para umas fotos muito grandes, onde ela aparece, de fato, jovem e bela, com turbantes tropicais coloridos ou uma cabeleira serpenteante varrendo seus ombros nus.

Não sei como a conversa evolui de repente para Jacobo Árbenz, "um personagem que odiei na juventude com toda a minha alma", confessa. Mas, "agora que está morto e enterrado", explica suspirando, merece a sua compaixão.

— Os anos de exílio devem ter sido terríveis para ele e sua família — sussurra de novo. — Por onde passava, a esquerda e os comunistas o acusavam de ter sido um covarde que, em vez de lutar, renunciou e foi para o estrangeiro. O próprio Fidel Castro chegou até a insultá-lo pessoalmente num discurso, por não ter resistido a Castillo Armas formando guerrilhas nas montanhas. Quer dizer, por ter evitado uma morte certa.

— Então a senhora entende agora que Árbenz nunca foi comunista? — eu lhe pergunto. — Que era antes um democrata, um pouco ingênuo, talvez, que queria fazer da Guatemala um país moderno, uma democracia capitalista. Embora tenha aderido ao Partido Guatemalteco do Trabalho, já no exílio, nunca foi um comunista de verdade.

— Era ingênuo, sim, mas um ingênuo que os comunas manipulavam à vontade — ela me corrige. — Só tenho pena dele e da família por causa dos anos de exílio. Pulando de um lado para o outro sem poder fincar raízes em lugar nenhum: México, Tchecoslováquia, Rússia, China, Uruguai. Em toda parte era maltratado, parece que até fome passou. E ainda por cima, as tragédias familiares. Sua filha Arabella, que era lindíssima, segundo todos os que a conheceram, se apaixonou por Jaime Bravo, um toureiro muito medíocre, que ainda por cima a enganava, e acabou se matando com um tiro numa boate onde ele estava com a amante. E parece também que a própria mulher de Árbenz, a famosa María Cristina Vilanova, que fazia pose de intelectual e de artista, o enganava com um cubano, seu professor de alemão. E que ele ficou sabendo e teve que aceitar os cornos, de bico calado. E, para piorar, sua outra filha, Leonora, que tinha passado por vários manicômios, também se suicidou há poucos anos. Tudo isso acabou de destruí-lo. Ele então se entregou à bebida, e num dos seus porres acabou se afogando na própria banheira, lá no México. Ou, talvez, se suicidando. Enfim, espero que antes de morrer tenha se arrependido dos seus crimes, para que Deus pudesse acolhê-lo em seu seio.

Faz cara de profunda tristeza, depois se persigna e dá outro suspiro profundo, várias vezes repetido.

Pergunto-lhe se, com o passar dos anos, não acabou reconhecendo também alguns méritos em Juan José Arévalo.

— Nenhum — declara de maneira categórica, agora furiosa. — Como presidente, ele preparou o terreno para as desgraças que o governo de Árbenz trouxe para a Guatemala. E além do mais, ao contrário deste, que era bastante austero em sua vida particular, queria arrasar com todas as mulheres. Não lembra como matou aquelas duas pobres bailarinas russas que ele e um amiguinho estavam levando para uma noitada? Deviam estar meio bêbados, na certa, quando tiveram esse acidente na estrada e as duas moças morreram. E, claro, ninguém pediu explicações de coisa nenhuma a Arévalo nem ao outro sem-vergonha que estava com ele no carro.

Faz uma longa pausa, para tomar uns remédios. Quando a governanta sai do quarto, eu lhe pergunto:

— Pode me dizer alguma coisa sobre suas relações com a CIA, dona Marta? Muitos amigos de Castillo Armas achavam que a senhora trabalhava para essa organização quando os Estados Unidos deixaram de apoiar o coronel, por considerá-lo incapaz de liderar seriamente a contrarrevolução, e decidiram substituí-lo por alguém mais enérgico e carismático como o general Miguel Ydígoras Fuentes.

— Este assunto é muito delicado, vai ser melhor não tocar nele — responde, sem se zangar mas com firmeza, agora mais séria. Fixa os olhos em mim como se quisesse me crucificar ali na cadeira.

Mesmo assim, e temendo o pior, eu insisto:

— O fato de ter um acesso tão rápido aos Estados Unidos, quando foi obrigada a sair da República Dominicana, e depois receber quase de imediato a residência aqui, e também a nacionalidade, é um argumento utilizado pelos que acham que a senhora prestou valiosos serviços à CIA, dona Marta.

— Se o senhor continuar por este caminho, vou ter que lhe pedir que se retire agora mesmo — murmura.

Não levantou a voz, mas pronunciou cada palavra com uma seriedade mortal. Depois, fazendo um grande esforço, e com ajuda de uma bengala, se levanta.

Eu peço desculpas, prometo não tocar mais naquele assunto que tanto a desagrada, e ela acaba se sentando outra vez. Mas, evidentemente, toquei num ponto muito sensível, que a incomoda e a deixa irritada. A partir desse instante, suas maneiras mudam. Perde a espontaneidade, fica mais rígida, seu olhar se torna hostil e alguma coisa esfria o ambiente. Será que já me considera um inimigo? Talvez um comunista emboscado? Não parece natural nem volta a permitir gracejos durante o resto da visita. Quando vejo que a conversa emperrou e que não tenho como lhe arrancar mais nada que valha a pena, não me resta outro remédio senão agradecer por ter me recebido e despedir-me. Na porta, até onde vai comigo, ela me diz à guisa de colofão:

— Não se preocupe em me enviar seu livro quando for publicado, *don* Mario. Não vou ler de jeito nenhum. Mas, fique sabendo, meus advogados sim.

Nessa mesma noite, Soledad Álvarez, Tony Raful e eu vamos comentar o episódio num restaurante de Washington, o Café Milano, em Georgetown: um lugar muito animado, sempre cheio de gente e bastante barulhento, onde se come boa massa e se tomam excelentes vinhos italianos. Pedimos um reservado, e aqui podemos conversar tranquilamente. Soledad e eu achamos que Tony fez bem em não enviar um exemplar do seu último livro para Marta, pois essa leitura certamente não a deixaria feliz. Tony a trata com carinho e gratidão, mas conta muitas coisas a seu respeito que, sem dúvida, ela preferiria que não fossem mencionadas, ou, se o fossem, não com aquela franqueza.

Nós três concordamos que minha visita à Miss Guatemala original tinha valido a pena, mesmo me deixando com mais perguntas que respostas. Pelo que Marta me disse ou deixou de dizer e, principalmente, pela maneira como falou e por sua irritação final, concluo que deve ter trabalhado mesmo para a CIA e prestado serviços importantes à celebérrima organização. Os dois concordam comigo. Mas divergimos quanto à sua participação no assassinato de Castillo Armas. Ela estava informada desde antes, e até participou conscientemente dos preparativos do magnicídio, ou foi arrastada pouco a pouco, sem perceber, devido à sua relação com Abbes García e o homem da CIA na Guatemala? Divagamos um pouco sobre isso sem chegar a nenhuma conclusão. Mas todos concordamos que ela, quando percebeu que o tenente-coronel Enrique Trinidad Oliva queria implicá-la no magnicídio, não tinha outra escolha possível a não ser fugir, como se fosse culpada, como fizeram Johnny Abbes e o homem que não se chamava Mike. Seu proclamado amor por Castillo Armas era provavelmente genuíno, e não simples arrependimento póstumo por seu possível e involuntário envolvimento no assassinato dele, mas também era uma forma de desviar as investigações e as pistas e suspeitas que podiam levar até ela.

Nós três opinamos em que foi uma grande estupidez dos Estados Unidos darem esse golpe militar contra Árbenz usando como testa de ferro o coronel Castillo Armas à frente da conspiração. A vitória que obtiveram foi passageira, inútil e contraproducente. Ela intensificou o antiamericanismo em toda a América Latina, fortalecendo os partidos marxistas, trotskistas e fidelistas. E serviu para radicalizar e empurrar o Movimento 26 de Julho de Fidel Castro em direção ao comunismo. Castro tirou as conclusões mais óbvias do que havia acontecido na Guatemala. Não podemos esquecer que o segundo homem da Revolução Cubana, o Che Guevara, estava na Guatemala durante a invasão, vendendo enciclopédias de porta em porta para se sustentar. Lá conheceu a peruana Hilda Gadea, sua primeira mulher, e durante a invasão de Castillo Armas tentou se alistar nas milícias populares que Árbenz nunca chegou a formar. Afinal teve que se asilar na embaixada argentina, para não cair nas batidas policiais insufladas pela histeria anticomunista que reinava no país naqueles dias. Mas provavelmente extraiu dali certas conclusões que foram trágicas para Cuba: uma revolução de verdade tinha que liquidar o Exército para se consolidar, o que sem dúvida explica os fuzilamentos em massa de militares na Fortaleza de la Cabaña que o próprio Ernesto Guevara dirigiu. E dali também sairia a ideia de que era indispensável para a Cuba revolucionária se aliar com a União Soviética e assumir o comunismo se quisesse uma blindagem contra as pressões, boicotes e possíveis agressões dos Estados Unidos. A história de Cuba seria diferente se os Estados Unidos tivessem aceitado a modernização e a democratização da Guatemala que Arévalo e Árbenz tentaram fazer. Essa democratização e modernização eram o que Fidel Castro dizia almejar para a sociedade cubana quando atacou o quartel Moncada, em Santiago de Cuba, no dia 26 de julho de 1953. Naquele momento ele estava longe dos extremos coletivistas e ditatoriais que petrificam

Cuba até hoje numa ditadura anacrônica e soldada contra qualquer sinal de liberdade. Isso ficou claro em seu discurso *A história me absolverá*, lido no tribunal que o julgou por aquela intentona. Mas não foram menos graves os efeitos da vitória de Castillo Armas no resto da América Latina, sobretudo na Guatemala, onde, por várias décadas, proliferaram guerrilhas e terrorismo e governos militares ditatoriais que assassinavam, torturavam e saqueavam seus países, levando a opção democrática a recuar meio século. Fazendo as contas, a intervenção norte-americana na Guatemala atrasou por dezenas de anos a democratização do continente e causou milhares de mortes, pois contribuiu para popularizar o mito da revolução armada e do socialismo em toda a América Latina. Jovens de pelo menos três gerações mataram e se deixaram matar por outro sonho impossível, ainda mais radical e trágico que o de Jacobo Árbenz.

Agradecimentos

A dona María Eugenia Gordillo, diretora da Hemeroteca Nacional de Guatemala, que me proporcionou os jornais e revistas da época em que transcorre este romance.

À Universidade Francisco Marroquín, da Guatemala, e muito especialmente ao seu vice-reitor na época, Javier Fernandez-Lasquetty, pela grande ajuda que me deram permitindo-me trabalhar em sua excelente biblioteca.

Ao meu amigo Percy Stormont, tão bom conhecedor da sua terra, pela viagem que fizemos percorrendo a fronteira entre Honduras e Guatemala, visitando os lugares onde se deram as ações militares da insurreição de Castillo Armas, e por me mostrar os segredos da Cidade da Guatemala.

A Francisco Pérez de Antón, Maité Rico, Bertrand de la Grange, Jorge Manzanilla, Carlos Granés, Gloria Gutiérrez, Pilar Reyes e Álvaro Vargas Llosa, por sua ajuda generosa. E, muito em especial, a quem este romance é dedicado: Tony Raful, Soledad Álvarez e Bernardo Vega.

1ª EDIÇÃO [2020] 1 reimpressão

ESTA OBRA FOI COMPOSTA PELA ABREU'S SYSTEM EM ADOBE GARAMOND
E IMPRESSA EM OFSETE PELA GRÁFICA BARTIRA SOBRE PAPEL PÓLEN SOFT
DA SUZANO S.A. PARA A EDITORA SCHWARCZ EM MARÇO DE 2021

A marca FSC® é a garantia de que a madeira utilizada na fabricação do papel deste livro provém de florestas que foram gerenciadas de maneira ambientalmente correta, socialmente justa e economicamente viável, além de outras fontes de origem controlada.